中國語言文字研究輯刊

四　編

許錟輝 主編

第 9 冊

楚帛書文字研究

鄭禮勳 著

花木蘭文化出版社

國家圖書館出版品預行編目資料

楚帛書文字研究／鄭禮勳 著 -- 初版 -- 新北市：花木蘭文化
出版社，2013〔民 102〕
目 2+258 面；21×29.7 公分
（中國語言文字研究輯刊　四編；第 9 冊）
ISBN：978-986-322-218-7（精裝）
1. 簡牘文字　2. 帛書　3. 研究考訂
802.08　　　　　　　　　　　　　　　102002764

ISBN-978-986-322-218-7

9 789863 222187

中國語言文字研究輯刊
四　編　　第九冊　　　　　ISBN：978-986-322-218-7

楚帛書文字研究

作　　者　鄭禮勳
主　　編　許錟輝
總 編 輯　杜潔祥
出　　版　花木蘭文化出版社
發 行 所　花木蘭文化出版社
發 行 人　高小娟
聯絡地址　235 新北市中和區中安街七二號十三樓
　　　　　電話：02-2923-1455／傳眞：02-2923-1452
網　　址　http://www.huamulan.tw 信箱 sut81518@gmail.com
印　　刷　普羅文化出版廣告事業
初　　版　2013 年 3 月
定　　價　四編 14 冊（精裝）新台幣 32,000 元

楚帛書文字研究

鄭禮勳　著

作者簡介

鄭禮勳（Cheng Li-hsun）

彰化師範大學國文系兼任講師、彰化師範大學國文系博士生

e-mail：l_h_cheng@yahoo.com.tw

研究專長：古文字學、訓詁學、左傳、書法

學術著作（含學術期刊論文、研討會論文、專書及專書論文）：

一、會議或期刊論文

    1. 楚帛書文字形構的演化與文字風格特徵（台中：靜宜大學，第九次中區文字學座談會論文，2007 年 6 月 2 日）

    2. 馬王堆〈戰國縱橫家書〉文字研究（嘉義：國立中正大學中文所第四屆碩班論文期刊，2006 年 1 月）

二、碩士論文

    《楚帛書文字研究》（嘉義：國立中正大學中文系，2007 年）

提　要

　　本論文之研究目的，在於對 1942 年出土的《楚帛書》，在文字上作一全面的分析、考察，期望對《楚帛書》文字的瞭解，以上溯春秋戰國文字、西周文字，殷商甲骨，下探小篆、漢隸。論文論述方式以文字學爲基礎，兼採「書法視角」。將六十五年來《楚帛書》文字研究的成果，作一粗淺的總結，進而探討先秦文獻書寫布局，以爲《楚帛書》文字、書法愛好者研究的素材。

　　本文共分爲正文與附錄兩大部分。正文是本文研究主題之相關論述，分爲六章：

　　第一章「緒論」，說明研究動機、目的、方法、步驟與前人結果，介紹目前《楚帛書》研究的概況、重要著作，及本文的研究空間。

　　第二章「楚帛書概述」，描述《楚帛書》出土及外流的經過，從措置、閱讀順序、文字佈局、四木、十二神像、形制、特殊符號來談《楚帛書》的結構，並對《楚帛書》的內容，依〈四時〉、〈天象〉、〈宜忌〉的順序，作一鳥瞰式的概述。

　　第三章「楚帛書國別、年別之推判」，就文字及內容、陶質金版與隨葬物、長沙封建沿革推判《楚帛書》的年代，以證據強化其爲楚物，作爲其後二章的論述基礎。

　　第四章「楚帛書文字形構的演化」，以《楚帛書》文字爲本，其他楚系文字爲輔，說明《楚帛書》文字的簡化、繁化、異化、訛變現象。

　　第五章「楚帛書文字風格的特色」，從筆法、章法布局、風格等特徵討論楚帛書文字風格，並概述《楚帛書》對漢字基本筆劃的影響。

　　第六章「結論」，介紹《楚帛書》文字的研究價值，總結本文研究成果，提出對未來古文字研究的展望。

　　附錄有「楚帛書之照片與摹本」、「楚帛書行款表」、「楚帛書文字釋要」及「楚帛書文字編」四部分，原爲建構本文的基礎材料，今列爲附錄可作爲研究古文字之參考。

目次

弁　言

　　《楚帛書》，也叫《楚繪書》或《楚絹書》，計有九五二字，爲戰國中晚期文字，其年代約在西元前 316～278 年之間。由墓葬結構、隨葬器物、文字內容特徵來看，推判爲楚國之物。尺寸大小爲 47×38.7CM，寬略大於長，幅面分內外二層。內層爲互相顛倒的兩段文字，一段十三行，一段八行；外層繪有十二神像，每邊各三，各有其相應的文字，帛書四角另繪有青赤白黑四木。內層十三行爲〈天象〉篇，八行爲〈四時〉篇，外層四周爲〈宜忌〉篇。

　　《楚帛書》在 1942 年 9 月因盜墓而重現世間，出土地點在湖南省長沙市東南郊子彈庫。這座墓葬是長沙特有的「火洞子」墓。帛書出土後屬蔡季襄所有，蔡氏並作了初步的研究，不久即落入美國人考克斯（John Hadley Cox）之手並帶到美國。其後，帛書在美國幾度易手，現存放於紐約大都會博物館（The Metropolitan Museum of Art）。

　　蔡季襄僅憑目視作了初步的研究，即《晚周繪書考證》及其摹本（出自其子蔡修渙之手）。其後又有弗利爾美術館的帛書全彩照片，研究得以更進一步。然自 1966 年以來，由於《楚帛書》紅外線照片的發表，使《楚帛書》相關的研究達於高峰。

　　《楚帛書》的最具代表著作有饒宗頤先生與曾憲通先生的《楚帛書》及李零先生的《長沙子彈庫戰國楚帛研究》，兩書均由中華書局於 1985 年出版，總結了四十年來對《楚帛書》的研究。然而學術研究是不斷進步的，前者在《楚地出土文獻三種研究》（1993 年）、後者在〈《長沙子彈庫戰國帛書研究》補正〉（2000 年）中又有部分的修正，足見學者的看法也因後世出土文獻增多，而有

所改變。時至今日，部分難以釋讀的文字，也有學者提出新的看法。

筆者自幼習書，接觸先秦文字以〈泰山刻石〉、〈石鼓文〉最早，心追手摹，對其字形結構的變化，文字布局，深覺興味盎然，沉恬其中，樂此不疲。近年戰國文物大量出土，許多古文字材料每每成為書法創作的原素。然出土書跡多屬簡牘，唯《楚帛書》書於絹帛，性質較似後世之紙張，最能看出先秦文獻書寫概況，與後來使用紙張書寫、布局之間的關係。故筆者與指導教授商討後，選擇《楚帛書》為碩士論文的研究對象。

在研究及撰寫論文期間，時遇逆境、瓶頸，多賴指導教授　黃師靜吟指點迷津、循循善誘、殷切督導，經多次研討後終於順利完稿，師恩浩蕩，永誌難忘；兩位口試委員　宋建華先生及　林清源先生對論文撰寫盲點的指正；系上師長的提攜照顧，同學及學弟妹的協助等。種種深厚情誼，都是筆者完成論文的動力，銘感五內，難以言喻，在此謹致上最誠摯的謝忱。

最後，更要感謝雙親的栽培鼓舞與學校同事的扶持，讓我有無比的信心與力量完成學業，進入研究殿堂一償宿願。尤其內子黛綾對家庭的犧牲奉獻，使我無後顧之憂，致力於論文，其感激已難形諸文字矣！

個人平日忙於教學、創作，才疏學淺又時間迫促，論文雖經口試委員指正，尚有不少目前無法解決的問題。文中疏漏誤謬，實所難免，敬祈　師長先進、博雅君子，不吝指正！

　　　　　　　　　　　　　鄭禮勳　謹誌於彰化八卦山下寓所
　　　　　　　　　　　　　中華民國九十六年六月十一日

第一章　緒　論

第一節　研究動機與目的

　　《楚帛書》，或稱「楚繒書」〔註1〕、「楚絹書」〔註2〕，它是我國目前為止，最早寫在絹帛上的墨書文字。1942 年因盜掘而在湖南長沙東郊杜家坡附近之子彈庫出土。該墓為一座具有墓道之長方形墓穴，墓室東側有一木棺，其西側為一與棺同長而倍寬之邊箱，邊箱中貯放了不少明器。另有頭箱一個，帛書即放置其中。帛書約 38.1 厘米，橫 45.7 厘米。中間為互倒的兩段文字；其外圍有十二段文字及十二神像環繞於周圍四方。據蔡季襄《晚周繒書考證》所言「書用竹笈貯藏，折疊端正」〔註3〕，原作八折，因埋藏在地底，經久呈深褐色，致文字不甚清晰。加上帛質碎，折痕處文字殘泐甚多。出土後歸蔡季襄，蔡氏為作《晚周繒書考證》一書，原物於 1946 年在上海為美人柯克思攜至美國，迄今未歸。

〔註1〕稱「楚繒書」者有：蔡季襄《晚周繒書考證》、饒宗頤〈楚繒書疏證〉、陳槃〈楚繒書疏證跋〉、董作賓〈論長沙出土之繒書〉、安志敏陳公柔〈長沙戰國繒書及其有關問題〉、金祥恆〈楚繒書「霝虘」解〉、唐健垣〈楚繒書文字拾遺〉、高明〈楚繒書研究〉等。

〔註2〕稱「楚絹書」者，如李學勤〈戰國題銘概述〉（下）。

〔註3〕蔡季襄：《晚周繒書考證》，（臺北：藝文印書館，1944 年 8 月），頁 1。

　　帛書自 1942 年出土迄今，已歷六十五年，是目前發現最早的絹帛墨書文字。由於布局十分特殊加上文字奇特，可以討論之問題甚爲繁多，在前輩學者研究下，有些問題已趨解決，有的則尙難定論。六十餘年來，由於所據《楚帛書》摹本優劣不一，以致各家釋讀多有出入。帛書摹本、照片之面世，約可分爲三種，同時也是《楚帛書》研究的三個階段：

　　其一：蔡季襄《晚周繒書考證》之帛書臨寫本。此臨寫本附於《晚周繒書考證》一書中，係其長子蔡修渙憑目驗帛書原物寫繪而成。所據雖爲帛書原物，然帛書已封藏於土中二千多年，絲質脆弱，字跡消褪，僅憑目驗，實難窺字跡原貌。故蔡修渙臨本之訛誤、缺文，在所難免。據此而研究之論著，其成效自是不彰，僅能作爲《楚帛書》初步研究成績。

　　其二：華盛頓佛利爾美術館之帛書彩色照片。華盛頓佛利爾美術館所攝之帛書全色彩色照片，可視爲帛書之另一摹本。約於 1952 年，該美術館以照相技術，將帛書拍成全色之彩色照片。觀此照片如同觀帛書原物，學者若以此研究帛書文字，自不必盲從蔡氏臨本，定較蔡本存眞。然仍無法脫離上一階段之困擾，即出土日久，字跡不明之憾，全彩照片有如原物重現，然所察亦十分有限。是以據此而研究之論著，其成效亦不彰，然已較蔡本進步，學者可以有自己的判斷。

　　其三：紐約大都會博物館之帛書紅外線照片。紐約大都會博物館於 1966 年，委託阿克托科學實驗公司照相，並延請對帛書有深入研究之澳洲學者，諾埃爾·巴納德爲指導人，以航空攝影用之紅外線膠片攝製帛書原物。此次照片效果甚爲可觀，帛書原物字跡不清處，藉紅外線輔助往往可清晰見之，雖仍有不少不可知之殘痕缺文，然文意大致已可略知，據此而研究之論著，其成效亦較豐碩。

　　學者研究帛書所據版本，大致有以上三種。由於清晰度不同，是以研究成效亦各不同。早期據帛書原物或彩色照片之版本而研究者，因所見不清而致文字摹寫失誤，其隸定釋讀之成績自不待言；直至紅外線照片出現，文字之摹寫才幾近於正，其研究之成果亦較可觀。又有關《楚帛書》之論著，遠不若甲骨文、敦煌寫卷之受重視，且前輩學者所論，各有偏重，或主隸定文字：或主釋讀內容；或主探討其相關之問題……等。對於帛書書寫方面的問題，學者著文探討的似乎還不是很多。

　　鄙人素好書法，對所見碑版臨摹，一向不遺餘力，近年更將心力集中於先秦古文字。初見《楚帛書》時為其形構所震懾，其後細覽書法布局，更讓吾人驚嘆不已。由於戰國時期的手寫墨書文字，多以竹簡為書寫載體，一簡僅寥寥數句，難以窺探長文墨跡布局之全豹。而帛書的重新現世，恰好彌補了竹書這一方面的不足。

　　帛書因久埋之故，帛質弱脆、色澤轉暗，致文字剝落、筆畫模糊不清，難以勘察全貌。前輩學者所論，或僅從文字觀點切入，亦未必盡美矣。筆者是以區區之意，以文字學為基礎，兼採「書法視角」研究《楚帛書》文字。期能使帛書文字書法愛好者，能有所裨益，甚至據此有更進一步的研究。

第二節　研究方法與步驟

一、研究方法

　　漢字的形體變化，每個字的情況不盡相同。不少學者從自己的經驗中總結出一套方法論。如唐蘭在《古文字學導論》中對於「怎樣去認識古文字」提出了五項條目，從「怎樣辨明古文字的形體」開始，相繼列舉出「對照法」、「推勘法」、「偏旁的分析」和「歷史的考證」〔註4〕等。楊樹達在〈新識字之由來〉中將考釋文字的方法歸納為十四個條目，「一曰據《說文》釋字，二曰據甲文釋字，三曰據甲文定偏旁釋字，四曰據銘文釋字，五曰據形體釋字，六曰據文義釋字，七曰據古禮俗釋字，八曰義近形旁任作，九曰音近聲旁任作，十曰古文形繁，十一曰古文形簡，十二曰古文象形會意字加聲旁，十三曰古文位置與篆書不同，十四曰二字形近混用云。」〔註5〕唐、楊二人的意見，條目或不相同，但基本內容大同小異。都是將過去及現在文字學家所用的方法，作了較全面性的整理，對分析字形、考釋字義有很大的幫助。所以這裡也將本書的研究方法，簡單地介紹：

（一）形體分析法

　　由於古文字是表意文字，結構的方式主要是象形、會意、形聲。〔註6把一

〔註4〕唐蘭：《古文字學導論》，（臺北：洪氏出版社，1978年），頁162～265。

〔註5〕楊樹達：《積微居金文說》增訂本，（北京：科學出版社，1959年），頁1～16。

〔註6〕陳煒湛、唐鈺明：《古文字學綱要》，（廣州：中山大學出版社，1988年），頁36。

個獨體字的形體與客觀的事物聯系，或用一個合體字偏旁來考釋古文字，是自古就常用的方法。前者重視事物的聯系；後者則是先分析偏旁，再說明結構。由於獨體字少，合體字多，也有學者稱之爲「偏旁分析法」。這種方法自許慎就採取這種方法解釋一些字，清末的孫詒讓使它更具科學精神。他的做法是先把已經認識的古文字，按照偏旁分析爲一個個單體，然後把各個單偏旁的不同形式收集起來，研究它們的發展變化；在認識偏旁的基礎上，再來認識每個文字。〔註7〕這種方法要先對已經認識的偏旁有所了解，同時也要知道各形旁之間的通用關係。

（二）歷史比較法

這是將不同階段的文字材料，依序臚列而出，進而從歷史發展的角度，去考察一字的演變。唐蘭謂之「比較法」、「對照法」，也就是楊樹達「據《說文》釋字」、「據甲文釋字」、「據銘文釋字」的方法。文字在發展過程中，其形體會有若干變化，特別是秦以前的古文字，字形不定、結構多樣、一字異形。因此就必須自各個時代的前後關係中，進行綜合比較，找出共同的字原和特點。運用歷史比較法釋字，首先要蒐集各種文字資料，並具備漢字發展變化的知識。掌握漢字的結構特點、形旁的歷史變化、義近形旁間的互用關係及字體簡化的基本形式等。何琳儀在《戰國文字通論》中曾指出：

> 一九三二年郭沫若《兩周金文辭大系》出版，這對兩周金文研究有劃時代的意義。該書對部分戰國銅器銘文，由縱橫兩個方面予以定點：即首先按國別分域，然後再按時代分期。這無疑奠定了戰國銅器銘文斷代和分域的基礎。〔註8〕

因此何琳儀認爲研究戰國文字形體的演變，「不但要注意此地與彼地之間的橫向聯繫，而且也要注意前代與後代的縱向聯繫。」〔註9〕帛書文字屬戰國文字，自然也適用這個研究方式。因此，本文研究的途徑，先以橫向的聯繫爲基礎，再擴及縱向的聯繫。

〔註7〕高明：《中國古文字學通論》，（臺北：五南圖書出版公司，1993年），頁147。

〔註8〕何琳儀：《戰國文字通論》，（北京：中華書局，1989年4月），頁10。

〔註9〕何琳儀：《戰國文字通論》，頁184。

（三）辭例推勘法

辭例推勘法也是常用以考釋古文字的方法，它就該字置於一定的言語環境中，依上下文或同類的文例進行推勘。它可以用文獻中的成語推勘，也可以據文辭本身內容推勘。

文獻成語推勘是利用文獻中的辭例來核校銘文，先秦時期的文章、銘文，有不少是歌頌先人德業文辭，這些辭句往往句法相同或相近，可據以推勘。這大多用以推勘〈四時〉與〈天象〉二篇。

而據文辭內容推勘，指從文獻本身的文例、句式來推勘。這個方法大都用以推勘〈宜忌〉，因其句式相近，即使原字殘缺，亦可推知。

二、研究步驟

據此本文的撰寫，主要分成下列幾個階段進行：

（一）蒐集資料

首先，收集《楚帛書》的各種參考資料，包括圖版、專書、單篇論文，內容包含文字考釋及學者對楚文字領域的研究成果。然限於個人能力不足及現實主客觀因素，必有缺漏之處。

（二）作字形表

其次，就帛書紅外線照片副本，參考前人文字考釋，考訂其較佳的釋文、句讀，確定帛書字形的隸定。並將圖版逐字掃描，編製《楚帛書》字形表。

（三）聯繫比較

最後，以前兩項爲基礎，作橫向與縱向的聯繫。在橫向聯繫方面，以《楚帛書》文字爲主，挑選字例分析研究字形結構，進而再與楚系及他系文字進行比較，突顯其特色。在縱向聯繫方面則上溯商周甲骨文、金文，下及小篆、漢代簡帛石刻、六朝隋唐楷書。推究其先後傳承在隸變上的關係，並兼考戰國時期書寫於簡牘、璽印、貨幣、石器上的古文，再參酌許慎《說文解字》及經書史籍文獻，著手於本書正文之論述。

（四）撰寫論文

本文分正文與附錄兩大部分。正文部分是研究主題之相關論述，分六章討論《楚帛書》。依序概述帛書的背景知識、推測其國別及年代、討論帛書的形構

演化、文字風格特色。對《楚帛書》的字形結構筆劃加以分析比較,比較在相同時空之下,由於書寫工具的不同,所造成文字形構上的差異,並析述其對後世文字的影響。至於附錄則收錄帛書所有字形,依《說文》體例排序成字形表,為正文論述的依據。

第三節 前人研究結果

前人對《楚帛書》的研究,大抵只有用帛書原物或照片,然不論是用帛書原物或帛書照片,研究者所觀察到的字形,影響研究結果甚大。相關的論著,也因其所本,蘊育而出。本節即對《楚帛書》研究的三個階段,及其相關論著,作一番介紹。

一、前人研究《楚帛書》的三個階段

《楚帛書》的相關研究,須依賴摹本及照片,摹本之精確與否及照片的清晰程度,直接影響研究成果。故前人之亦據此分為三個階段:目視原物摹本階段、原物彩色照片摹本階段、原物紅外線照片階段。

(一)目視原物摹本階段

蔡季襄為《楚帛書》的第一位研究者。在蔡氏所著的《晚周繪書考證》石印本中,首列圖版,次言〈繪書考證〉、〈繪書圖說〉、〈繪書墓葬〉、〈繪書書笈〉及隨葬器物等。此書收錄了《楚帛書》的第一份摹本。此摹本係蔡氏長子蔡修渙憑目驗帛書原物寫而來。由於帛書埋於土中二千餘年,顏色變暗,使得帛書上的文字不易辨識,是以摹本殘泐缺文嚴重,所摹字數與帛書實載字數差距頗大,而錯字亦多。

不過,當時對帛書有興趣的中外學者,就是依據蔡氏的這資料分析和研究,也相繼出現幾個複製本。如蔣玄佁撰《長沙》〔註10〕一書,所收「帛畫」,即根據蔡本重製之複製本。陳槃撰〈先秦兩漢帛書考〉〔註11〕,即陳氏據蔡本所摹。饒宗頤撰〈長沙楚墓時占神物圖卷考釋〉〔註12〕,乃饒氏據蔣氏本再摹。其他

〔註10〕蔣玄佁:《長沙》卷二,(上海:上海古今出版社,1950年)。

〔註11〕陳槃著:〈先秦兩漢帛書考(附長沙楚墓絹質采繪照片小記)〉,(臺北:《中央研究院歷史語言研究所集刊》第二十四冊,1953年),頁185~196。

〔註12〕饒宗頤:〈長沙楚墓時占神物圖卷考釋〉,(香港:《東方文化》第一卷第一期,1954

如董作賓的〈論長沙出土之繪書〉〔註13〕、澤古昭次的〈長沙楚墓時占神物圖卷〉〔註14〕、李學勤《戰國題銘概述》（下）〔註15〕、錢存訓〈書於竹帛——中國書籍與古文字的起源〉〔註16〕所附摹本，皆據蔣玄佁本複製，其源皆出於蔡本。

　　蔡氏的《晚周繪書考證》一書在研究成效上，或缺失不少，但其開山之功，實不可沒。後世的學者皆據此更進一步研究。如陳槃撰〈先秦兩漢帛書考〉，考證帛書中部分圖像為《山海經》中所述之神物；饒宗頤〈長沙楚墓時占神物圖卷考釋〉首先論及帛書之性質；董作賓〈論長沙出土之繪書〉認為《楚帛書》當以十三行文為正置，有別於蔡氏之說，使得《楚帛書》之擺置，受到學者的重視。

　　此階段可謂《楚帛書》之草創期，時間大致是四〇年代到五〇年代中期。

（二）原物彩色照片摹本階段

　　1952 年美國佛利爾美術館拍攝《楚帛書》原物之彩色照片。據照片摹寫之摹本先為刊行，而照片則遲至 1964 年，方由商承祚於《文物》上刊布〔註17〕，為《楚帛書》之研究進入另一階段。然照相技術仍有所局限，文字殘泐不清部份亦甚多，然已較蔡本進步。蓋觀此照片如同觀帛書原物，學者若以此研究帛書文字，自不必盲從蔡氏臨本。據此而研究者，其成效自較據蔡本研究者為佳。

　　此階段之摹本，除商氏於《文物》上有其套色之自摹本外，又見於梅原末治〔註18〕、饒宗頤〔註19〕、諾埃爾‧巴納德〔註20〕、李學勤〔註21〕等之論著中。此

年），頁 69～83。

〔註13〕董作賓：〈論長沙出土之繪書〉，（《大陸雜誌》第十卷第六期，1955 年 3 月），頁173～177。

〔註14〕澤谷昭次：〈長沙楚墓時占神物圖卷〉（附摹本），（東京：日本河出書房《定本書道全集》第一卷，1956 年（昭和三十一年）12 月），頁 183。

〔註15〕李學勤：《戰國題銘概述》（下），（北京：《文物》1959 年 9 期），頁 58～61。

〔註16〕錢存訓（T‧H‧Tsien）：《書于竹帛——中國書籍與文字的起源》（Written on Bamboo and Silk－The Beginnings of Chinese Books and Inscriptions , University of Chicago Press 1962，又中文版，名《中國古代書史》，臺北：藍燈出版社，1987 年）

〔註17〕商承祚：〈戰國楚帛書述略〉〈附弗利亞美術館照片及摹本〉，（北京：《文物》1964 年第 9 期），頁 8～20。

〔註18〕梅原末治：〈近時出現的文字資料〉（附摹本），《書道全集》第一卷，（東京：平凡社，1954 年（昭和 29 年）），頁 34～37。案：見第四節為〈長沙的帛書與竹簡〉。

〔註19〕饒宗頤：《長沙出土戰國繪書新釋》（選堂叢書之四），（香港：義友昌記印務公司，

階段之研究，大抵著重於文字之考釋，如饒宗頤之〈長沙出土戰國繪書新釋〉。〔註22〕於釋讀文字之外，此階段研究論著所可表者，有：梅原末治之〈近時出現的文字資料〉〔註23〕，所附之《楚帛書》摹本，爲此階段刊行之第一份摹本，唯僅及八行文之局部；次如諾埃爾・巴納德之〈楚帛書初探──銘文復原〉〔註24〕，文中利用棋格式之方法，試爲恢復《楚帛書》之行款而作出貢獻；再如李學勤之〈補論戰國題銘的一些問題〉，〔註25〕發現《楚帛書》邊文十二月爲《爾雅・釋天》所載之十二月月名，於十二段邊文性質之研究上，往前更推一步；末如陳夢家之〈戰國楚帛書考〉〔註26〕，認爲《楚帛書》與古代月令等文獻之性質相近，並應屬於戰國中期之楚月令，爲專門研究《楚帛書》性質之先聲。然此彩色照片摹本仍無法脫離上一階段之困擾，即出土日久，字跡不明之憾，全彩照片有如原物重現，然所察亦十分有限。

此階段可謂《楚帛書》之發展期，時間大致是五〇年代中期到 1965 年左右。

（三）原物紅外線照片階段

紐約大都會博物館於 1966 年，委託阿克托科學實驗公司照相，並延請對帛書有深入研究之澳洲學者，諾埃爾・巴納德爲指導人，以航空攝影用之紅外線膠片攝製帛書原物。此紅外線照片圖文異常清晰，以往帛書摹本、彩色照片之殘痕不清處，於此均可清晰見之（除折痕殘去、斷落及少數仍不清外）。據此而

1958 年）。

〔註20〕 D1.Noel Barnard，〈A Preliminary Study of the Chu Silk Manuscript － A new reconstruction of the text〉，《Monumenta Serica》Vol.17，PP1～11，1958 年。【案】原文爲英文稿，諾埃爾・巴納〈楚繒書初探──文字之新復原〉，《華裔學志》第十七卷，1958 年，頁 1～11。

〔註21〕 李學勤：《戰國題銘概述》（下），（《文物》1959 年 9 期），頁 58～61。

〔註22〕 饒宗頤：《長沙出土戰國繪書新釋》（選堂叢書之四）。

〔註23〕 梅原末治：〈近時出現的文字資料〉（附摹本），第四節〈長沙的帛書與竹簡〉，頁 34～37。

〔註24〕 諾埃爾・巴納：〈楚繒書初探──文字之新復原〉，《華裔學志》第十七卷，1958 年，頁 1～11。

〔註25〕 李學勤：〈補論戰國題銘的一些問題〉，（北京：《文物》1960 年第 7 期），頁 67～68。

〔註26〕 陳夢家：〈戰國楚帛書考〉，（《考古學報》，1984 年第 2 期），頁 137～157。

研究者，其成果自然較近帛書眞象。如：諾埃爾・巴納德之《楚帛書譯注》、李零《長沙子彈庫戰國楚帛書研究》、饒宗頤、曾憲通編著之《楚帛書》。

此階段可謂《楚帛書》之繁榮期，時間大致是從 1966 年迄今。

二、《楚帛書》的相關重要著作

（一）專　書

上述第三階段因紅外線照片清晰甚多，相關論著亦多，專書部分僅選擇最具學術代表性者，現依時間先後爲序，介紹如下：

1、諾埃爾・巴納德之《楚帛書譯注》〔註27〕

巴納德的《楚帛書譯注》文分四部份來討論。首述〈楚帛書之發現〉，內容所述係根據當時之傳言及蔡季襄先生《晚周繒書考證》中所載。此墓於 1973 年由湖南省博物館採科學方式再次挖掘，〔註 28〕發掘報告所述與巴納德書中所載之墓葬結構差距甚大，故其說之不可信；次述〈楚帛書之書法與字體〉；再次及楚帛書之〈翻譯與箋注〉，將當時所可收集到各家之文字說解，擇字敘述比較綜合說解；最末爲〈楚帛書之韻律〉。

巴納德本係外人斷句不免有之失，其韻字亦多所訛誤，李棪曾撰專文〈評巴納《楚繒書文字的韻與律》〉，〔註 29〕即是針對此點而發。附錄頗有價值，列各家摹本，比較各家所摹字形十分方便。另巴納德此書首創文字「棋格處理法」，使《楚帛書》之行款字數可一目了然，爲對《楚帛書》研究之一大貢獻。

2、李零《長沙子彈庫戰國楚帛書研究》〔註30〕

出版於 1985 年的李零《長沙子彈庫戰國楚帛研究》一書，分三部份討論帛書。首言〈楚帛書研究之概況〉，將諸家論及有關《楚帛書》出土及流外經過之資料，綜合比較，明其異同，可惜未進一層探討評述；次述〈楚帛書之結構、

〔註27〕 Noel Barnard：《The Chu Silk Manuscript—Translation and Commentary》，（坎培拉：澳洲國家大學，1973 年）。【案】原文爲英文稿，諾埃爾・巴納《楚繒書譯注》，（坎培拉：澳洲國家大學，1973 年）。

〔註28〕 湖南省博物館：〈長沙子彈庫戰國木槨墓〉，（《文物》，1974 年第 2 期），頁 36～43。

〔註29〕 李棪：〈評巴納《楚繒書文字的韻與律》〉，（香港：香港中文大學《中國文化研究所學報》第四卷第二期，1971 年），頁 539～544。

〔註30〕 李零：《長沙子彈庫戰國楚帛研究》，（北京：中華書局，1985 年 7 月）。

內容與性質）；末爲釋文考證。書中論及《楚帛書》之置圖方向，用了不少文字辨析，十分認同董作賓於〈長沙出土之繪書〉〔註31〕中所言，以爲讀圖順序應以十三行文的〈天象篇〉爲先，對董氏所言之擺置方式大表認同。〔註32〕此書之釋文，僅檢選少數字爲之，難以窺見《楚帛書》之內容大意。此書末尾有文字索引，間或附以某家之隸定，唯所引甚爲簡略，難以補其釋文之不足。

　　對於帛書的措置，李零之說本待商榷。2000 年李氏又發表〈《長沙子彈庫戰國楚帛研究》補正〉〔註33〕一文，表示「這兩種看法都有一定的片面性，正確的理解是應當把二者統一起來」〔註34〕，足見李氏對「以上北下南爲正，十三行的一篇爲甲篇」的說法，也沒有十足的信心。然李氏曾於 1990 年 4 月赴美國塞克勒美術館參加東周楚文化討論會，得以目驗帛書。對帛書字形之辨識有新的收穫，也在這篇〈補正〉的「釋文考證」呈現出來。筆者據今資料顯示，應以〈四時篇〉（即所謂之八行文）爲先讀。

3、饒宗頤、曾憲通編著之《楚帛書》〔註35〕

　　《楚帛書》一書是由六篇單篇論文（包括〈楚帛書文字編〉）所構成。其一爲〈楚帛書新證〉，爲饒宗頤對《楚帛書》所作之釋文。分段爲之，引證甚是詳盡，然每段考證後卻未統言其內容，使人難以窺知帛書之大意。其二爲〈楚帛書十二月名與爾雅〉，此文在申述說明十二月名得名原由，側重引用《爾雅義疏》所言；其三爲〈楚帛書之內涵及其性質試說〉；其四爲〈楚帛書之書法藝術〉，主旨爲饒氏以爲帛書文字介於篆、隸之間。以上四篇屬饒氏之作。其五爲〈楚帛書研究四十年〉，乃曾憲通就《楚帛書》出土迄 1985 年與饒宗頤合編《楚帛書》止，所可見之《楚帛書》論著，集而錄之，所收甚爲宏富。唯自該書出版至今已二十餘年，其間所可增補之論著尚多，現有許學仁輯錄之〈長沙子彈庫

〔註31〕董作賓：〈論長沙出土的繪書〉，（臺北：《大陸雜誌》第十卷第六期〈附摹本〉，1955年 3 月），頁 173～177。

〔註32〕李零：《長沙子彈庫戰國楚帛研究》，（北京：中華書局，1985 年 7 月），頁 14。

〔註33〕李零：〈《長沙子彈庫戰國楚帛研究》補正〉，《古文字研究》第二十輯，（北京：中華書局，2000 年 3 月），頁 154～178。

〔註34〕李零：〈《長沙子彈庫戰國楚帛研究》補正〉，頁 158。

〔註35〕饒宗頤‧曾憲通：《楚帛書》，（香港：中華書局，1985 年 9 月）。

戰國楚帛書研究文獻要目〉〔註36〕可補其不足；其六為〈楚帛書文字編〉，乃另一作者曾氏就《楚帛書》文字，按筆劃編排以便檢索之作，所錄詳盡，其間或有單字之考釋，每能發其新義，1993 年 2 月曾以單行本刊印於世。〔註37〕

　　《楚帛書》一書所述之內容甚廣，然書中各篇論文，沒有必然之聯繫關係，以作者的學力，未有一全面而完整之《楚帛書》著作，至為可惜。今所傳之《楚帛書》摹本，咸以饒宗頤本為最佳，幾為今日探討《楚帛書》所據以引用者。

　　綜上所述，此階段各家所作釋文，有一相同之缺失，即〈宜忌篇〉（邊文）各章章題，各家均未能將章題與各該章內容並列說解，而將二者分別看待之，似有不妥。加以各家說解或有引經據典者，僅釋其字而未能於文末申明其大意，易使讀者不知如何貫串全文文意，讓人有支離之感。更甚者，除《楚帛書》一書外，各家所為釋文不夠完整，常提跳說釋，不免有避難趨易之嫌。至如釋文之外，其餘所述，各有詳略。引證下同，其間或有同異，此又不勝枚舉。

（二）碩博論文

　　陳茂仁的《楚帛書研究》〔註38〕，是目前僅有以《楚帛書》為題的學位論文。全書分十章，內容有論及《楚帛書》的出土與外流、帛書的國別與年代、置圖方式、文字考釋、圖像試析、帛書性質與墓主身分等。此書有系統地介紹《楚帛書》，並從各個角度來談《楚帛書》的相關問題。

　　陳氏花了不少篇幅在考釋文字上，約占了全書的五分之二。然這個部分前輩學者已有不少討論，實際上能發揮的不多。又陳氏以為帛書的出土的時間在 1938 年，與一般學界認定的 1942 年不同，其差異在於陳氏以商承祚的《長沙古物聞見記》為推論的依據，可備一說。

　　陳氏此文羅列了不少楚帛書的相關資料，如墓葬的禮器組合方式、圖置的探討、四木及十二神的論述等，足見作者十分用功。但因各方面雖都有涉及，但似乎都不夠深入尤其沒聚焦在某些較有爭議的關鍵問題上。以文字形構而言，有關繁化簡化問題的討論，似乎過於簡略。

〔註36〕許學仁：〈長沙子彈庫戰國帛書研究文獻要目〉，《經學研究論叢》第八輯，（臺北：臺灣學生書局，2000 年 3 月），頁 359～368。

〔註37〕曾憲通：《長沙楚帛書文字編》，（北京：中華書局，1993 年 2 月）。

〔註38〕陳茂仁：《楚帛書研究》，（嘉義：中正大學中國文學研究所碩士論文，1996 年 6 月）。

（三）專章介紹

專書之外，於書中另闢單元介紹《楚帛書》者，如許學仁之《先秦楚文字研究》上編第二章〈楚繒書概述〉〔註39〕，於墓葬形制方面所據之資料，與 1974 年湖南省博物館於《文物》發表之簡報，顯有出入。於下編〈考釋篇〉擇帛書文字二十一字進行考釋，則極具參考價值，唯與《楚帛書》整帛九百餘字相較，其份量稍嫌輕耳。

次如高明之《中國古文字學通論》第八章第二節〈繒書〉〔註40〕，此爲刊載於《古文字研究》之〈楚繒書研究〉〔註41〕改訂而成。於釋讀方面極具參考價值。

再如饒宗頤、曾憲通兩位合著之《楚地出土文獻三種研究》書中之〈長沙子彈庫楚帛書研究〉〔註42〕，係由二者先前合編出版之《楚帛書》，經過修改並增益四篇論文而成，所可表者爲對《楚帛書》論著篇目之蒐集更爲宏富。

又如李學勤之《簡帛佚籍與學術史》書中第二篇〈楚帛書研究〉〔註43〕，，係由六篇論文所構成，爲由昔日發表之論文集錄而得，各篇之間亦無必然之聯繫關係。

（四）單篇論文

至如單篇論文。或論內容、或述性質，或及其相關問題者，不勝枚舉，其篇目詳見本論文附錄。

由於本論文除以傳統文字學爲出發點，兼採書法視角。而論及書法的單篇論文有如鳳毛麟角，因此有必要對《楚帛書》書法的相關論文作一介紹。首先，有饒宗頤之〈楚帛書之書法藝術〉〔註44〕，是較早論及《楚帛書》書法的論文。

〔註39〕 許學仁：《先秦楚文字研究》，（臺北：國立臺灣師範大 學國文研究所碩士論文，1979 年 6 月），頁 59～76。

〔註40〕 高明：《中國古文字學通論》，第八章第二節〈繒書〉，（北京：文物出版社，1987 年 4 月），頁 510～530。

〔註41〕 高明：〈楚繒書研究〉，《古文字研究》第十二輯，（北京：中華書局，1985 年 12 月），頁 397～406。

〔註42〕 饒宗頤、曾憲通：《楚地出土文獻三種研究》，（北京：中華書局，1993 年 8 月），頁 229～362。

〔註43〕 李學勤：《簡帛佚籍與學術史》，（臺北：時報出版社，1994 年 12 月），頁 37～104。

〔註44〕 饒宗頤：〈楚帛書之書法藝術〉，見饒宗頤・曾憲通：《楚帛書》，（香港：中華書局，

饒氏以前論楚系文字者，大都以吉金文字爲主，而未見楚書墨迹。如胡小石〈齊楚古金表〉將齊、楚二系文字比較，其相同點謂「兩者同出於殷，用筆纖勁而多長，其結體則多取縱勢。」〔註45〕論其用筆曰「古文有方筆圓筆。齊、楚皆屬圓筆，圓筆大抵溫厚圓轉，或取縱勢，或取衡勢。齊楚二派，各極其變。宣厲以來，始盛圓筆，略當于許氏所謂大篆；小篆則爲秦書。」〔註46〕其所異者「齊書寬博，其季也，筆尙平直，而流爲精嚴；楚書流麗，其季也，筆多冤屈，而流爲奇詭。」〔註47〕饒宗頤則以爲胡氏所言「未能盡符事實」。〔註48〕

自1942年《楚帛書》問世以來，大量的竹簡、銅器在楚地出土，舉凡《郭店楚簡》、《包山楚簡》、《曾侯乙墓鐘銘與竹簡文字》、《信陽楚簡》、《上博簡》等，皆非胡氏作此文時所能見。故饒氏述楚系文字書風大要謂「其實楚人書法，縱勢衡勢，無不具備。〈曾侯乙墓鐘銘〉字體作長方形而盤曲奇詭，〈蔡侯鐘〉更加瘦長，奇古益甚，皆取縱勢。若《信陽》、《望山竹簡》，則較爲整飭，結構扁平，唯橫畫多欹斜，則取衡勢。縱勢近篆，而衡勢近隸，此大較也。〔註49〕」十分客觀。

饒氏還提到了《楚帛書》的布局，謂帛書「行款整齊，行與行之間，字與字之間，疏隔距離，頗爲勻稱，具見出於苦心經營，構成筆陣。顆顆明珠，行行朗玉，頗異寫經之縣密；但疏落有致，分段處以▢號間開之。戰國長篇鈔寫形制，規模可見。〔註50〕」是最先注意到《楚帛書》書寫布局者。

除了饒氏之〈楚帛書之書法藝術〉一文外，較值得一提的另有林進忠的〈長

1985年9月），頁148。

〔註45〕 胡小石：《胡小石論文集·齊楚古金表》，（上海：上海古籍出版社，1982年6月），頁174。

〔註46〕 此段文字爲饒宗頤歸納胡小石〈古文變遷論〉一文對用筆的看法。見饒宗頤：〈楚帛書之書法藝術〉，饒宗頤·曾憲通：《楚帛書》，頁148。胡小石〈古文變遷論〉，見《胡小石論文集》，（上海：上海古籍出版社，1982年6月），頁147～173。

〔註47〕 胡小石：《胡小石論文集·齊楚古金表》，頁174。

〔註48〕 饒宗頤：〈楚帛書之書法藝術〉，見饒宗頤·曾憲通：《楚帛書》，頁148。

〔註49〕 饒宗頤：〈楚帛書之書法藝術〉，見饒宗頤·曾憲通：《楚帛書》，頁148～149。

〔註50〕 饒宗頤：〈楚帛書之書法藝術〉，見饒宗頤·曾憲通：《楚帛書》，頁148～149。

沙戰國楚帛書的書法〉一文。〔註51〕此文分析了《楚帛書》橫豎起收筆的特徵，十分精譬。然篇幅過短，難以深入，加上作者從書法美學角度論述，僅能就字形呈現出來的筆勢、樣貌分析，無法論及文字形構演變的問題，不易看出《楚帛書》在文字發展中承先啓後的地位。然而，對未曾見過楚系出土文字的書法愛好者，則具有一定的影響力

三、本文的研究空間

本論文大致有兩大方向發展，一爲傳統的《楚帛書》研究，此爲繼承部分；一爲簡帛書寫研究，此爲開拓部分。

（一）傳統的《楚帛書》研究

就傳統的《楚帛書》研究來說，由於《楚帛書》出土已六十餘年，六十餘年來相關的研究實在不少，各面向的重要問題前人已有過討論。幸而自 1970 年以來，有不少的新出土文物，諸如《信陽臺竹簡》、《包山楚簡》、《隨縣曾侯乙墓簡》、《郭店楚簡》、《上博簡》等，都是手書墨跡，也讓《楚帛書》難以釋讀或存疑的文字，提供了不少同時期的佐證資料，得以重新審視前人的論點。

而且前人的研究幾乎都集中在帛書的釋讀方面或十二神像與《爾雅》的關係方面，較少涉及帛書文字形構方面及書法布局方面的討論，故本論文的撰寫在字形構方面及書法布局的部分就著力較深。

《楚帛書》一物本身值得討論的問題很多，然限於筆者的學力與時間，本論文的撰寫主要著重在文字結體形構部分的探討，期望在前人的研究上，輔以近日新出土之簡牘文物，能有再進一步成果，或補強證據，或探討其失。

（二）簡帛書寫研究

簡帛墨書是當時書寫的眞實面貌，與金石銘文實用性的書跡本有不同。前者乃反映書手個別書寫的習慣，後者則有典重傳諸久遠的考量。

前輩學者以手寫文書爲「俗書」，用於民間；金石銘文爲「官書」，用於公文往來。然就出土文物來看，這種說法實待商權。筆者不禁懷疑：如本論文討論的對象《楚帛書》而言，此墓陪葬的器物種類繁多，質地亦頗精緻，墓主的

〔註51〕林進忠：〈長沙戰國楚帛書的書法〉，《臺灣美術》第二卷第二期，（臺中：臺灣省立美術館，1989 年 10 月），頁 45～50。

地位應該不低，至少是一城之主或王公貴族。如何在墓中放置以「俗書」書寫的帛書呢？又如曾侯乙墓除鐘鼎器銘外，亦出現大批以「俗書」書寫的竹簡。曾侯不是庶民，何以其墓中亦出現民間之「俗書」呢？

這些問題只有一個答案，就是文字其實只有一套，只是手寫文字與應用文字的不同呈現。如同曾侯乙墓可以同時出現竹簡墨書與鐘銘鳥書。

甚至筆者認為以「官書」、「俗書」來分，還不如以「正體」與「草體」來分。「正體」與「草體」是從廣義上來說兩大字體系統，有別於傳統觀念中的某一種具體字體。

郭紹虞從文字學角度指出：「就文字的形體講，只須分為正草二體。〔註52〕」「一般人往往對要求辨認清楚的文字，稱之為正體；而對於要求書寫便利的，稱之為草體。〔註53〕」「凡是對於字體有整理規定作用的，如《史籀篇》《倉頡篇》以及後世所謂《三倉》或《石經》等等，都可以看作是文字的正體。凡是為了書寫便利，或減省筆畫以趨約易，或隨筆轉折不求整齊，這些又都可以看作是文字的草體。〔註54〕」郭氏的觀點代表著對於正體與草體的普遍認識，兩者是相對而言的。正體與草體之名，是由於它們在社會生活中的地位與用途：前者在通行字體中具有正統的地位，主要出現於官方的正式文告，或是流傳於社會的典籍鈔本，以及後世雕版與活字印刷中的字體；後者與正體是相對的，不具正統地位，不是文告中的字體。另一方面是根據書寫的特徵：正體是規範的寫法，而草體是對於正體文字的減省草率寫法，草體乃依附當時的正體而產生。

如果以上述的視角來畫分，有些字體的性質需要重新考慮。因為草率與否，是無法把握的標準。

徐超說：「從理論上說，任何一種字體都會以正體和草體兩形式在社會上通行。這種情況，使草體字具有與正體字同等的文字功效，不僅滿足了社會不同的方面、不同層次的要求，而且為漢字字體的演變、進化提供了廣泛的群眾基

〔註52〕郭紹虞：〈從書法中窺測字體的演變〉，（上海：《學術月刊》，1961 年第 9 期）。

〔註53〕同上註。

〔註54〕同上註。

礎，推動了漢字字體的發展。〔註55〕」這段話告訴吾人畫分正體與草體，應該依據字體特徵。如先確定篆書的字體特徵要素，符合這些要素的即爲篆書的正體，不具備這些要素者，就是篆書的草體。

類似的問題，文字學者較少涉略，反而從事書法研究的藝術領域學者，有論文討論。但這些從事書法研究的藝術領域學者，在論述古文字時，常常只能就文物本身來看，把它當作「某一體」的字帖來討論。

事實上一個字從最初的字樣，歷經了不同階段的演變，它是一脈相承的。研究者必須自各個時代的前後關係中，進行綜合比較，找出共同的字原和特點。具備漢字發展變化的知識，以掌握漢字的結構特點、形旁的歷史變化、義近形旁間的互用關係及字體繁簡化的基本形式等。不然在論述文字的演變時，只是見樹不見林，無法掌握字形的歷史軌跡，是這類簡帛書法研究的最大的缺憾。

筆者爲書法愛好者，平時創作亦不忘研讀相關論文著作，深感此類藝術論述的不足之處。因此筆者不揣譾陋，將以傳統小學爲基礎，探討戰國《楚帛書》的形構演變，並將研究觸角涉及簡帛書寫的研究，期待能在這個領域研究，並累積一些成績。

〔註55〕徐超、秦永龍：《書法》，（濟南：山東文藝出版社，2004年）。

第二章　《楚帛書》概述

第一節　《楚帛書》的出土及外流

　　《楚帛書》是我國近代出土文獻中，十分重要的一批文獻。《楚帛書》的發現距離現在已經有半個多世紀了，在這半個多世紀中，關於《楚帛書》本身，海內外曾流傳著種種不同的說法，而《楚帛書》實物則長期收藏於美國的博物館中且秘不示人，有著一層神秘的面紗。隨著時間的推移和中外深入的交流，有關《楚帛書》的種種問題正在逐漸澄清。以下筆者根據學者們對於《楚帛書》的調查和研究情況，對《楚帛書》的發現與研究過程進行綜述。

一、《楚帛書》的出土

（一）出土地點

　　《楚帛書》，通常也叫《楚繪書》或《楚絹書》，《楚帛書》重現世間的時間是在 1942 年 9 月 [註1]，一群「土夫子」（長沙人對盜墓者的稱呼）在湖南省長沙市東南郊一個名叫子彈庫的地方（位於現在湖南省林業勘查設計院內）挖開了一座古墓。這座墓葬是長沙特有的「火洞子」墓（案：據說在盜掘時，曾有

〔註 1〕關於帛書的出土時間，海內外有種種不同的說法。梅原末治、錢存訓、巴納等學者認爲帛書是 20 世紀 30 年代後期出土的，不過從各方面的情況看，更爲合理的時間應是 1942 年 9 月。參看李零：〈楚帛書的再認識〉，見《李零自選集》，（桂林：廣西師範大學出版社，1998 年），頁 227～262。

大量帶硫磺氣味的氣體冒出，用火柴燃點，火焰曾高達數尺）。盜墓者進入墓中後，從墓中取走了漆盤、銅劍、木劍鞘、木龍、陶鼎、陶壺、陶簋等隨葬品，另外還取走了一個竹篾編成的書篋，關於這件竹篋（或稱竹笈）的情況，蔡季襄在《晚周繪書考》中，曾附有插圖，並進行了詳細的描述。[註2] 陳夢家曾經將之概括為：

> 竹笈長22、寬10、高5釐米，內裱薄絹，其中盛了完整的「繪書」
> 和不少殘繪斷片，後者亦有朱書文字的痕跡。[註3]

陳氏這裡所提到盛放在竹笈內的「繪書」及殘繪斷片，就是後來舉世聞名的《楚帛書》。

由於帛書出於盜掘，其外流出國之經過，亦十分秘密，詳情向來不為人所知，目前已經發表的種種消息，又相互矛盾。

現在筆者把幾種說法介紹一下：

1、蔡季襄《晚周繪書考證·繪書考證》

> 近年長沙，因廣闢土地，附槨一帶，周秦陵墓，多被掘發。此項晚
> 周繪書墨跡，即發現於東郊晚周木槨墓中，書用竹笈貯藏，折疊端
> 正，惜出土時，土人不知愛護，致被損壞過半，故笈內殘繪斷片甚
> 多，惟此書獨完整無闕，尚可展視。[註4]

又同書〈繪書墓葬〉：

> 長沙近年，因交通事業之發展，近郊一帶山陵，往往夷為平地，於
> 是窆藏地中之周秦漢三代陵墓，時有發現，其中尤以晚周墓葬，其

〔註2〕蔡季襄云：「竹笈，又名篋，即貯藏繪書者，亦木槨墓出土。有蓋，高吋有半（器蓋相同），縱長八吋，橫長四吋半。器蓋及底均用竹絲編成人字紋樣。四周則作六稜孔狀，內糊薄絹，工極精巧。但此項竹笈出土，物質腐敗，無法保存，故四周均已破損，不成器形，且竹絲被水所浸蝕，已成黑色，致原有色澤不明，惟其中間有朱色者，尚隱約可辨。」見蔡季襄：《晚周繪書考證》1944年石印本（今行世之本為藝文印書館於1972年6月依原刊本影印），文見其書〈繪書考證〉一章，頁1。

〔註3〕陳夢家：〈戰國楚帛書考〉，（《考古學報》，1984年第2期），頁137～157。

〔註4〕蔡季襄：《晚周繪書考證·繪書考證》，頁1。

規模之宏大，構造之堅固，爲亙古所未有。……本書所載之繒書，即出自此項晚周墓中，墓位於長沙東郊之杜家坡，因築路而發現。

〔註5〕

2、商承祚〈戰國楚帛書述略〉

帛書發現的確實年月及地點爲一九四二年九月，墓地在東郊子彈庫的紙源沖（又名王家祖山），是一座形制不大，棺槨完整的木槨墓。

〔註6〕

3、湖南省博物館〈長沙子彈庫戰國木槨墓〉

一九七三年五月，我館在長沙市城東南郊子彈庫（現湖南林業勘查設計院內）發掘了一座戰國木槨墓。編號爲 73 長子 M1。該墓曾于一九四二年被盜掘，出土了有名的《繒書》。〔註7〕

4、陳邦懷〈戰國楚帛書文字考證〉

戰國《楚帛書》一九四二年九月發現於長沙東郊古墓中。〔註8〕

5、錢存訓《中國古代書史》

一九三四年，在長沙的楚墓中發現一件帛書，通稱「楚繒書」。〔註9〕

以上五說，大致可從帛書時代、出土時間、出土地點三者來說。就帛書時代來說，蔡氏明確指爲晚周，陳氏則直接出爲戰國時期，二者差別不大。就出土時間有二說，陳氏以爲在 1942 年九月間，錢氏則以爲 1934 年，相差有八年之久。據今日所見材料，採 1942 年之說似乎較爲恰當。〔註10〕就出土地點來說，以上五說，均言帛書出於長沙，則《楚帛書》出土長沙應無可疑。然出土於長沙何處，有蔡季襄、商承祚、湖南省博物館三組不同說法，分別指出爲杜家坡、

〔註5〕蔡季襄：《晚周繒書考證・繒書墓葬》，頁 13。

〔註6〕商承祚：〈戰國楚帛書述略〉，（北京：文物出版社，《文物》1964 年第 9 期），頁 8。

〔註7〕湖南省博物館：〈長沙子彈庫戰國木槨墓〉，（北京：文物出版社，《文物》1974 年第 2 期），頁 36。

〔註8〕陳邦懷：〈戰國楚帛書文字考證〉，《古文字研究》第五輯，（北京：中華書局，1981 年 1 月第一版），頁 233。

〔註9〕錢存訓：《中國古代書史》，（臺北：藍燈出版社，1987 年），頁 112。

〔註10〕李零：〈楚帛書的再認識〉，見《李零自選集》，頁 227～262。

子彈庫紙源沖、長沙市城東南郊子彈庫（現湖南林業勘查設計院內）三地。1973年5月湖南省博物館對帛書出土墓穴，重新調查和清理。〔註11〕證實《楚帛書》確出於長沙子彈庫，而商承祚所言之「紙源沖（王家祖山）」就位於子彈庫內。而子彈庫即在杜家坡一帶，三者之差異只在範圍之大小差別罷了。

（二）墓葬結構

有關出土《楚帛書》的墓葬結構，其相關記載，大致上有下列三項資料：

1、蔡季襄《晚周繒書考證・繒書考證》：

墓位於長沙東郊之杜家坡，因築路而發現。平面作凸形，並端狹長之巷即為隧道，此項隧道由淺而深作斜坡狀，其用意蓋取其便于下棺也。後者為墓室，橫長丈餘，縱長丈有五尺，深倍之，作長方形，四壁深峻若削，中實以黃土，黃土下層則為蜃炭。……蜃炭之下，則係墓室，室頂架厚尺許、寬二尺之橫木五，上用竹席滿佈，四周則以長與坑等之巨木疊砌，構成長方式。……棺則陳于墓室之東，大小與常禮等，惟蓋面平坦不隆起，棺外裡以褐色之絲帛，絲極勻細。棺之右側陳木櫝（按：指邊箱）一，長度與棺相等，寬半倍之，其中滿貯明器，本書中所載之繒書竹笈、漆盤（按：書中所記共兩件）、銅劍、劍鞞、劍櫝等物（按：書中所記還有「木寓龍」一）即出自此櫝中。因木櫝保存完好，故所貯明器絲毫無損，均能保持原有狀態（原注：按櫝中尚有黑陶如簋、鼎、壺、觶等物，惜均佚散。）帛書發現時據說是放在一件「竹笈」內，折疊端正，惜出土時土人不知愛護，致被損壞過半，故笈內殘繒斷片甚多，惟此書獨完整無闕，尚可展視。書係絲質，因入土年久，已呈深褐色，幾與文字相含混，從（縱）長十五吋，橫長十八吋，墨書（原注：按斷片中亦有朱書者）。〔註12〕

2、商承祚〈戰國楚帛書述略〉

帛書發現的確實年月及地點為一九四二年九月，墓地在東郊子彈庫

〔註11〕湖南省博物館：〈長沙子彈庫戰國木槨墓〉，（北京：文物出版社，《文物》1974年第2期），頁36。

〔註12〕蔡季襄：《晚周繒書考證・繒書墓葬》，頁13。

的紙源沖（又名王家祖山），是一座形制不大、棺槨完整的木槨墓。黑漆棺置于槨內一旁，「頭箱」與「邊箱」放置隨葬品，整個空間如曲尺形。〔註13〕

3、巴納德《楚帛書譯注》

這墳是木造的，由四個系列的長方形木質小房間所組成，而最內部是墳內人的棺材。……在 A 的地方，發現有些陶碗放倒置在地面上，在每個的下面都放有一隻陶製的豬。還有四個木頭雕刻同一型的人像，在周代的葬物中，這是很有名的，可是卻沒有發現金屬製品在裡面。在 B 和 C 等地，很明顯的是沒有任何葬物的，除了有一堆木板，每一塊大約是 3 吋厚，長度在 4 或 5 尺左右，寬約 12~18 吋，這堆木材很整齊的被堆靠在 B 的牆邊，在棺材中只剩下頭髮和牙齒。〔註14〕

以上三家所述各有其著重點，為了進一步了解該墓的情況，湖南省博物館在當年參加盜墓的「土夫子」帶領下，在 1973 年 5 月重新發掘此墓，從而獲得了大量而珍貴的第一手材料，〔註15〕也澄清了過去關於此墓的種種傳聞。

這座墓葬構築在雜有大量白色斑塊的網紋紅土中，為一帶斜坡墓道的長方形穴墓。墓口長 3.8 米，寬 2.46 米，墓口上有厚達 1 米左右的封土。墓底長 3.78 米，寬 2.46 米。墓坑深 7.42 米，四壁殘留有工具痕跡。墓道寬 1.5 米，其坡度為 23 度，墓道底高出墓坑底 2.77 米。墓坑底部填有厚達 0.39 米的青灰色膏泥（當地俗稱青膏泥），其上置棺槨，棺槨四周直至墓壁均有青膏泥，厚 0.34～0.4 米，棺槨上部的青膏泥厚 0.8 米。青膏泥黏性較大，隔絕氧氣的作用良好。青膏泥之上直至墓口共有 4.8 米厚的填土。

墓中棺槨共二層，即槨、外棺、內棺。槨之下有橫列的兩根枕木，寬 0.3 米，厚 0.1 米，曲權枕木相距 1.8 米。

〔註13〕商承祚：〈戰國楚帛書述略〉，頁 8。

〔註14〕Noel Barnard：《The Chu Silk Manuscript—Translation and Commentary》，（Published by Deparment of Far Eastern History Reserch School of PacificStudies Institute of Advanced Studies The Australian Nation University Canberra，1973），頁 2～3。

〔註15〕發掘報告詳見湖南省博物館：〈長沙子彈庫戰國木槨墓〉，頁 36～37。

槨長 3.06 米，寬 1.85 米，高 1.33 米。槨與外棺之間在頭端和北邊各有寬 0.3 米、長 0.9 米和寬 0.27 米、長 2.60 米的邊箱，構成「曲尺」形。邊箱緊貼外棺的一邊有上下拼合的立板，立板厚約 6.5 釐米。

棺內骨架保存尚稱完整，然因遭盜掘，頭、手、肋、脊椎骨等位置均有所變動。屍骨不少部位上還附著有乾縮的肌肉碎塊。葬式為仰身直肢，墓主身長約 170 釐米。經醫學鑒定，死者為男性，年齡約在 40 歲左右。

綜合以上蔡氏、商氏、巴納氏三說與湖南省博物館挖掘報告所述，墓葬形制以蔡氏之說為是，棺槨結構以商氏之說為確。至於巴納德說墓葬「由四個系列的長方形木質小房間所組成」，與 1973 年湖南省博物館挖掘情況不符。另外巴納氏所提到的明器，如陶豬、陶碗、木俑等，亦未見於墓中。巴納氏言墓主遺骸僅存頭髮和牙齒，與湖南省博物館挖掘到整副遺骸的情況亦不合。上述三說中蔡氏據當時傳聞所記，商氏與巴納氏俱稱其說來自當時參與盜掘之人所述。街譚巷語，疑信相參，取以為據，不可不慎。

二、《楚帛書》的外流經過

《楚帛書》外流亦有異說，茲匯集諸家異說條列如下，再說明之。

1、蔣玄佁

稱帛書出土時，「為一裁縫（按：即下商承祚文所說之唐鑒泉）所得，當時曾設法請國內蒐集家（按：當指商承祚先生）收購，終于沒有成功，待我由廣東重去長沙，知道已由一美人付了點押金，把這絹畫借到美國去了，這位收藏者，手中只剩了一張洋文借據。」〔註16〕

2、〈美帝掠奪我國文物罪行一斑〉

最荒唐的是蔡季襄將長沙出土的戰國時代「繒書」一塊——這是我國最早的筆繪的畫與墨寫的字——賣給了耶魯大學的 John Cox 學生，賣價美金一萬元。這個美國人只拋下一千元就把這無價之寶帶走了。〔註17〕

〔註16〕筆者未見蔣氏文本，此說引自李零：《長沙子彈庫戰國楚帛書研究》，（北京：中華書局，1985 年），頁 3。

〔註17〕見中央人民政府文化部文物局編：《文物參考資料》，（北京：文物出版社，1950 年 11 期），頁 60。

3、安志敏、陳公柔〈長沙戰國繒書及其有關問題〉

抗日戰爭期間，在湖南長沙東郊杜家坡，因築路動土而發現的一座
戰國墓中，曾出土了一件繒書。……繒書出土以後，爲蔡季襄所得。
他曾根據自己的摹本，作了初步的文字考釋。〔註18〕

4、商承祚〈戰國楚帛書述略〉

一九四二年冬，于重慶接長沙唐鑒泉來信，以帛書求售，我乃托友
人沈筠蒼前往了解情況。復信說：「唐裁縫出視之時，是在白紙之外
再用報紙將之鬆鬆捲起，大塊的不多，小塊的累累，將來拼復原樣
恐不可能。」我正與唐反覆議價之時，蔡季襄回長沙，遂爲所得。
一九四四年八月，蔡氏自湖南安化寄所著《晚周繒書考證》至貴陽，
始略知帛書之概況。〔註19〕

又云：

帛書所包括的内容很豐富，是我國文物中一件瑰寶。可是這瑰寶，
于一九四六年爲美帝國主義分子柯克思用卑鄙無恥的手段到上海誑
騙掠奪至華盛頓，諱莫如深的密藏于耶魯大學圖書館。〔註20〕

5、嚴一萍〈楚繒書新考〉（上）

民國三十五年，抗戰已經勝利，蔡氏把繒書帶到上海，旋爲長沙湘
雅學院教員美人柯克思（M.John. Hadley Cox）所獲得。有人說他是：
「出重價購得。」（怡生：饒宗頤與楚繒書一文後附錄摘自本齋著「楚
帛書及其研究」）。有人說他是：「騙取。」（商錫永〈戰國楚帛書述
略〉）。據李棪齋先生見告：柯克思獲得蔡氏的繒書是代爲攜美「保
管」，而非「重價購得」。這一段經過内幕，李先生知道得很清楚，
將另有撰述，此不贅。〔註21〕

〔註18〕安志敏、陳公柔：〈長沙戰國繒書及其有關問題〉，（北京：文物出版社，《文物》
1963 年第 9 期），頁 48。

〔註19〕商承祚：〈戰國楚帛書述略〉，頁 9。

〔註20〕商承祚：〈戰國楚帛書述略〉，頁 8。

〔註21〕嚴一萍：〈楚繒書新考〉（上），《中國文字》第二十六冊，（臺北：藝文出版社，1967
年 12 月），頁 5。

6、諾埃爾・巴納德〈楚帛書譯注〉

它（案：指楚帛書）在一九三四年出土，很明顯的在一個叫唐鑑泉
的裁縫手裡，一直到一九三八年才到柯克思手上，並在這年，它（案：
指楚帛書）從長沙被帶到美國。〔註22〕

《楚帛書》的外流，大致有此六說。除了第四點所言唐鑑泉所藏之帛書，
疑爲「殘帛」外。〔註23〕茲將諸家說法大要，條列如下：一、楚帛書由一美人
借去（蔣玄怡《長沙》），二、蔡季襄將楚帛書賣予美人柯克思（〈美帝掠奪我國
文物罪行一斑〉），三、楚帛書於一九四六年被美人柯克思在上海詛騙走（商承
祚〈戰國楚帛書述略〉），四、一九四六年，抗戰勝利，蔡氏將楚帛書帶至上海，
由柯克思代爲攜美保管（嚴一萍〈楚繒書新考〉（上）），五、楚帛書於一九三八
年左右流出國外（巴納德《楚帛書譯注》）。

其中有三項提及時間，然商承祚曾於一九四一年於長沙見到柯克思本人；
一九四四年八月，蔡季襄尚取楚帛書作《晚周繒書考證》。故巴納氏言《楚帛書》
納於一九三八年左右流出國外，似不可信。商氏與嚴氏均言帛書於一九四六年
於上海由美人柯克思運至美國，此說較易爲人所接。

由上述諸說及所閱資料，筆者對《楚帛書》的外流經過，作一綜合性的概
述。帛書因盜掘而出土，其後不久就爲骨董商人唐鑑泉所得。唐鑑泉原爲上門
裁縫，1927 年正式開店營業，招牌爲「唐茂盛」，並闢屋之半兼營古玩。從 1931
年起他專營古玩，人皆呼之爲「唐裁縫」。唐鑑泉得到帛書後，曾寫信給著名學
者商承祚，以帛書求售。商承祚接到信後，托友人沈筠蒼前往瞭解情況。沈筠
蒼給商承祚回信說：「唐裁縫出視之時，是在白紙之外再用報紙將之鬆鬆捲起，
大塊的不多，小塊的累累，將來拼復原樣恐不可能。」〔註24〕正當商承祚與唐
鑑泉反覆議價之時，長沙地區的文物收藏家蔡季襄回到長沙，帛書遂爲他所得。
〔註25〕（案：唐鑑泉所藏之帛書，因「大塊的不多，小塊的累累」，疑爲「殘帛」。

〔註22〕 Noel Barnard：《The Chu Silk Manuscript—Translation and Commentary》，頁 12～13。

〔註23〕 因「大塊的不多，小塊的累累」，應非蔡氏所藏之「完整無闕，尚可展視」之《楚
帛書》。

〔註24〕 商承祚：〈戰國楚帛書述略〉，頁 9。

〔註25〕 據沈筠蒼所說，唐裁縫收藏的楚帛書「大塊的不多，小塊的累累」。按照這種說法，
比較完整的那件楚帛書似乎不在其中，從而給後人造成了一個疑案：那件較完整

而非蔡氏所藏之「完整無闕，尚可展視〔註26〕之《楚帛書》。）

蔡季襄得到帛書後，即請經驗豐富的裱工將帛書加以拼復和裝裱，並命長男蔡修渙按原本臨繪帛書圖文，蔡季襄親自進行考釋，寫成《晚周繒書考證》一書。該書寫於1944年，當時仍在抗日戰爭炮火之中，1945年春印行。此書出版後，《楚帛書》及其內容的情況才傳播開來。

抗日戰爭勝利後，蔡季襄攜帶《楚帛書》來到上海，尋求將帛書出手。1946年，他在上海遇到了柯克思(John Hadley Cox)。柯克思是美國人，1935年至1937年間曾任教於長沙的雅禮中學，並在長沙大肆收購中國文物。抗日戰爭爆發後他曾返回美國，直至抗日戰爭結束後才又從美國回到上海。蔡季襄與柯克思經過一番討價還價，遂以10000美元成交，議定帛書由柯克思在美國代為兜售，柯克思先留下押金1000元，餘款待付，因此帛書和其他絕大部分帛書碎片及裝帛書的竹篋等物都就此全部流入美國。

關於帛書的上述情況，在最近由陳松長公布的蔡氏自述材料中，〔註27〕可以得到更為明確的了解。

蔡季襄在其自述材料中說，1943年他自上海逃回長沙後，花了數千元在東站路唐茂盛古玩店中，買到戰國時代的帛書一幅和其他陶銅器物。長沙於1944年4月淪陷後，蔡季襄攜帶《楚帛書》至安化避難，在安化城北賃居一段時間。此間花了幾個月，寫成了《晚周繒書考證》，時間約在1944年8月以前，同年在藍田付印。這是首次對《楚帛書》的形制、文字和圖像進行研究和介紹的著作。1945年抗戰勝利後，蔡氏從安化回到長沙，因生計困難，遂於1946年攜帶《楚帛書》前往上海，想賣給上海骨董商「金才記」，但金才記出價太低，蔡氏轉而找了另

的楚帛書最初並沒有為唐裁縫所得？抑或當時唐裁縫沒有將比較完整的那件帛書出示給沈筠蒼？抑或是沈筠蒼本人的敘述不夠準確？筆者認為，比較完整的那件楚帛書最初也被唐裁縫所得，如果唐裁縫手中沒有這件帛書，只有一些殘帛，蔡季襄似乎不會有那麼大的興致。

〔註26〕蔡氏云：「近年長沙，因廣闢土地，附槨一帶，周秦陵墓，多被掘發。此項晚周繒書墨跡，即發現於東郊晚周木槨墓中，書用竹笈貯藏，折疊端正，惜出土時，土人不知愛護，致被損壞過半，故笈內殘繒斷片甚多，惟此書獨完整無闕，尚可展視。」見蔡季襄《晚周繒書考證·繒書考證》，頁1。

〔註27〕陳松長：《帛書史話》，（北京：中國大百科全出版社，2000年版）。

一位已識的骨董商葉三。葉氏認爲當時帛書漆器等文物在上海的銷路不佳，不願接手。後經傅佩鶴從中牽線，與正在上海的柯克思聯繫上了。見面後，柯克思見到帛書，如獲至寶，蔡氏遂贈予自己所寫《晚周繪書考證》一書。後在柯克思的寓所裏，柯氏介紹說美國有紅外線照相機，可以顯示帛書上不清楚的文字，如此更可提昇帛書的價值。這樣，在傅佩鶴的慫恿和柯克思的一再要求下，蔡氏既爲了脫手賣個好價錢，也爲了多解決一些文字釋讀的問題，遂答應將帛書借給柯克思研究照相，結果卻被柯氏連哄帶騙地將帛書轉手帶到了美國。

關於帛書的被騙經過，據蔡氏自己所述，其詳細情況是：

> 傅佩鶴一清早就來了，我便攜帶了繪書和一個裝繪書的破爛竹子織的匣子，匣子裏面還有一些零星繪書殘片，和傅佩鶴一同帶到了柯強（案：即柯克思）的公寓。柯強見了，非常高興，當時把繪書展開看了一下便連忙收到木櫃裏去了，約我明天早晨去取。第二天我和傅佩鶴去取繪書的時候，柯強望見我們，皺著眉頭說：「對不起，繪書還沒有照好，因爲我這部照相機還缺一些零件，所以不能照，我准備今天和你談話後，我到我的朋友家中去借來，總得把它照好，請你明天來罷。」

> 到了第三天，我和傅佩鶴一早去的，進門之後，柯強望著我們笑嘻嘻地說：「我昨天在你們去後，就坐車到我的朋友家中把零件借回來了，但是不大相合，還是不能好，恰巧我有一個朋友，他是一個上校，昨日由美國飛到上海，到我這裏來看我，我把這事和他說了，他也很高興，因他有事馬上就飛臺灣轉舊金山，我想是一個很好的機會，我就托他帶往美國用紅外線給你照相去了，這個忙我可幫助你不小。」

> 當時我聽了，呆了半晌，心中非常氣憤，便對柯強發作道：「我對你這種作法，絕對否認。我這幅繪書，是我的主權，你要寄到美國去拍照，也應當徵求我的同意後方可帶去，你不應該業不由主，隨便寄去。你昨天約我今天來取繪書，現在請你馬上交還我。」他聽我這樣說，也沒生氣，依然笑嘻嘻地說道：「蔡先生，你不要這樣性急，我是一番美意，拿到美國去拍照，我保證在一個星期內，就可寄回來還你的，請你原諒，等待幾天罷，如果途中有什麼意外發生，我

還可以照價賠償。」傅佩鶴把我拉到一旁，細細地對我說：「繒書已經被他寄走了，現在著急也沒有用，只怪我們太大意了，我看情況，要繒書回還你，恐怕會成問題，他方才提出保證說，繒書在途中如果發生意外，他可照價賠償，我看你這張繒畫，終究還是會賣掉的，不如趁這個機會，作價賣給他，要他先付一筆定金，免得弄得錢貨兩空，並且他現在是美國海軍陸戰隊的情報員，你和他鬧翻了，說不定他要難為你一下，是很容易的事。你如果同意，我可以和柯強商量一下，現在把繒書的價錢談好，要他先付你一筆定金，將來繒書寄回來了，那就更好，如果不寄回的話，你可以向他索要繒書價款，一來雙方不致鬧翻，二來不致踏空，請你斟酌一下。」

我當時也覺得毫無其他辦法，只好聽憑他們擺布，由傅佩鶴和柯強商量，把繒書作價一萬元美金，當日由柯強先交定金一千美元作為保證，日後繒書寄回，我將定金退還給他，如果不寄回的話，則我向他取回餘款，期間以 1946 年 9 月為期。並經傅佩鶴從中斡旋，寫了如下這個字據：「言定晚周繒書書價美金一萬元，先交定金美金一千元，餘款美金九千元言定在 1946 年 8 月底付清。」

柯強用中、英文在字據上簽了字，並以為時間太緊，將 8 月改為了9 月。〔註 28〕

帛書流入美國之後的情況，國內學者一直不太了解，經過李零的精心調查〔註 29〕，現在我們對於帛書在美國的流傳情況已經比較清楚了。

〔註 28〕蔡季襄後來再次去找柯克思時，柯克思已因其父去世趕回美國去了。從此蔡氏與柯克思再也未能見面。蔡氏曾於 1947 年底托即將趕美留學的原長沙雅禮中學學生吳柱存代其在美尋找柯克思，吳柱存雖然找到了柯克思，但也沒有什麼結果。1950 年吳氏回國，蔡氏也因販賣文物去廣州被拘審。幾個月後蔡氏被收錄為湖南文物管理委員會的工作人員後，從此再也沒有和吳氏聯系。蔡氏至死也不清楚帛書在美的情況，也沒有再收到過柯克思的任何書信和餘款。詳見湖南省博物館所存的蔡季襄檔案。此項資料引自劉國忠：《古代帛書》，（北京：文物出版社，2004 年），頁 19～21。

〔註 29〕詳見李零：〈楚帛書與日書：古日者之說〉，《中國方術考》第三章，（北京：人民中國出版社，1993 年），頁 167～185；另李零：〈楚帛書的再認識〉，見《李零自選集》，（桂林：廣西師範大學出版社，1998 年），頁 227～262。

柯克思把帛書帶到美國後，曾到各大博物館兜售。然而，盡管柯克思把價錢一直壓到了 7500 美元，並且反復說此物如何重要，聲稱如果無人購買，就得歸還中國，或者到倫敦和斯德哥爾摩去賣，然而始終沒有一家博物館願意購買。〔註30〕因此，到了 1949 年，柯克思把比較完整的這件帛書寄存於紐約的大都會博物館（the Metropolitan Museum Of Art），留供檢驗。至於其他帛書殘片及存放帛書的書篋，柯克思則將之送到福格博物館（the Fogg Art Museum）檢驗。因此，在 1964 年之前，帛書始終處於「無主」的狀態。

1964 年柯克思把存放在大都會博物館的那件比較完整的《楚帛書》取出，售給紐約的占董商戴潤齋（J.T.Tai）。到了 1966 年，戴潤齋又把從柯氏手中購得的文物轉售給美國著名的文物收藏家賽克勒醫生（Dr. Arthur M. Sackler）。據說當時戴氏本想留下那張楚帛，但因美國著名古物收藏家辛格醫生（Dr. Paul Singer）偶然發現并大力推崇，力勸賽氏購進此物，〔註31〕這樣，《楚帛書》才歸賽氏收藏，《楚帛書》亦從此聲名大噪。

1966 年之後，《楚帛書》一直是賽克勒的藏品，並於 1987 年賽克勒美術館建成後從紐約移到該館收藏。賽克勒本人現在已經去世，但他生前曾明確表示，總有一天他會把此物歸還中國。

1992 年，柯克思將其他帛書殘片連同書篋一起售給了賽克勒美術館。至此，流人美國的所有帛書材料都被賽克勒美術館收藏。現在這些帛書殘片正在整理之中。

《楚帛書》被柯克思帶到美國去後，只有極少的一些帛書碎片還留在中國境內，據說這些帛書殘片是蔡季襄送給徐楨立的，徐楨立又將它們轉送給商承祚。商承祚〈戰國楚帛書述略〉云：

> 還有些殘帛書，徐楨立生前曾拿出給我看過，從殘帛斷片了解內容，
> 仍是些古辭術語。據徐老先生說，是得自蔡季襄手中的部份。……
> 殘帛文字清晰可辨，有朱欄和墨欄兩款，字皆寫入欄內，字大于此

〔註30〕美國的收藏家們當時都未能認識到楚帛書的重大價值。李零曾形象地說，當時美國收藏家們是重「皮毛」而輕文字，因此帛書老賣不動。

〔註31〕據說辛格給賽氏打電話說：「哪怕把你所有的藏品全都扔進哈得遜河，得此一物亦足矣。」

帛書，從欄色的不同，知有兩張。〔註32〕

　　殘帛總共有十四片，其中最大的一片最長有 4.6 厘米，最寬有 2.7 厘米，可惜除了這一片殘帛之外，其餘十三片殘帛現已不知下落，只剩下 1964 年由文物出版社史敬如爲之拍攝的照片及商氏自己的摹本。1992 年，《文物》和《文物天地》同時公布了這批珍貴材料。〔註33〕1996 年，商志醰等人將現存的那片殘帛捐給湖南省博物館，這也是中國境內目前僅存的一片子彈庫帛書。

第二節　《楚帛書》之結構

　　《楚帛書》是寫在一近方形的絲織物上，其寬度略大於長度，「從長十五吋，橫長十八吋」〔註34〕、「每字約英寸三分左右」〔註35〕。《楚帛書》雖然尺寸不大，但其結構卻很特殊，它共由兩組圖像（十二神像及青、赤、白、黑四木）和三部分文字（〈四時〉、〈天象〉、〈宜忌〉）組成。就文字來說，當中內層是書寫方向互相顛倒的兩大段文字，一段是八行的〈四時〉篇，一段是十三行的〈天象〉篇；四周外層是作旋轉狀排列的十二段邊文〈宜忌〉篇，每段各附有一神像，每方三神像配以三段文字，四隅用青、赤、白、黑四木相隔，以明四時之位。另外，帛書在抄寫時還運用朱色填實的方框作爲劃分章次的標記，將當中方向相反的兩大段文字各分爲三章，邊文十二段文字則分爲十二章。文字佈局與神像構圖都別出心裁，用意耐人尋味。

一、《楚帛書》之措置及閱讀順序

　　由於整個帛書的三部分文字，中間兩段文字一順寫一倒書，周邊文字圖

〔註32〕商承祚：〈戰國楚帛書述略〉，頁 9。

〔註33〕見商志醰：〈記商承祚教授藏長沙子彈庫楚國殘帛書〉，《文物》1992 年第 11 期；又：〈商承祚教授藏長沙子彈庫楚帛書殘片〉，《文物天地》1992 年第 6 期。

〔註34〕見蔡季襄：《晚周繒書考證》，（臺北：藝文印書館，1944 年 8 月），頁 1。「從長十五吋，橫長十八吋」約爲縱長 38.1 公分，橫長 45.7 公分。然據饒宗頤量得《楚帛書》之大小，橫長爲 18.5 英寸，與蔡氏稍異，蓋所據之基準有別。其說見饒宗頤：〈楚繒書十二月名覈論〉，（臺北：《大陸雜誌》第三十卷第一期〈附月名照片〉，1965 年 11 月），頁 1。

〔註35〕見饒宗頤：〈楚繒書十二月名覈論〉，頁 1。

像是按順時針的旋轉方式排列，因此閱讀帛書必先決定帛書的措置。但如何放置《楚帛書》和採何種順序來讀《楚帛書》，一直是個很棘手的難題。因此幾十年來，許多學者對這個問題進行了不同角度的闡述，概括起來主要有兩種看法：

第一，以八行文〈四時〉篇爲正置圖，按〈四時〉、〈天象〉、〈宜忌〉順序讀圖。

第二，以十三行文〈天象〉篇爲正置圖，按〈天象〉、〈四時〉、〈宜忌〉順序讀圖。

上述第一種看法始於蔡季襄的《考證》，採用蔡氏擺法的有蔣玄怡、陳槃、饒宗頤、巴納德、林巳奈夫、李學勤（初以十三行爲正置，後改以八行文爲正置）和高明等。第二種擺法始於董作賓，董氏根據東南西北四方之序與春夏秋冬四時相配的傳統，將蔡圖倒置，改以〈天象〉篇爲正。李學勤在 50 年代末因爲辨識了帛書中同於《爾雅》的月名，亦認爲應當以上冬下夏爲正。隨後贊同這種擺法的還有商承祚、嚴一萍、安志敏、陳公柔、李零等。由於蔡氏本人並沒有說明其擺法和讀法的依據，而董作賓、李學勤（初以十三行爲正置，後改以八行文爲正置）、商承祚、嚴一萍、李零等則從不同角度申述第二種擺法的理由，因此在相當長的一段時間內，第二種看法似乎一直佔了上風。

但自《馬王堆帛書》出土後，這個問題漸漸明朗。1982 年李學勤發表了〈論楚帛書中的天象〉〔註36〕一文，文中對帛書的放置方向和閱讀順序提出新解。李氏通過整理《馬王堆帛書》說：

> 近年整理研究長沙馬王堆帛書，其古地圖，《胎產書》中的〈禹藏圖〉和幾種陰陽五行家著作的圖，均以南爲上，這應該是古圖，至少是楚地出現的古圖的傳統。〔註37〕

李氏因此斷定「這應該是古圖，至少是楚地出現的古圖的傳統」主張恢復蔡季襄氏的擺法，即以上夏下冬爲正。這樣，三篇文字的次序就成了〈四時〉、〈天象〉、〈宜忌〉。

〔註36〕李學勤：〈楚帛書中的天象〉，收錄在《簡帛佚籍與學術史》一書中，（臺北：時報文化出版，1994 年），頁 37～38。

〔註37〕見李學勤：〈論楚帛書中的天象〉，頁 38。

隨後饒宗頤寫有〈楚帛書之內涵及其性質試說〉一文，進一步闡明他向來主張以蔡氏的擺法為正的理由：

> 一、甲篇（按：指〈四時〉篇）起句以『曰故』二字發端，有如《尚書・堯典・皋陶謨》言：『曰若稽古』，自當列首；二、乙篇（按：指《天象篇》）倒寫，由於所論為王者失德，則月有贏絀，故作倒書，表示失正，無理由列於首位；三、帛書代表夏正五月之神像為三首神祝融，應當正南之位，是為楚先祖，故必以南方居上。〔註38〕

李零最初在《長沙子彈庫戰國楚帛書研究》一書中主張帛書的擺放應當是「上北下南」〔註39〕，但後來在〈《長沙子彈庫戰國楚帛書研究》補正〉中改變了看法，指出無論是上南下北抑或上北下南，「這兩種看法都有一定片面性，正確的理解是應當兩者統一起來。」〔註40〕他總結了古籍中有關方位的各種論述，認為當時的方位是兩者兼存。

> 「上北下南」主要是天文、時令所用，「上南下北」主要是地形所用，它們來源都很早。上述概念，從根本上講，是來源於中國古代的宇宙模式。這一模式最充分地體現在古代「日者」所用的工具即式上面。……天文圖和時令圖強調的是「帝張四維，運之以斗，月徙一辰，復反其所，正月指寅，十二月指丑，一歲而匝，終而復始。」（《淮南子・天文》）即以春、夏、秋、冬配東、南、西、北，所以是以上北下南為正；而地形圖則強調的是「大舉九州之勢以立城郭室舍形」（《漢書・藝文志》「形法」類小序），是按中國所處緯度形成的日照方向來定陰陽向背，所以是以上南下北為正。〔註41〕

〔註38〕饒宗頤：〈楚帛書之內涵及其性質試說〉，見饒宗頤・曾憲通：《楚帛書》，（香港：中華書局，1985年9月），頁123。

〔註39〕李零：《長沙子彈庫戰國楚帛研究》，（北京：中華書局，1985年7月），頁29。

〔註40〕李零：〈《長沙子彈庫戰國帛書研究》補正〉，中國古文字研究會成立十週年紀念論文，1988年【案】輯入《古文字研究》第二十輯，2000年3月，頁154～178。

〔註41〕李零：〈《長沙子彈庫戰國帛書研究》補正〉，頁161～162。

關於帛書的方向，有一點本來很清楚。這就是既然帛書的邊文是轉圈讀，中間兩篇也方向相反，那麼它自然就有兩種方向。所謂「上南下北」說與『上北下南』說完全可以統一起來，這個問題與帛書的閱讀順序應有所區別。〔註42〕

至於帛書的閱讀順序

古人把四時十二月看作陰陽消長，這是理解帛書圖式的關鍵。而帛書既然是轉圈讀，就有一個由內向外轉還是由外向內轉的問題，過去，我們對這個問題是持保留態度，即認爲兩種可能都有。〔註43〕

經過分析，李零認爲應採取由內向外轉圈讀。

這樣轉圈讀，現在也有兩種理解：（1）先讀十三行（按：即〈天象〉），然後顛倒方向接讀八行（按：即〈四時〉），再顛倒方向接讀邊文，裏面轉一圈，外面再轉一圈，兩圈作螺旋形，連在一起；（2）先讀八行，然後顛倒方向接讀十三行，再順讀邊文，內外圈不銜接。〔註44〕

筆者以爲《楚帛書》的措置及閱讀順序，可從帛書本身分三方面來探討：

首先就篇旨來說，〈四時〉篇言日、月、四時、宵、朝、晝、夕之生成；〈天象〉篇言以日月、星辰運行失序所致之災異，告誡人民須虔誠祭祀始可免禍；〈宜忌篇〉言各月可行與不可行之事。簡言之〈四時〉言宇宙之生成，〈天象〉言生成後之變化，〈宜忌〉言應變之規制。蓋有「生成」，其後有種種的「變化」，爲因應變化以避禍，而制定相關的「規制」。故閱讀順序（四時篇）先於〈天象〉篇。

其次就性質來說，〈四時〉篇的三段文字，由宇宙生成前的渾沌狀態講起，描述種種災異，在神話人物出現而得以解決，進而言四時的產生、日月之運行及宵、朝、晝、夕之生成，主以神話構成。〈天象〉篇描述天上日月德匿、五星贏縮所造成的種種災異爲說，言人須以敬祀化解災異，寓有神尊人卑之意。〈宜忌篇〉則以十二段文字記一至十二月所宜與所忌之事，落實在人的實踐上。此

〔註42〕李零：〈《長沙子彈庫戰國帛書研究》補正〉，頁162。

〔註43〕李零：〈《長沙子彈庫戰國帛書研究》補正〉，頁162。

〔註44〕李零：〈《長沙子彈庫戰國帛書研究》補正〉，頁162。

三篇，〈宜忌篇〉性質上主「神」，〈天象〉篇性質上主「人」，〈四時〉篇性質上主「用」。由「神」而「人」而「用」，在文意上較爲連貫。故閱讀順序（四時篇）先於〈天象〉篇。

　　最後就神人關係來說，重黎〔註45〕與祝融相傳爲楚人先祖。《史記‧楚世家》：「楚之先祖，出自帝顓頊高陽，高陽者，黃帝之孫，昌意之子也。高陽生稱，稱生卷章，卷章生重黎，重黎爲帝嚳高辛居火正。甚有功，能光融天下，帝嚳命曰祝融。……陸終生子六人，坼剖而產焉。其長一曰昆吾；二曰參胡；三曰彭祖；四曰會人；五曰曹姓；六曰季連，，芈姓，楚其後也。」〔註46〕司馬遷以爲重黎即爲祝融。另外《大戴禮記》〔註47〕、《國語》〔註48〕中也有重黎、祝融爲楚之先祖的記載。重黎於顓頊時，分別執掌天上之神及地下之民，使其由民神不分而轉爲民神分立。《尚書》：「乃命重黎，絕地天通。」〔註49〕《國語‧楚語》：「顓頊受之，乃命南正重司天以屬神，命火正黎司地以屬民，使復舊常，無相侵瀆，是謂絕地天通。」〔註50〕由此可知重司天、黎司地。《山海經‧大荒西經》：「顓頊生老童，老童生重及黎，帝令重獻上天，令黎邛下地，下地是生噎，處於西極，以行日月星辰之行次。」〔註51〕由此可知南正重掌管天上神，火正黎掌管下地之民。天在上，地在下，司天爲南正，司地爲火（北）正。天上地下，是以南在上，而北在下。觀《楚帛書》之天、帝、神在上掌控日月星辰之運行，依人之作爲降災、賜福，人則在下受其掌控。由是知楚帛書之措置以南方（即夏）爲上，北方爲下。

〔註45〕「重黎」或作「重、黎」，可看爲一人或分爲兩人。參袁珂：《山海經校注》，（上海古籍出版社，1980年7月），頁402～403。

〔註46〕瀧川龜太郎：《史記會注考證》，（臺北：洪氏出版社，1987年），頁644～645。

〔註47〕見《大戴禮記》卷七，《四部叢刊》，（上海：涵芬樓借無錫孫氏小綠天藏明袁氏嘉趣堂刊本景本），頁4～5。

〔註48〕見《國語‧鄭語》第十六，《四部叢刊》，（上海：涵芬樓借杭州葉氏藏明金李刊本景本），頁3～4。

〔註49〕（漢）孔安國傳、（唐）孔穎達正義、（清）阮元校勘《十三經註疏‧尚書正義》，（臺北：藝文印書館，1993年），頁297。

〔註50〕見《國語‧楚語下》第十八，頁1～3。

〔註51〕袁珂：《山海經校注》，頁402。

二、《楚帛書》之文字佈局

觀《楚帛書》之佈局，有三大部分：其一，八行文〈四時〉篇〔註52〕；其二、十三行文〈天象〉篇〔註53〕；其三、邊文〈宜忌篇〉。〔註54〕今就這三部分之行款方式、字數，作一簡單說明。

一、八行文：全文共八行，第一至三行，行三十六字；四至七行，行三十五字；第八行，僅十字。此八行中有三個朱紅色的扁長方形框，爲分段之章節符號，標示在每小段之末的結束處，將整篇文章分爲三段，合計二五八字。加入合文、重文九字，共二六七字。

二、十三行文〈天象〉篇：全文共十三行。第一至十二行，行三十四字；第十三行僅三字。篇中亦有三個朱紅色的扁長方形框，方式及作用與八行文同。此段文字較多，合計四一一字。加入合文、重文十字，總共四二一字。

三、邊文〈宜忌篇〉：帛書四周的十二段邊文是作旋轉狀排列的，其中每三段居於一方，四隅分別有青、赤、白、黑四木，以表四時之位，每段各附有一神像（係以赤、棕、青三色彩繪而成）。此篇文字每一小段實可分爲內外二層，內層三字爲「章題」〔註55〕，三字中的首字爲該月月名，其下二字爲該月「所宜」與「所忌」之事。各章題均位於所居神像之左上方，起自「取于下」順時針排列，迄於「奎司多」，每邊各三章題，分屬春、夏、秋、冬四時。因此，章題共三十六字。每個章題於外層均有相對的一段文字，記載於所居神像之左下，即外層十二段文字。每段皆以「曰」字起首，繼之以月名，再次則記載各月之宜忌，文末標以一扁方框，以示一段之結束。各段文字字數如下：〈取于下〉，共二十七字。〈女（如）此武〉，共二十一字。〈秉司春〉，共七字。〈余取女〉，

〔註52〕李學勤以八行文之內容在述四時生成，故建議稱之爲〈四時〉篇，今從之。文見李學勤：〈論楚帛書中的天象〉，《簡帛佚籍與學術史》，頁38。

〔註53〕李學勤以十三行文所述，爲有關天象之內容，故建議稱之爲〈天象〉篇，今從之。出處同上註。

〔註54〕邊文或稱之爲丙篇、月忌篇、月令篇。陳茂仁以邊文十二段文字所記非唯禁忌之事，亦有言及適宜施行之事，是以定名爲〈宜忌篇〉，今從其說。見陳茂仁：《楚帛書研究》，（臺灣嘉義：國立中正大學中國文學研究所碩士論文，1996年1月），頁252～306。

〔註55〕陳茂仁以「章題」爲該月最突出之現象，即該月最適宜、或最忌諱之事，故取以爲章題二字稱之。出處同前註。

共二十一字。〈欻出睹〉，共二十六字。〈叡司夏〉，共二十二字。〈倉莫得〉，共十七字。〈臧圶☐〉，共二十三字。〈玄司秋〉，共十二字。〈易☐義（義？）〉，共十五字。〈姑分長〉，共二十二字。〈荃司冬〉，共九字。外層十二段文字共二二二字（殘泐不可識者不計），加合文二字，共二二四字。

合〈四時〉篇二六七字，〈天象〉篇四二一字，〈宜忌篇〉章題三十六字，外層二二四字。故《楚帛書》計有九四八字。

三、《楚帛書》的四木與十二神像

《楚帛書》的圖像可以分爲兩個部分：一是位於帛書四隅的四木；一是分居帛書四方的十二神像。對於這些圖像，學者們也進行過不少探討。

（一）四 木

〈四時〉篇有青木、赤木、黃木、白木、墨木等五木的記載。然實際上僅見青、赤、白、黑四木分別繪於帛書之四隅每季首月之上方，以明四時之居位，未見黃木。

對於四木，蔡季襄在《晚周繒書考證》中認爲「四隅則按四方之色，繪有青赤白黑四色樹木，惟西方白木，在白繒上，無法顯出，故以雙勾法代之。此項樹木之意義，蓋藉以指示所祀神之居勾方位，祭祀時使各有所憑依也。」〔註56〕這是由於蔡氏將帛書視作祀神的文告，十二神像爲所祀之神，故以四隅之四木爲指示所祀神之方位。除白木以雙勾法描邊繪出外，其餘青、赤、黑三木均以寫意法爲之，蓋布帛色淺，白木以雙勾繪之較爲顯明也。

陳槃引述董作賓語，謂《楚帛書》「蓋本有五木，東青，南赤，中黃，西白，北黑。今止有四木，則中央黃木，既漫滅不見矣。」〔註57〕董作賓則將繪畫的「四木」與帛書文字中的「五木」聯繫起來進行考察，認爲帛書原有以五木表示五方的觀念。陳槃則對董作賓的方位之說提出異議，他認爲四木代表著四方，「圖幅四正，東南西北四木，據理則應安置四邊正方之處，今乃置之角間，則

〔註56〕蔡季襄：《晚周繒書考證·繒書圖說》，（臺北：藝文印書館，1944 年 8 月），頁 11～12。

〔註57〕陳槃：〈先秦兩漢帛書考〉附錄〈長沙楚墓絹質彩繪照片小記〉，附記所錄董作賓語，《中央研究院歷史語言研究所集刊》第二十四本，（臺北：中央研究院歷史語言研究所，1953 年 6 月），頁 196。

非東南西北之謂矣，此其義未聞。」〔註58〕

饒宗頤謂「四隅所繪樹木，當指四時之木，即指四時行火時所用之木。」〔註59〕他亦懷疑帛書中間有黃木，其後見到帛書原物，反復審視始確定中間並無黃木痕跡。後來的紅外線照片亦顯示四隅之四木，而無中間黃木。他還認爲，「至圖中四隅所繪樹木，當指四時行火所用之木，……而四木繪於四隅者，疑配合天文上之四維觀念」。〔註60〕又考〈四時〉篇四神乃四時之神，名目與四隅四木有關。〔註61〕括言之，四神以青、朱、翏（白）、墨（黑）名之，與傳統以四色配四時之說及帛書四隅所繪四時之木設色相同，且四隅表示四時異色之木與神名之末一字相符，如二梂（榦）、一單（檀）、一難，可互相印證。

安志敏、陳公柔以爲：「繪書四角著樹木，每一邊繪著三個詭怪的圖像，四邊應爲十二個。四角的樹木，分青、赤、白、黑四色，以象徵四方、四時。這種以顏色代表東南西北、春夏秋冬的思想，實際上已具有早期的五行思想。」〔註62〕

郭沫若謂：「在帛幅的四角上畫了一些藻形的植物，看來是爲了補白之用的。」〔註63〕

李學勤指出，帛書四木分別作青、赤、白、黑四色，「這顯然與五行方位直接有關。〈四時〉篇提到『青木、赤木、黃木、白木、黑木』，也可能與此相應。至於和文獻中五木改火之說是否有關，還值得考慮。」〔註64〕

李零將《楚帛書》直接與式圖聯繫起來，指出帛書四木是代表四維和太一

〔註58〕陳槃：〈先秦兩漢帛書考〉附錄〈長沙楚墓絹質彩繪照片小記〉，頁196。

〔註59〕 饒宗頤：〈長沙楚墓時占神物圖卷考釋〉〈附摹本〉，（香港：香港大學《東方文化》第一卷第一期，1954年1月），頁71〜72。

〔註60〕饒宗頤：〈長沙楚墓時占神物圖卷考釋〉〈附摹本〉，頁80。

〔註61〕饒宗頤、曾憲通：《楚帛書》，（香港：中華書局，1985年9月），頁21。

〔註62〕安志敏、陳公柔：〈長沙戰國繪書及其有關問題〉〈附摹本〉，（北京：《文物》1963年第9期），頁56。

〔註63〕郭沫若：〈古文字之辨證的發展〉，（《考古學報》，1972年第1期），頁7。

〔註64〕李學勤：〈再論帛書十二神〉，《簡帛佚籍與學術史》，（臺北：時報出版社，1994年12月），頁58〜70。

所行。〔註65〕

　　以上諸家，陳槃以四木未安置圖幅四正邊，而謂非爲東南西北，〔註66〕其說可商；饒宗頤以四木爲四時改火之木，於文意未暢，誠如李學勤所說「至於和文獻中五木改火之說是否有關，還值得考慮。」〔註67〕；郭沫若以爲四木乃爲補白而作，則恐有未妥。

　　帛書四隅繪有四木，分別以青、赤、白、黑四種顏色，正處丑寅（東北）、辰巳（東南）、未申（西南）、戌亥（西北）之交，顯然與五行依顏色分布之居位有關〔註68〕，安志敏、陳公柔之說可採。然帛書中央不繪黃木，蓋寓有五行思想，以中央「黃」居四維之的觀念。《翼玄》卷五：「中方濕生土，中無定位，寄在四維。故辰戌丑未爲土，夫十干圓布者，……惟土制中，分寓四旁，以圓其布。」〔註69〕四木具足，獨缺中央黃木，蓋亦中無定位，而寄在四維矣！安志敏、陳公柔〈長沙戰國繒書及其有關問題〉：「繒書四角著樹木，每一邊繪著三個詭怪的圖像，四邊應爲十二個。四角的樹木，分青、赤、白、黑四色，以象徵四方、四時。這種以顏色代表東南西北、春夏秋冬的思想，實際上已具有早期的五行思想。」〔註70〕中央黃木雖未繪而實存，唯寄於四維耳！

　　考帛書所繪四木，其根柢朝向所居方位，如青木根朝東，赤木根朝南，白木根朝西，黑木根朝北，依此亦可標示方位。《儀禮‧覲禮》：「諸侯覲于天子，爲宮方三百步，四門，壇十有二尋，深四尺，加方明于其上，方明者木也，方四尺，設六色，東方青、南方赤、西方白、北方黑、上玄下黃。」〔註71〕又《周

〔註65〕李零：〈楚帛書的再認識〉，（《中國文化》第 10 輯，1994 年 8 月），頁 42～62。【按】又輯入《李零自選集》，（桂林：廣西師範大學出版社，1998 年 2 月），頁 227～262。

〔註66〕陳　槃：〈先秦兩漢帛書考〉附錄〈長沙楚墓絹質彩繪照片小記〉，頁 196。

〔註67〕李學勤：〈再論帛書十二神〉，《簡帛佚籍與學術史》，（臺北：時報出版社，1994 年 12 月），頁 58～70。

〔註68〕《楚帛書‧四時篇》言五木之精，配以青、赤、黃、白、黑五種顏色即其明證。

〔註69〕張行成《翼玄》，（臺北：新文豐出版社，1987 年），頁 105。

〔註70〕安志敏、陳公柔：〈長沙戰國繒書及其有關問題〉〈附摹本〉，（北京：《文物》1963 年第 9 期），頁 56。

〔註71〕（漢）鄭玄注、（唐）賈公彥疏、（清）阮元校勘《十三經註疏‧儀禮注疏》，（臺北：藝文印書館，1993 年），頁 328～329。

禮‧春官‧大宗伯》:「以蒼璧禮天,以黃琮禮地,以青圭禮東方,以赤璋禮南方,以白琥禮西方,以玄璜禮北方。」〔註72〕亦爲以顏色配方位。故四木之作,可標明十二神像之居位。又《禮記‧月令》以爲春季:「其帝大皞,其神勾芒。」夏季:「其帝炎帝,其神祝融。」秋季:「其帝少皞,其神蓐收。」冬季:「其帝顓頊,其神玄冥。」〔註73〕以四帝四神分居春(東)、夏(南)、秋(西)、冬(北)。另《爾雅‧釋天》:「春爲青陽,夏爲朱明,秋爲白藏,冬爲玄英。」〔註74〕以顏色配四時,與帛書同。據此可推知某方配某色已有其定制,知帛書四木亦有標示四時之作用。

(二)十二神像

分配於各月的十二神像,形狀十分特殊,其配置之方向,除屬〈易☐羲(義?)〉章之十月神像右轉九十度外,其餘皆首朝帛書中心,足朝帛書四周。

周邊十二神圖像的研究,自蔡季襄開始,他將所圖奇詭神物與《山海經》、《淮南子》、《國語》等所描述的怪異神話相比附,他說:「圖寫當時所崇祀之山川五帝,人物魅之形。」〔註75〕認爲帛書圖寫的就是當時所崇祀之山川五帝、人鬼物魅之形。

後來由於李學勤辨識出神名首字與《爾雅》月名相同,人們從而認識到十二圖像爲十二月月神,但企圖從古籍中索求解釋帛書圖像的做法卻在相當長的一段時間內爲一些學者所熱衷採用。如謂「取(陬)」月神爲委蛇,「余」月神爲肥遺,「倉」月神爲長角之獸等等。

因此,李學勤指出帛書十二神像並非楚地所特有,只是其他國的材料比較罕見罷了。〔註76〕

〔註72〕 (漢)鄭玄注、(唐)賈公彥疏、(清)阮元校勘《十三經註疏‧周禮注疏》,(臺北:藝文印書館,1993年),頁281。

〔註73〕 (漢)鄭玄注、(唐)孔穎達正義、(清)阮元校勘《十三經註疏‧禮記正義》,(臺北:藝文印書館,1993年),頁278～349。

〔註74〕 (晉)郭璞注、(宋)邢昺疏、(清)阮元校勘《十三經註疏‧爾雅注疏》,(臺北:藝文印書館,1993年),頁95。

〔註75〕 蔡季襄:《晚周繒書考證‧繒書圖說》,頁12。

〔註76〕 李學勤:〈帛書、帛畫〉,《東周與秦代文明》第二十七章,(北京:文物出版社,1991年增訂版)。

　　也有一些學者從其他角度來闡釋帛書十二月神。林巳奈夫的〈長沙出土戰國帛書十二神考〉對於帛書十二月神的名目提出另外一種假設，認爲帛書的十二月名起源於楚國的巫名，每一個巫名代表著一個巫師集團，由於這個巫師集團職司某月，便把這個集團的名稱作爲該月的月名。

　　李學勤在〈再論帛書十二神〉中指出，帛書的十二神可能與式法中的六壬十二神有相近之處，或許有一定的淵源關係。〔註 77〕這一看法被李零譽爲「帛書研究的又一突破」。〔註 78〕

　　楚地出土的數術書籍，較之其他類別的出土簡帛文獻，在文體上有一十分突出的現象，就是較多地採用了圖文和表格的形式。其中有一種我們暫稱作「宇宙圖式」的圖形應是楚地數術文獻在利用時間和空間結構理論上的傑出範例。

　　所謂「宇宙圖式」，其基本圖形結構如「卌」，是由「十」與「ㄴ」組成。或者作「卌」形，在四個「ㄴ」內繪四條對角線「／」。

　　李零在《中國方術考》一書中專闢《式與中國古代的宇宙模式》一章對包括「卌」在內的一類有關式的圖形作了詳實的分析，他把式所代表的圖式簡稱爲「式圖」，認爲「『式』是一個小小的宇宙模型，它的空間、時間結構和配數、配物原理，處處都帶有仿眞的特點。」〔註 79〕綜合有關資料，用下圖〔註 80〕表示「宇宙圖式」的基本格局.（圖以南爲上，因排版不便，文字皆正書）

〔註 77〕李學勤：〈再論帛書十二神〉，《簡帛佚籍與學術史》，頁 65。

〔註 78〕李零：《中國方術考》，（北京：人民中國出版社，1993 年），頁 177。

〔註 79〕李零：《中國方術考》，頁 89～176。

〔註 80〕劉國勝：〈楚地出土數術文獻與古宇宙結構理論〉，《楚地簡帛思想研究》（二），（武漢：湖北教育出版社，2005 年 4 月）。

　　　　資料來源：《簡帛網》http://www.bsm.org.cn/show_article.php?id=35

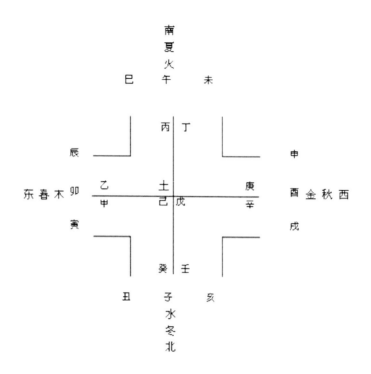

　　《楚帛書》是一篇涉及古宇宙生成及結構理論的數術文獻。《楚帛書》文字
內容分三篇，居中有兩篇，即八行〈四時〉篇與十三行〈天象〉篇，書寫方向互
倒；四周環書的十二段爲〈宜忌篇〉。李學勤認爲《楚帛書》的擺法當以南（即
夏）爲上（即照蔡季襄的擺法），他將三篇的次序排列應爲〈四時〉篇、〈天象〉
篇、〈宜忌篇〉（從左下隅「取」章起順時針讀）。〔註81〕他在談到〈四時〉篇的
思想內涵時，認爲「以五木奠四極，意味著五行的空間分布；以四色名四神，又
意味著五行的時間循環。以五行說爲原則的宇宙間架論，在帛書裏已經表現得相
當完整。」〔註82〕對於〈天象〉篇的內容，他認爲「在若干點上接近於〈洪範‧
五行傳〉。」〔註83〕，「帛書雖不使用〈洪範〉特有的名詞，其內容強調天人感應，
同時提到『五正』，有明顯的五行說色彩，均與〈五行傳〉相近。」〔註84〕關於
〈月忌〉篇，他指出「從〈月忌〉有十二神來看，與所謂『六壬』有相近之處，
或許有一定的淵源關係。」〔註85〕上述意見可取。

〔註81〕李學勤：〈楚帛書中的天象〉，《簡帛佚籍與學術史》，頁 38。

〔註82〕李學勤：〈楚帛書中的古史與宇宙論〉，《簡帛佚籍與學術史》，頁 55。

〔註83〕李學勤：〈楚帛書中的天象〉，《簡帛佚籍與學術史》，頁 45。

〔註84〕李學勤：〈楚帛書中的天象〉，《簡帛佚籍與學術史》，頁 45。

〔註85〕李學勤：〈再論帛書十二神〉，《簡帛佚籍與學術史》，頁 65。

　　《楚帛書》中〈四時〉篇、〈天象〉篇這兩篇文字書寫方向互倒的處理方式
與王家台秦簡《政事之常》圖中部「圓以生方，政事之常」兩句正反書寫的情
形相同。這兩篇在內容上是連貫的，主要是闡述宇宙生成及結構理論。與《太
一生水》一樣，它敍述了宇宙形成〔註86〕（如：「夢夢墨墨，亡章弼弼」、「四神
相弋，乃止以爲歲」），宇宙結構（如：「三天」、「四極」、「有宵有朝」、「有晝有
夕」），宇宙結構動盪（如：「惟□□，▢月則緪（嬴）絀」、「日月星辰，亂逆其
行」、「山陵其發，有淵厥汩」、「卉木無常」、「天地乍殃」），對宇宙秩序的調整
與恢復（如：「群神五正，四興失詳，建恆懷民，五正乃明，其神是享」）。與《太
一生水》不同的是，《楚帛書》在這裏充分運用了楚人的古史觀念，以神話方式
強調楚先祖等一批爲楚人尊尚的神人聖祖在宇宙生成及結構理論中的作用。

　　古時的「圖書」分兩種，一是以圖附文，圖文分開，一是以文附圖，「書」
抄在圖上，其中的文字帶有題記性質或圖注性質。這裏的《楚帛書》屬於後者，
它的圖式源於「六壬式」的式圖。

　　圖式分爲五個部分：（1）春、夏、秋、多分居東、南、西、北四方。（2）
青、木、白、黑表示東北、東南、西南、西北四維，與前者構成四方八維。（3）
帛書十二神是一種與六壬十二神作用相似的「轉位十二神」，各有所當辰位：取、
女、秉當寅、卯、辰；余、欨、虞當巳、午、未；倉、臧、玄當申、酉、戌；
易、姑、荃當亥、子、丑。每個「值神」皆有題記，題記按左旋排列，以象斗
旋。（4）帛書四木按右旋排列，以象歲徙（太歲右旋）。（5）帛書中心的兩篇文
字處於北斗、太一的位置，它們顛倒書寫，正是象其陰陽逆轉，轉位加臨。內
容上，〈四時〉篇側重時，〈天象〉篇側重歲，〈宜忌篇〉側重月。

　　李零在〈楚帛書的再認識〉一文〔註87〕中指出，要從圖像的整體來解釋其
含義。他談了自己的幾點理解：

　　（1）《楚帛書》的圖像與文字是相互說明的。它的圖、文結合比較緊密，
難以分出主次。它的圖像是按四方八位和十二度而劃分，代表歲、時、月、
日的陰陽消長，文字是講順令知歲和四時之產生，以及各月的宜忌。圖像和

〔註86〕李學勤：〈太一生水的數術解釋〉「止」的考釋，《道家文化研究》第十七輯，（北
　　　　京：生活・讀書・新知三聯書店，1999年），頁297～300。

〔註87〕李零：〈楚帛書的再認識〉，（《中國文化》第10輯，1994年8月），頁42～62。

文字兩者是相互說明的關係。特別是它的文字，邊文不僅是圖注，還按順時針方向排列，代表斗建（斗行左旋），與帛書四木皆按逆時針方向排列，代表歲徙（歲行右旋）形成對照；中心的兩篇文字處於北斗、太一所在的位置，顛倒書寫，也是像其陰陽順逆、轉位加臨，本身也是圖的組成部分。故稱圖稱書皆無不可。

（2）《楚帛書》的圖式是來源於「式」的圖式。《楚帛書》以三個神物爲一組分居四方，分別代表四時的孟、仲、季三月，古人把仲月所在叫「四正」，帛書四方的夾角還有青、赤、白、黑四木，是代表天地四維，古人叫「四隅」。兩者合成「八位」。而帛書的十二神按斗行方向排列，則代表「十二位」。這都與「式」的式圖安排十分相似。帛書中間沒畫太一、北斗，但兩篇文字一正一反，正是象徵「太一行九宮」或「斗建十二月」。古代數術，凡屬時日選擇或歷忌、月令性質的古書都與式法有密切關係。《漢志·數術略》的五行類就是屬於這一類古書。出土文獻中，像《馬王堆帛書》的〈陰陽五行〉、〈刑德〉都附有相關的式類圖式，可見這是一種有規律的現象。總之，從各方面看《楚帛書》的圖式來源於「式」，這點是沒有問題的。

（3）《楚帛書》的十二神應與式的配神和演禽有關。《楚帛書》的十二神是十二月之神，由於《楚帛書》的圖式是屬於「式」的圖式，那麼從式法的角度想問題，很自然地會想到它與六壬式的十二神有些相似。古人表示十二辰位的名稱有很多種，古書記載的兩種六壬式十二神有不少名稱都是取自天象，其他種類的式也都有許多複雜的配神。另外，古代的式法與演禽關係十分密切，中國古代的演禽也是以星象與動物相配，測算年命，其中比較簡單的一種是「十二屬相」或「十二生肖」。帛書十二神的圖像很可能就是楚地流行的一種配禽系統。李零的這些分析使我們對於帛書十二神的認識變得更加清晰起來。

王志平的〈楚帛書月名新探〉〔註 88〕則探討了《楚帛書》各月月名與所對應的天象之間的關係，認爲《楚帛書》月名中所蘊涵的天文學知識正在於它們實際上是對各月星象的描述。

筆者以爲帛書十二神像中，值得探討的有：爲肥遺的一首二蛇交身神像

〔註88〕王志平：〈楚帛書月名新探〉，《華學》第三輯，（北京：紫禁城出版社，1998 年 12 月），頁 181～188。

（四月）、爲祝融的三首神像（五月）。饒宗頤有專文考證〔註 89〕，論述頗爲精詳，實可從之。然神話傳說人物，其形像之演變，在早期以口耳相傳的方式描述，時有所異另外古籍所載，三言兩語，只反映了特徵。如《山海經·海外東經》：「雨師妾在其北，其爲人黑，兩手各操一蛇，左耳有青蛇，右耳有赤蛇。一曰在十日北，爲人黑身人面，各操一龜。」〔註 90〕又《山海經·海外西經》：「并封在巫咸東，其狀如彘，前後皆有首，黑。」〔註 91〕即使同一物，描述亦有出入。如《山海經·北山經》：「又北百八十里，曰渾夕之山，無草木，多銅玉。囂水出焉，而西北流注于海。有蛇一首兩身，名曰肥遺，見則其國大旱。」〔註 92〕又《山海經·西山經》：「又西六十里，曰太華之山，削成而四方，其高五千仞，其廣十里，鳥獸莫居。有蛇焉，名曰肥遺，六足四翼，見則天下大旱。」〔註 93〕又：「又西七十里，曰英山，其上多杻橿，其陰多鐵，其陽多赤金。禺水出焉，北流注于招水，其中多鮮魚，其狀如鱉，其音如羊。其陽多箭䉉，其獸多牛㸲、羬羊。有鳥焉，其狀如鶉，黃身而赤喙，其名曰肥遺，食之已癘，可以殺蟲。」〔註 94〕畢竟根據支字片語，畫師所繪之形，僅見特點，各憑想像，是以繪者所畫成之形狀不盡相同。因此是否爲肥遺、祝融之形，仍有不少爭議。

　　僅憑口語或書面記載之圖繪有無限之可能，尤其以生活中不常見之物爲然，今神話傳本如《山海經》，僅爲零散的輯錄之作，無法完整保存中國神話。加上口語或書面流傳，於各時代難保同一形象，故十二神像即使可從《山海經》中找到形像類似者，亦難斷言即書中某物。誠如饒氏所言，「最足資研究者爲三頭人身神像，及一首兩身之蛇，餘不可考，未敢妄說。」〔註 95〕

　　今據上述十二章，依次以表格解說各月配置之神像，並附巴納德復原圖：

〔註 89〕饒宗頤：〈楚繒書之摹本及圖像——三首神、肥遺與印度古神話之比較〉，（臺北：故宮博物院，《故宮季刊》第三卷第二期），頁 1～26。

〔註 90〕袁珂注：《山海經校注》，頁 263。

〔註 91〕袁珂注：《山海經校注》，頁 219。

〔註 92〕袁珂注：《山海經校注》，頁 78。

〔註 93〕袁珂注：《山海經校注》，頁 22。

〔註 94〕袁珂注：《山海經校注》，頁 24～25。

〔註 95〕饒宗頤：〈楚繒書之摹本及圖像——三首神、肥遺與印度古神話之比較〉，頁 23。

月　份	章　題	說　明	巴納德復原圖
春正月	〈取于下〉	橢圓形首，上有二捲毛，闔眼。長頸、獸身。於裝裱時不察，未復其原貌，致使頸與身分離。首、足赤色，身尾青色。	
春二月	〈女此武〉	四白首皆方形，方眼。首上各有一青羽冠，左右相對。並頸。雙鳥身，青、赤相間。兩紅爪相對、內向。	
春三月	〈秉司春〉	方首方眼，首青眼白，首上方滿佈短毛。身體殘泐不清，似有手。	
夏四月	〈余取女〉	蛇形。一首二身，首作青色，二身作蜷曲狀，一赤色一棕色。口吐歧舌。	
夏五月	〈㪻出睹〉	三赤首，首上各有相對毛髮四根。並頸。身作人立形，手足赤色。手掌似剪，青色；腳掌似彎月，青色。	
夏六月	〈叡司夏〉	首似。面白，四周圍以紅色帶，露白齒，狀甚兇猛。作人立形，身色白，有尾青色。手似彎月，棕色，各執一物似蛇；足赤色，作魚尾開叉狀。	
秋七月	〈倉莫得〉	人首，面白色，露齒，首上有二青長角。身作鳥獸形，赤棕相間。一臂有爪，身似有尾。	

秋八月	〈臧𦵩☒〉	一首三突角，口吐長舌，紅色。獸身青色，脊上有毛。細鳥足，棕色，呈跪姿。	
秋九月	〈玄司秋〉	二蛇首青色。口吐歧舌，並頸。一身作座姿，赤、棕、白相間。手、足有爪上揚，青色。	
冬十月	〈昜☒義〉	鳥首鹿身形。鳥首長喙，赤色，首上有二青長羽。鹿身，赤、棕相間。青尾，雙足似剪，前青後赤。	
冬十一月	〈姑分長〉	首似牛首，方形。面青色，露白齒，牛角赤色，狀甚兇猛。作人身正立形，與五月三首神像身形相似。身色棕、白相間，下半已殘去。手作青色，似剪。	
冬十二月	〈荃司多〉	人身正立形。人首，面白色，四周圍以赤色帶，口吐赤色長歧舌，獸耳青色。身作人立形，棕、青相間。手足與五月神像相似，手作白色，足赤色。	

四、《楚帛書》的形制

　　1994 年李零發表了〈楚帛書的再認識〉。[註96] 該文將《楚帛書》與《馬王堆帛書》的古地圖形制進行了對比，指出，《馬王堆帛書》的幅寬分別是 24 釐米的半幅帛和 48 釐米的整幅帛，後一數字與原來所說的《楚帛書》的橫長 47 釐米十分接近，因而懷疑過去所說的「橫長」實際是縱寬。後來他請專家目驗原物的經緯，果然是如此。也就是說，通常按南北方向放置的「橫長」才是真正的幅廣，因而基本復原了帛書擺放的本來方向和原作者的書寫順序。李零還指出，這件帛書的幅度，現在雖然只剩 47 釐米，但據破損情況修正，應與《馬王堆帛書》的整幅帛相近，恐怕原來也有 48 釐米長。

〔註96〕李零：〈楚帛書的再認識〉，頁 227～262。

五、《楚帛書》中的特殊符號

《楚帛書》屬戰國文字的範疇，何琳儀將戰國文字中的特殊符號，分爲重文符號、合文符號、省形符號、對稱符號、區別符號、標點符號、裝飾符號與裝飾圖案〔註97〕等八大類。其中出現在《楚帛書》的有四類，分別是重文符號、合文符號、標點符號與裝飾符號。

《楚帛書》中的特殊符號雖有四類，但實際出現只有兩種特殊符號，一爲「＝」符，一爲「▭」符。其中「＝」符同時可表示重文、合文兩種符號，以及複筆的裝飾符號；「▭」符在帛書是一種標點符號。茲將兩種符號的用法，敘述如下：

（一）「＝」符

「＝」符在西周銅器銘文已出現，於傳世古文之記錄中，諸如：金文、竹簡、帛書、璽印、石刻等，屢見不鮮，最常見用爲作重文符。俞樾《古書疑義舉例》言及重文，約舉三條：一爲「以一字作兩讀例」〔註98〕，二爲「重文作二畫而致誤例」〔註99〕，三爲「重文不省而致誤例」。〔註100〕于省吾不僅據以論證其是非得失，並進而探討周代金石銘刻及六朝隋唐古籍鈔本之重文，及因不知重文符而誤讀之例，突顯出辨認重文符之重要性。〔註101〕

「＝」符，除了作重文符使用外，亦可爲合文符及使用，近代學者林素清論述甚詳〔註102〕；另「＝」亦可爲複筆裝飾符號。今茲由《楚帛書》所見（重文、合文、複筆裝飾符號）述之如下：

1、重　文

凡書寫時，遇有連續重複之字、詞或句時，爲便利及避免重複書寫相同之字、詞或句，以「＝」標於所重字之右下方〔註103〕，稱重文符。

〔註97〕何琳儀：《戰國文字通論》，（北京：中華書局，1989年），頁224～234。

〔註98〕俞樾：《古書疑義舉例》，（臺北：世界書局，1992年三版），頁12。

〔註99〕俞樾：《古書疑義舉例》，頁62。

〔註100〕俞樾：《古書疑義舉例》，頁62～63。

〔註101〕于省吾：〈重文例〉，（北京：《燕京學報》第三十七期），頁1～9。

〔註102〕林素清：〈論先秦文字中的「＝」符〉，中央研究院《歷史語言研究所集刊》，第五十六本第四分，（臺北：中央研究院，1985年），頁802～826。

〔註103〕「＝」作重文符使用時，所標示位置因其書寫材質而有不同，如金文玉石銘刻與古籍鈔本不盡相同。詳見于省吾：〈重文例〉，頁3。

《陔餘叢考》卷二十二〈重字二點〉云：

> 凡重字下者可作二畫，始於〈石鼓文〉，重字皆二畫也，後人襲之，
> 因作二點，今并有作一點者。[註104]

其所云之二點、二畫，蓋即指「＝」符。陳槃於〈漢簡賸義再續（增修本）〉之拾參云：「二橫畫表示疊字。」[註105] 其所謂二橫畫，蓋亦指「＝」符，疊字蓋指所重字而言。「＝」符作爲重文符使用，蓋將「＝」符列於所重字之右下方。其例則有單字而重者、複詞而重者及之不同 [註106]，然其中以單字而重者爲最常見。如〈令簋銘〉「作冊矢令陳宜于王姜＝商令貝十朋」，應讀「作冊矢令陳宜于王姜，姜商令貝十朋」；成句而重者如〈衛盉銘〉「裘衛乃彘（矢）告于伯＝邑＝父＝燹＝伯＝定＝伯＝琼＝伯＝單＝伯＝乃令三有司。」應讀「裘衛乃彘（矢）告于伯邑父、燹伯、定伯、琼伯、單伯。伯邑父、燹伯、定伯、琼伯、單伯乃令三有司。」

《楚帛書》的重文符號與西周銅器銘文重文符號用法完全相同，試舉如下：

	原　文	釋　文	備　考
1.	四1·17	漁漁	〈四時〉：「隼（厥）□魚二（漁，漁）☒☒☒女，夢二（夢夢）墨二（墨墨），亡章弼二（弼弼），☒每水☒，風雨是於。」
2.	四1·22	夢夢	
3.	四1·23	墨墨	
4.	四1·26	弼弼	
5.	天2·29	孛孛	〈天象〉：「天墬（地）乍（作）羕（殃），天棓（培）牆（將）乍（作）灉（湯、蕩），降于丌（其）方，山陵丌（其）雙（發），又（有）淵（淵）隼（厥）汨（汩），是胃（謂）孛（悖悖）。」

[註104] 趙翼：《陔餘叢考》卷二十二，（臺北：世界書局，1978年4月），頁6。

[註105] 陳槃：《漢晉遺簡識小七種》下冊，《中央研究院歷史語言研究所專刊》第六十三本，（臺北：中央研究院，1975年），頁113。

[註106] 蘇琇敏：《漢簡叢說》，（臺北：國立臺灣大學中國文學研究所碩士論文，1979年），頁142。

	原　文	釋　文	說　明
6.	⟨圖⟩四3·17	（殘文）	此亦可能爲合文

2、合　文

漢字爲單音節之方塊字，基本上以一字爲一構形單位。但有時爲著某些因素，而將二個字合畫於一起，形成二字爲一構形單位，卻有著二個音節，此種書寫形式就稱爲「合文」。

合文之始，可上推至殷商甲骨文，消失於秦始皇統一文字。〔註107〕陳夢家《殷墟卜辭綜述》，歸納甲骨卜辭合文之形式有四：其一爲「橫列的」，其二爲「逆列的」，其三爲「順列的（即上下相次的）」，其四爲「內含的（即內外相包的）」。〔註108〕因著漢字書寫習慣以直式書寫爲常態，自西周以降，合文形式略見改變，即橫列式、逆列式及內含式逐漸減少，順列式合文逐漸增多，〔註109〕於《楚帛書》中僅見及順列式及橫列式合文。另何琳儀將戰國文字的合文現象，按「借用」方式分爲位置借用、筆畫借用、偏旁借用、形體借用四類，而《楚帛書》中的合文有位置借用、筆畫借用二類。

「＝」作爲合文符使用，係將「＝」標於所合書下字之右下方。今據何氏之說，將合文分爲「位置借用」及「筆畫借用」二類，敘述如下：

（1）位置借用合文

所謂「位置借用合文」，係指將二字合書成一「具有二個音節」的構形單位，且二字之筆畫，不因合書而有所改變，其結構方式或上下結合（順列式合文），或左右結合者（橫列式合文），稱之。位置借用合文見於《楚帛書》者，有：

	原　文	釋　文	說　明
1.	⟨圖⟩四3·34	日月〔註110〕	「日」、「月」合書而筆畫不變，於合書字「月」之右下方標識「＝」，以示二字合文。

〔註107〕楊玉銘：〈兩周金文數字合文初探〉，《古文字研究》第五輯，（北京：中華書局，1981年1月），頁142。

〔註108〕陳夢家：《殷墟卜辭綜述》第二章第四節，（北京：科學出版社，1956年），頁81。

〔註109〕林素清，〈論先秦文字中的「＝」符〉，頁803。

〔註110〕另有〈四時〉4·35、7·02、7·32；〈天象〉1·21、4·25、7·23、7·30等，均出現「日月」二字合文。帛書「日」字作 ⟨圖⟩（〈四時〉7·10），「月」字作 ⟨圖⟩（〈天象〉1·05、2·34、3·20、3·27、3·29、4·07、4·09、6·25）

	原 文	釋文	說 明
2.	古 天 3・01	七日〔註111〕	「七」、「日」合書而筆畫不變,於合書字「日」之右下方標識「＝」符,以示二字合文。
3.	月 天 3・25	一月	爲「一」、「月」二字之合文,唯不見「＝」符,疑爲書手脫漏。

三者皆屬上下結合的順列式合文。

（2）筆畫借用合文

所謂「筆畫借用合文」,係指將二字合書成一「具有二個音節」的構形單位,原二字形有相同或相近之筆畫,將此重出之部份合而書之者,稱之。筆畫借用合文見於《楚帛書》者,有:

	原 文	釋文	說 明
1.	宜 6・03	至于	「至」、「于」二字相同之筆畫爲 (「至」字的末二筆、「于」字的前二筆),合此二筆成字,並於右下標識合文符「＝」。
2.	宜 7・03	上下〔註112〕	「上」、「下」二字相同之筆畫爲 ,(「上」字的末筆、「下」字的首筆),合此成字,並於右下標識合文符「＝」。

（二）「▫」符

「▫」符在帛書中是一種標點符號。標點符號何時產生,至今仍不可考。西周〈永盂銘〉中曾出現「ㄴ」號,可能是標點符號的雛形。陳邦懷稱這種有標識作用的符號爲「鉤識符號」。〔註113〕

隨縣竹簡的發現,說明標點符號在戰國早期已相當成熟。戰國中晚期的簡牘、縑帛文字中的標點符號更爲廣泛使用。然而標點符號在秦漢以後沒有受到應有的重視,尤其在印刷術發明後,標點符號遂消聲匿跡,這無疑是書面語言的退步。不僅造成閱讀的困難,也影響了古籍的普及和精確。〔註114〕如從這個角度來說,戰國文字中出現的標點符號,反而是進步的書面語言表達方式。

〔註111〕《楚帛書》「十」字作 （〈四時〉7・09）,故「十」爲「七」字。

〔註112〕〈四時〉3・02亦爲「上下」二字合文,然字下半殘泐。

〔註113〕陳邦懷:〈永盂考略〉,《文物》,1972年11期。

〔註114〕何琳儀:《戰國文字通論》,頁228。

戰國文字的標點符號有下列幾種：

類　別	說　明
∟	相當於句號或逗號，即所謂的「勾識」。
—	相當於句號、逗號或頓號。
▭	相當於句號。有時也用在文章的中間，可起分段的作用。
•	相當於句號，有分段的作用。
⊐	可能是「已」字，〈仰天湖簡〉中用於表一簡之結束，相當於句號。

《楚帛書》中出現的標點符號，就形狀而言僅有上述的「▭」一種，但卻有兩種顏色。一為黑色空心的扁方框「▭」，一為黑緣紅實的扁方框「▬」。

黑色空心的扁方框「▭」用於環繞帛書四周的十二段文字〈宜忌篇〉中，均標於每段文末，表示結束之意。這種空心的扁方框又見於〈信陽竹簡〉，用法相同。

紅色塡實的扁方框「▬」則用於帛書中間的正反兩篇文章之中，每篇各三個紅色扁方框，將文章分為三段。其中二個用於文中，一個用於文末。分段處不另起一行，可知此紅色扁方框表該段結束。

作者為何刻意以顏色區隔作用相同的兩種方框？蓋帛書中間兩段文字文章較長，分段處又未另起一行，若以一般的黑色空心扁方框「▭」來區隔段落，勢必與不夠醒目，易與文字相混淆，故以塡實的扁紅框區隔之。而位於帛書四周的十二段文字，由於文字簡短，且段段分明，不以紅框區隔，也夠明瞭，所以就只用黑色空心扁方框為之。扁方框這種標點符號的運用，目前以同屬墨書文字的隨縣竹簡最早，而現存帛書中使用扁方框的以《楚帛書》為最早，而在方框中實以紅色，則屬《楚帛書》所特有。

考《楚帛書》中以空心扁方框及黑緣紅實扁方框為標點符號，未見有前例。然漢簡之中，空心扁方框則為習見。如《武威漢簡》以空心方框表示一章之始，《居延漢簡》更以空心方框為標點使用。且標識用的標點符號，到了漢代更為繁雜，如《武威漢簡》除上述前四種外，另有「●」、「。」、「▲」、「「」」、「、」、「儿」、「＝」等，共十一種，可略窺其使用盛況。東漢許慎著《說文解字》，將常用之「、」〔註115〕、「亅」〔註116〕等編入書中。其後歷代或因之或變之，至宋

〔註115〕《說文解字・五上》「亅」部云：「亅，有所絕止。亅而識之也。」，見（漢）許慎

代因雕版印刷盛行，方出現「。」與「，」，明代時出現人名、地名號，近代則結合國外之標點符號，現行標點遂稱完備。

第三節 《楚帛書》內容概述

楚帛書寫在一幅寬度略大於高度（47×38.7CM）的方形絲織物上。整個幅面分為內、外兩層，內層是書寫方向互相顛倒的兩大段文字，一段八行，一段十三行；外層繪有十二個神像，上下左右，每邊各三個，為一至十二月之神，其中除標有「易☐羛（義？）」的神像是側置外，其餘頭皆朝內，每個神像皆有題記，作左旋排列，依次轉圈讀；四方交角還有用青、赤、白、黑四色畫成的樹木；青木與白木的樹冠相對，赤木與黑木的樹冠上下相對，樹根皆朝外。全書既無書題也無篇題，但外層十二段文字，每段結尾都有一個分章的符號（用朱色方塊表示），後面另外書寫含有神像名稱的章題；內層兩段文字也各有三個分章的符號（形式與邊文相同）。織物原是折疊存放於竹篋內，留下兩道折痕，一道年代較早，包括縱向的折斷痕跡三道和橫向的折斷痕跡一道，痕跡較深，分帛書為八塊；另一道年代較晚，包括縱向的折斷痕跡五道和橫向的折斷痕跡一道，痕跡較淺，分帛書為十二塊（「縱」指窄面，「橫」指寬面）。左右邊緣還比較整齊，但上下邊緣殘破，裝裱時有若干部位發生錯位，幅面原為淺灰色，年久變為深褐色，使圖像文字難以辨認。

李學勤曾建議稱內行八行的那段文字為〈四時〉，十三行那段文字為〈天象〉，外層四周的文字為〈宜忌〉。〔註117〕許多學者都對這三部分文字進行過考釋，下面筆者主要以饒宗頤《楚帛書》為主，並綜合各家之說，以簡要的釋文來介紹這三部分文字的內容。

撰、（清）段玉裁注：《說文解字注》，（臺北：黎明文化事業股份有限公司，1991年，影印清嘉慶二十年經韻樓刊本），頁216。

〔註116〕《說文解字・五上》「亅」部云：「亅，鉤識也。从反亅。」，頁639。

〔註117〕邊文或稱之為〈丙篇〉、〈月忌篇〉、〈月令篇〉。陳茂仁以邊文十二段文字所記非唯禁忌之事，亦有言及適宜施行之事，是以定名為〈宜忌篇〉，今從之。見陳茂仁：《楚帛書研究》，（臺灣嘉義：國立中正大學中國文學研究所碩士論文，1996年1月），頁252～306。

一、〈四時〉

曰故（古）□龏（能、熊）䨣（雹）虘（戲），出自□霝，尻（居）于雽（脽）
□。乎（厥）□㵎（漁，漁）□□□女，夢（夢夢）墨（墨墨），亡章弼（弼
弼），□每水□，風雨是於。乃取（娶）₁〔註118〕虘遄□子之子，曰女皇（媧）。
是生子四，□是襄，而淺（踐）是各（格），曑（參）桒（化）唇（唬）逃（兆），
爲禹爲萬，㠯（以）司堵襄（壤）。咎（晷）而步起₂。乃卡（上下）朕（騰）
逋（傳），山陵不斌（延、疏）。乃命山川四曶（海），□寅（熏、熱）炁（氣）
倉（滄）炁（氣），㠯（以）爲亓（其）斌（延、疏），㠯（以）涉山陵，瀧汨
凼（沿）澫，未又（有）昌（日月），四神₃相戈（代），乃步㠯（以）爲散（歲）。
是隹（惟）四寺（時）。□

倀（長）曰青榦（榦），二曰朱四單，三曰翏黃難（難），四曰㴓（沿、細）墨
榦（榦）。千又（有）百散（歲），昌（日月）₄炎（允）生，九州不坪（平），
山陵備峩（血、沿）。四神乃乍（作），至于遉（覆），天旁潼（動），攼（扞）
䧿之青木、赤木、黃木、白木、墨木之精（精）₅。炎帝乃命祝螎（融），㠯（以）
四神降，奠三天，罠思敦（捊），奠四亟（極）。曰：非九天則大峩（血、沿），
則母（毋）敢曘（蔑）天霝（靈）。帝夋乃₆爲昌（日月）之行。□

共攻（工）夸步，十日四寺（時），□□神則閏，四□母（毋）思，百神風雨，
昏（晨）禕亂（亂）乍（作）。乃逆（？）昌（日月），㠯（以）逋（傳）相₇
土思，又（有）宵又（有）朝，又（有）晝又（有）夕₈。□

字數：全篇 258 字，外加合文 5 字，重文 4 字，計 267 字。

釋義：

　　遠古之□能伏羲，出自顓頊，居住在脽□。伏羲以漁獵爲生，當時宇宙初
始，天地混沌晦暗而肅寂，且有洪水氾濫成災、風雨疾揚狂作。伏羲娶□子的
女兒女媧並生育四子。佐治□□，以盡力履行。於其職掌之界域內，參天地之
造化。如同禹、萬一樣，使守其職責分界，以掌管平治水土之事。規測日月星
辰運行以推步，天上之神祇升騰，地表之山川就位運轉。山陵間之氣，固塞不
能疏通宣洩。於是派遣四方山川之神，藉陽氣陰氣，使山陵間之滯氣疏通。此
時日月尚未產生，大雨急下，山中積水，水勢甚爲廣大。四神交相代替，於是
推步爲一歲，即春、夏、秋、冬四時。

　　第一的稱爲青榦，第二的稱爲朱四單（朱桺檀），第三的稱爲翏黃難，第四
的稱爲沿墨榦。過了一千一百年，帝夋生日月，時九州不平，山岳丘陵盡皆崩

壞。四神於是興起，以四極承天覆而運轉，並衛護已衰敗之青木、赤木、黃木、白木、墨木之靈氣，（使天體得以運行不輟）。炎帝命祝融遣四神降於人間，安定日月星辰，建立四極以承天覆。違逆九天則有重大敗亡之事發生，因此不敢蔑視天神。帝夋於是使日月依其常軌運行。

共工推步，制定十干及四時，▨□神爲之置閏，四▨毋思，然百神使風雨狂作，星辰天體逆亂，自然之序失次之象履現。於是因日月之運轉而迎送日月，相土據迎送日月的時間「宵」、「朝」、「晝」、「夕」，建立出時分（分出一天早晚的四個時段）。

以上三章是講「四時」的產化，第一章是講在遠古時代，包戲（即伏犧）「取虘遷□子」的女兒「女皇（媧）」。生下四個兒子，是爲「四神」。當時沒有日月，是靠「四神」分守四方，互相換位，用步行來推算時間，以表示「四神」。這是最原始的「四神」。第二章是講分掌「四神」的包戲四子，長子叫「青□干」，次子叫「朱四單」，三子叫「翏黃難」，四子叫「□墨榦」。經過「于有百歲」，日月終於產生，但天不寧，地不平，炎帝命祝融率「四神」奠定「三天」、「四極」，恢復宇宙和諧，從此才有了由日月之行表示的「四神」。第三章是講「共工夸步十日四時」，後來才有了一日之內的「四神」劃分，即宵、朝、晝、夕。

二、〈天象〉

隹（惟）□□▨月則絽（贏）絀，不得亓（其）尚（當），春頣（夏）昧（秋）备（冬），□又（有）▨尚（常）。⿱日月=（日月）星唇（辰），亂（亂）遊（失）亓（其）行。絽（贏）絀遊（失）□（亂、亂？），卉木亡$_{1}$尚（常）。▨□実（妖）。天墜（地）乍（作）羕（殃），天棓（棓）酒（將）乍（作）瀉（湯、蕩），降于亓（其）方，山陵亓（其）雙（登），又（有）開（淵）氒（厥）洄（汩），是胃（謂）孛二（悖悖）歲（歲）▨月內（內）月$_{2}$⿱七日=（七日），▨（八日？），□又（有）電雹、雨土，不得亓（其）參職。天雨▨▨二，是遊（失）月閏之勿行。⿱一月（一月）二月三月，是胃（謂）遊（失）終，亡$_{3}$奉，▨□亓（其）邦。四月、五月，是胃（謂）亂（亂）絽（紀），亡𠩺（砅、濿），▨堅（？）亓（？其）歲（歲）。西國（國）又（有）吝，女（如）⿱日月=既亂（亂），乃又（有）鼠（鼠）▨；東國（國）又（有）$_{4}$吝，▨▨乃兵，禽（害）于亓（其）王。▭
凡歲（歲）惪匿（慝），▨女（如）曰亥（亥）隹（惟）邦所，五実（妖）之行。卉木民人，吕（以）風（？）四淺（踐）之$_{5}$尚（常），▨▨上実（妖），三寺（時）是行。隹（惟）惪匿（慝）之歲（歲），三寺（時）▨▨，繫（繫）之吕（以）需（霈）降。是月吕（以）數（婁、數）曆（擬）爲之正。隹（惟）

十又（有）₆二☐（月？），隹（惟）孛（悖）慝匿（慝），出自黃鼎（淵），土身亡（芒）䑞（翼），出內（入）☐同，乍（作）亓（其）下凶。旯（日月）䗬（皆）䤦（亂），星唇（辰）不同（？）。旯（日月）既䤦（亂），骰（歲）季₇乃☐，寺（時）雨進退，亡（無）又（有）尚（常）𡚁（恆）。恭（恐）民未智（知），𣉩（擬）㠯（以）爲則，母（毋）童（動）群民，㠯（以）☐三𡚁（恆），雙（發）四興鼠（鼠），㠯（以）䤦（亂？）天尚（常）₈。群神五正，四興失羊（詳），建𡚁（恆）褱（懷）民，五正乃明，亓（其）神是亯，是胃（謂）慝匿（慝），群神乃悳。帝曰：繇（繇、繇）☐（敬？）之哉₉！母（毋）弗或敬。隹（惟）天乍（作）福，神則各（格）之；隹（惟）天乍（作）宊（妖），神則惠之。☐（欽？）敬隹（惟）備，天像是惻（則），戚（感）隹（惟）天☐，下民₁₀之祇（祗）敬之母（毋）戈（忒）！▭

民勿用赵赵百神，山川滿浴（谷），不欽☐行，民祀不脂（莊），帝牾（將）繇（繇、繇）㠯（以）䤦（亂）☐之行₁₁。民則又（有）縠，亡又（有）相䵶（擾），不見陵西（棲、夷），是則鼠（鼠）至。民人弗智（知）骰（歲），則無絹（改）祭。祀則返，民少又（有）☐（憂？），土事₁₂勿從，凶₁₃。▭

字數：全篇 409 字，外加合文 5 字，重文 3 字，計 417 字。

釋義：

月運行失序，進退不得其當，以致春夏秋多四季又失其常。日月星辰因之贏絀（盈縮）而運行失其常軌，草木生長亦因之失其時序。上述種種天變怪異也就叫作妖。天地降下災禍，天棓星亦引發大雨，使洪水漫溢四方大地。山嶽丘陵遭雨淹沒而不顯，深淵之水亦不斷湧出，助長水患，這都是違逆四時常理所招致的禍事。歲時☐月入月的七日八日，天上有閃電光芒，有濃密的沙塵等凶咎，次序常則已失，是以不得參贊天地化育之職，天降大雨等凶咎，皆起失於閏月不舉事之忌所致。若失其月閏之忌而行，則一、二、三月就會有凶咎，這就失其歲終置閏之意。勿起土封疆界，以免禍及其國。若失其月閏之忌而行，四、五月也會有凶咎，此謂之違逆天文進退之度數。勿覆石渡水，以免犯觸歲禁。在國之西方，有憂患事，如同日月運行失序，於是鼠災頻傳；在國之西方，亦有憂患事，將有戎事害於王身。

凡歲星當值其德籠罩覆蓋時，如我邦正處於太歲在亥之位，將有五宊（五種天變怪異）盛行。草木的依時而生、人民的生活安樂，正以此化育四時興替之常軌。故☐☐上宊時，僅春夏秋三季依次興代。歲星當值其德覆蓋籠罩那年，春夏秋三季，出現接連降下大雨的妖異。此月因白虎七宿中之婁宿失序，故比度以釐定之，使之符合常時。十二月有天體逆德籠罩，所以地下黃泉冒出惡氣，

土星光芒如翼，出入與昔時不同，上下合作，降下凶咎。日月同時運行失序，使星辰之居位與昔日不同。日月之運行既已混亂，歲末即出現凶災。即便是季節性之雨水，亦雨量不定，時大時小，已失應有之規律。唯恐民智未開不知日月脫序、星辰不顯、四時興代失序事，以天象比度農事以啟發之，然不可使百姓驚恐。明日月之運行及星辰之居所，並改正四時代興失序之現象，解決天馴運行失序所造成的災禍，使民不失時，合天之常。群神、五正、馴星亦失其徵驗。於是建立三恒，懷柔其民，使五正之神明其所居，恭祀其神。如此享祀群神，則當側匿之時，群神猶皆德之。天帝說：「唉！心存誠敬地祭吧！人民之祭祀，不可有絲毫之不敬。若得上天佑助，群神亦當感通天命而敬隨之賜福；上天降下凶咎，群神亦當依順天命，降下災禍。要恭謹地敬祀上天，上天即會痛惜人民，降福除災，感應上天之□，在下地人民之祭祀當更敬順而不可有差忒。」

人民勿因百神中的山、川、澫、谷等神，不敬謹而失職，人民就因此不心存誠敬祭祀。否則天帝將謀使天體日月星辰德匿贏縮，運行失常，予以懲戒。人民若能懷著善心，無相擾之事，如此則不至逐漸衰頹，以致凶咎發生。人民若無知於歲，則於祀事須勿改勿懈。祭祀反覆，人民就少有憂患之事。不要興土動工，會有凶事發生。

以上三章主要是講順令和知歲的重要性。第一章是講月行固有度數，如果過快過慢，不得其當，就會造成春夏秋冬節令失常，日月星辰運行混亂，以至造成各種凶咎，如草木無常、天棓星降災於下，山陵崩墮，泉水上涌，雷鳴電閃，下霜雨土，云霓傍日，兵禍四起。第二章是講歲有德匿，天有賞罰。民人知歲，天則降福；民人不知歲，天則降禍。第三章是講民人應對天地山川諸神虔誠恭敬，以時奉享。如果民人不知歲，祭祀不周，天帝便會降以上述凶咎，使農事不順。

三、〈宜忌〉

取于下₁
　日：取，乙（䢼）則至，不可㠯（以）₂☒殺。壬子、酉（丙）子，凶。乍
　（作）₃☒北征，銜（率）又（有）咎，武☒₄□亓（其）歍（歜）。▭₅
女（如）此武₁
　日：女（如），可㠯（以）出市（師）籤（築）邑₂，不可㠯（以）豢（嫁）

女取臣妾₃，不夾（兼）尋（得）不戚（感、憾）。▱₄

秉司春₁

〔曰：秉〕▨▨▨▨▨₂㝢（妻）畜生（牲）分女▨▨。▱₃

余取（娶）女₁

曰：余，不可㠯（以）乍（作）大事，少杲亓（其）₂▨，▨（蒼？）龍亓（其）▨（見？），取（娶）女爲邦关。▱₃

故（姑）出睹（曙）₁

曰：故（姑），戲（梟）銜（率、帥）▨（不？）尋（得）㠯（以）匿。不₂見月才（在）昌▨，不可㠯（以）言₃祀。凶，取▨▨爲臣妾。▱₄

叔司頣（夏）₁

曰：叔，不可出帀（師）。水帀（師）不翘，亓（其）攺（敗？）₂亓（其）遑（覆），至于二（至于）亓（其）下▨，不可㠯（以）高（享）。▱₃

倉莫（？）尋（得）₁

曰：倉，不可㠯（以）川▨，大不₂訢于邦，又（有）県（梟），內（入）于上下二（上下）。▱₃

臧（臧）坴▨₁

曰：〔臧〕，不可㠯（以）簭（築）室，不₂可㠯（以）乍（作），不腜（瘠）不逡（復），亓（其）₃邦又（有）大蹈（亂）。取（娶）女，凶。▱₄

玄司呋（秋）₁

曰：玄，可㠯（以）笃（簭＝築）室（？）▨▨▨₂可▨▨遅（徙），乃㝵▨▨。▱₃

易（陽）▨義（義？）₁

曰：易（陽），不〔可〕燬（毀）事，可〔㠯（以）〕₂折，敚（除）故（去）不義（義）于四〔方〕。▱₃

姑分長₁

曰：姑，利戕（侵）伐，可㠯（以）攻成（城）₂，可㠯（以）聚眾，會者（諸）侯，型（刑）百₃事，殘（戮）不義（義）。▱₄

荃（荼）司各（冬）₁

曰：敓（擒、捨）₂，不可㠯（以）攻〔成〕（城）▨₃▨▨▨▨▨毁▨。▱₄

字數：全篇內文235字，合文2字，章題36字，計273字。

釋義：

春正月「取」，正處於歲下。

　　曰：取月，開生之候鳥乙至，不可殺生。（歲星適居於北，北征則抵太歲，不利；又禍衝在南，故）壬子、丙子，凶。是以率兵北征，均有凶咎。

且將用武（駕陵）於其輔軍。

春二月「女」，適於戎旅征伐事。

　　曰：女月，可以出師征戰、封都邑，但不可嫁女娶妾，不兼得亦不遺憾。

春三月「秉」，主掌管春季。

　　曰：秉月，……妻、畜養之禽獸，……。

夏四月「余」，最忌娶婦。

　　曰：余月，不可以從事大事，日將明□，太歲東方蒼龍出現，此月娶婦將
　　　　導致亡國。

夏五月「䧊」，隱而復現。

　　曰：䧊月，勇猛之將帥不得隱藏躲避。若是不見月在□□，則不可以獻物
　　　　祭祀。選取□□爲臣妾，否則將有凶災毀禍事。

夏六月「䣱」，主掌管夏季。

　　曰：䣱月，不可出師行戎旅征戰事，水師爲尤不宜。若不依循，則將敗滅
　　　　覆亡，至於□大□，不可以獻物祭祀。

秋七月「倉」，邦內有不欣和之事。

　　曰：倉月，應謹壅塞、勤濬川、愼防水潦，邦內將有凶事，大不欣和。以
　　　　梟爲犧牲，祭祀於上下神祇。

秋八月臧……。

　　曰：臧月，不可以建造房舍，不可以行戎旅事，若不恢復節省儉約，邦內
　　　　將有大亂。此月娶婦，將有凶咎。

秋九月「玄」，主掌管秋季

　　曰：玄月，可以建造都邑或宮室……於□□，遷移則有凶咎事。……

冬十月「昜」要除去種種不宜之事

　　曰：昜月，不可爲求驅除凶咎而舉行外祭，但可以誓告祈福。除去四方種
　　　　種不宜之事。

冬十一月「姑」，適合施行各該類之要者。

　　曰：姑月，利於興兵討罪，可以攻擊敵人之城池，可以聚集大眾，會合各
　　　　諸侯國國君，並可以決斷眾多之事務，並可以討伐殘暴不義之人。

冬十二月「荼」，主掌管冬季。

　　曰：荼月，（不）可以⋯⋯擒⋯⋯，不可以攻⋯⋯。

以上十二章是講帛書十二神所主的各月宜忌，順序是按正月到十二月排列。每章開頭「曰」字後的第一字是月名，後面是各月宜忌之事，最後三字是各章的章題，第一字是月名，第二、三字，或隱括該章內容（如女月利出師，題作「女□武」），或表示季節（如春季的最後一月作「秉司春」）。

　　帛書分〈四時〉、〈天象〉、〈宜忌〉三篇，〈四時〉三章、〈天象〉三章、〈宜忌〉十二章，各篇章有內在的邏輯聯繫，整部帛書的三部分文字是一個整體。〈四時〉側重於「時」（四時），記天地之開闢，曆數之創建；〈天象〉側重於「歲」，討論神人關係，言神人分際；〈宜忌〉側重於「月」，從神人分際的觀念出發，講人每月應有的作為。其中時間觀念以及時間的表現形式，如歲、月、日的產生，日月星辰的運行、物候曆等，則是貫穿全篇的線索，使前後彼此呼應。

第三章　《楚帛書》國別、年代之推判

　　《楚帛書》自 1942 年出土迄今，其國別隸屬，年代推測，迄未見有全面的論述。因此，論者或據前人之說而因襲之；或據一偏之見以論述之。

　　《楚帛書》年代之推論，首見於蔡季襄《晚周繒書考證》，其說如下：

至考此墓時代，今據出土繒書文字、郢爰陶版，及長沙封建沿革，加以推測，似爲荊楚中期之墓葬。我國文字，在六國之世，最爲複雜，其時一國有一國體制，且篆法奇離、增損無定，不能盡識。故秦兼天下，首先統一文字。觀《說文解字敘傳》曰：「其時諸侯力政，不統於王，惡禮樂之害己，而皆去其典籍，分爲七國。田疇異畝、車涂異軌、律令異法、衣冠異制、言語異聲、文字異形，秦始皇帝，初兼天下，丞相李斯乃奏同之，罷其不與秦文合者。」云云。今此書字形奇古，且多變體，與秦篆搆結迥異，確爲六國體制，此其可證者一也。金版爲古代天子郊祀上帝之上幣（按金版之制，係用黃金鑄成，作長方式之版形，以鎰計重，爲周代貨幣之一種，詳拙著《周秦漢金銀貨幣圖考》。）其名稱，見於《周禮·秋官·職金》：「旅于上帝，則共其金版是也。」今此墓出土之陶質金版（按此項陶質金版，爲古殉葬所用之明器，猶現代紙錢之類。）上鑒有郢爰印款十六枚，分列四行。按郢爲楚都之專稱，《史記·楚世家》：「楚文王

元年始都郢（即今湖北荊州府，江陵縣地。）」其後遷陳，徙壽春，皆命名曰郢，可證，爰爲鍰之省文，爲周代黃金貨幣之單位名稱。如《尚書・呂刑》:「其罰百鍰」是也。因楚僭王號，故亦有金版之制。（按近年安徽壽州，常有此項郢爰金版出土，俗稱印子金，詳方氏《綴遺齋彝器款識》。）此其可證者二也。至長沙沿革，揆之史籍，在漢以前，并無封建，當春秋戰國之世，原屬楚之南部重鎮，及產粟之地。考《國策・楚策》云:「長沙之難，楚太子橫（即楚頃襄王）爲質如齊。」云云。又《史記・楚世家》云「復龐長沙，楚之粟也。」云云，可證。不過楚頃襄王二十一年，郢都爲秦將白起所拔，燒夷陵、取洞庭五渚，及黔中郡。楚王東北保陳城（即故陳國，今河南陳州府治。）當是時，長沙非復楚有，甚爲明顯，此其可證者三也。今根據上述三點，加以推證，則此墓爲戰國荊楚之墓葬，確無疑義，其時代當在頃襄王二十一年以前，可斷言也。〔註1〕

蔡氏此文乃就文字、郢爰陶版及長沙封建沿革三端推論帛書所處時代。因所述甚有理據，故學者大都未再發表相關的論述。筆者不揣譾陋，亦就以此三端爲基礎，略述己見，並輔以現代所見材料，補強其說。

第一節　就《楚帛書》的文字及內容推判

一、《楚帛書》的文字

　　文字之書寫，於戰國時期，異形紛雜，眾所熟悉。其後，秦雖一統天下，書同文字。然文字之書寫，非一朝一夕可全面改觀。秦皇之所頒行，大抵行於官吏、朝廷，至如民間所用，自難規範。故於秦白起拔郢之後，其地雖屬嬴秦，然人民仍以其故國文字交通，非必以秦篆。

　　今觀《楚帛書》之結構，由三部分組成，共九百餘字。字形奇詭呈扁圓體勢，加以省簡、增繁，變體雜置，頗難釋讀。《說文解字・敘》云:

> 其時諸侯力政，不統於王，惡禮樂之害己，而皆去其典籍，分爲七
> 國。田疇異畝、車涂異軌、律令異法、衣冠異制、言語異聲、文字

〔註1〕蔡季襄:《晚周繒書考證》，（臺北:藝文印書館，1972年），頁16。

異形，秦始皇帝，初兼天下，丞相李斯乃奏同之，罷其不與秦文合

者。……所謂小篆者也。〔註2〕

筆者先以《說文》、《三體石經》之古文與帛書文字比較，以確定帛書文字的時代；再以帛書文字與近年出土的戰國楚系書寫文字對照，以觀察帛書與楚地之關係。如此吾人對《楚帛書》的時代與國別，將更有較爲精準的判斷。

筆者查考《楚帛書》與《說文》古文或魏《三體石經》同時出現之文字，計二十九字，得此下表：

說文小篆、說文古文、三體石經古文、《楚帛書》文字對照表

	帝	旁	下	正	命	率	得	難
說文小篆	1上·03	1上·03	1上·03	2下·01	2上·18	2下·19	2下·16	4上·44
說文古文								
三體石經	僖公		君奭	文公	多士	僖公	僖公	君奭
楚帛書	四6·02	四5·19	天7·21	天9·14	四3·10	宜1·04	宜2·04	四4·25

	烏	亂	敢	則	乃	朝	明	有
說文小篆	4上·56	4下·06	4下·07	4下·43	5上·29	7上·14	7上·25	7上·25
說文古文								
三體石經	無逸	無逸	無逸	無逸		君奭	君奭	

〔註2〕（漢）許慎撰、（清）段玉裁注：《說文解字注》，（臺北：黎明文化事業股份有限公司，1991年，影印清嘉慶二十年經韻樓刊本），頁765。

楚帛書							
	四1·34	四7·28	四6·29	天12·27	天9·15	四8·06	天9·16	四4·32

	長	悳	惟	雨	至	西	女	民
說文小篆	9下·32	10下·25	10下·30	11下·9	12上·2	12上·4	12下·01	12下·31
說文古文								
三體石經		君奭	多士	文公	僖公	僖公	僖公	無逸
楚帛書	宜11·01	天9·28	四4·09	四7·25	宜1·02	天4·20	四2·08	天12·01

	弼	恆	風	成				
說文小篆	12下·61	13下·14	13下·6	14下·41				
說文古文								
三體石經	皋陶謨			君奭				
楚帛書	〔註3〕 四1·26	天8·10	四1·31	宜11·02				

　　今視帛書文字，與秦篆系統的小篆結體大異其趣；而與東土六國關係密切的「古文」、「三體石經」結體，反而較近於《楚帛書》。觀上表帛書之「率」、「得」、「亂」、「敢」、「朝」、「有」、「惟」、「西」、「如」、「恆」等字，其形構與說文古文或三體石經完全相同；「帝」、「下」、「旁」、「正」、「難」、「烏」、「則」、「時」、「明」、「長」、「至」、「德」、「民」、「風」、「成」等字，其形構與說文古文或三體石經近

〔註3〕「弼」字下方之二橫畫，為重文符。

似。王國維以爲「古文」是戰國時秦以外的六國文字〔註4〕，但筆者認爲可能大多數是六國文字，卻不能說全部都是，如上表之「命」、「乃」、「以」、「雨」、「弼」等字，《楚帛書》與秦小篆並無明顯差異，而且極爲近似，也有相同者。這些文字的形構極可能在東周時期，各國就已有共識，而有了相同的寫法。

今觀帛書文字既與屬戰國時期文字的「古文」相同、相似，兩者在時代上應有一定的關連。蓋一字的寫法是約定俗成的結果，而形構近似的字，其時代也相近，甚至有前後的關係。既知「古文」屬戰國時六國文字，因此筆者推測《楚帛書》亦爲戰國時期文字。

帛書既爲戰國文字，那它究竟是屬於何國之物？這又是值得討論的課題。胡小石〈論古文之變遷〉云：

> 以文字而論，……異姓諸國之書體，亦由方變圓，然纖勁而行筆長，
> 與周之溫厚而行筆短者迥別。此中復分爲二派：北方以齊爲中心；
> 南方以楚爲中心。……至齊楚之分，齊書整齊，而楚書流麗。整齊
> 者流爲精嚴，而流麗者則至於奇詭不可復識。〔註5〕

又〈齊楚古金表〉云：

> 古今文字派別，約有四涂，……其三爲齊派，其四爲楚派。兩者同
> 出於殷，用筆皆纖勁而多長，其結體多取從勢。所異者：齊書寬博，

〔註4〕王國維：〈戰國時秦用籀文六國用古文說〉，《王國維文集》第四卷，（北京：中國文史出版社，1997 年），頁 139。按：「古文」定義有二：（一）就時間來說，《說文解字·敘》云：「及宣王大史籀，著大篆十五篇與古文或異。」（《說文解字注》，頁 764），又：云「郡國亦往往於山川得鼎彝其銘，即前代之古文。」（《說文解字注》，頁 768）又《說文解字·段注》：「凡言古文者，謂倉頡所作古文也。」（《說文解字注》，頁 1），指自倉頡造字至周宣王太史籀著「大篆」前的文字。（二）就出處來說，《說文·敘》云：「至孔子書六經，左丘明述春秋傳皆以古文。」是指孔子寫的六經及張蒼所獻《春秋左傳》所採用的文字，這些典籍都是用「古文」字寫成的。這裡強調「古文」，目的在區分「今文」隸書。以漢代通行的隸書爲「今文」，隸書以前的文字則爲「古文」。（三）就小學來說，王國維謂：「六藝之書行於齊魯，爰及趙魏，而罕布於秦，其書皆以東方文字書之，漢人以其用以書，謂之古文。而秦人所罷之文與所焚之書皆此種文字，是六國文字，即古文也。」專指春秋晚期及戰國時的六國文字。本文「古文」採此最窄之定義。

〔註5〕胡小石：《胡小石論文集》，（上海：上海古籍出版社，1982 年），頁 171。

其季也，筆尚平直，而流爲精嚴；楚書流麗，其季也，筆多冤曲，而流爲奇詭。〔註6〕

胡氏以爲齊、楚文字皆以圓筆爲之，唯齊文字偏於精嚴，而楚文字流於奇詭。觀帛書文字，其形構、書風，大異〈石鼓文〉、〈詛楚文〉等秦文字，而且有不少字難以辨識，顯得十分「奇詭」。今取《荊門包山》〔註7〕、《信陽長台關》〔註8〕、《郭店楚簡》、《曾侯乙墓竹簡》等近年出土之楚簡文字，就其字形、結體與帛書對照，那麼帛書與這些近年出土的書寫文字之間的關係，即可明瞭。今列下表以對照之：

	帝	下	正	是	得	難	則	乃	日
說文小篆									
楚帛書	四 6·2	天 7·21	天 9·14	天 12·13	宜 2·04	四 4·25	天 12·27	天 9·15	四 7·10
曾侯		50				174			
信陽	1·10	1·12		1·28		1·8	1·1	1·32	1·23
包山	201	220	141	4	6	236			16
郭店	緇37	老甲·7	緇24	成15	五14	緇5	老丙·6	老乙·16	緇9
其他	九 M56·38	九 M56·47	九 M56·30	九 M56·30	九 M56·71		九 M621·22	九 M56·71	九 M56·23

〔註6〕胡小石：《胡小石論文集》，頁174。

〔註7〕湖北省荊沙鐵路考古隊：《包山楚墓》，（北京：文物出版社，1991年）。

〔註8〕中社會科學院考古研究所編：《信陽楚墓》，（北京：文物出版社，1986年）。

	家	悳	水	至	西	亡	絲	成
說文小篆	家	悳	水	至	西	亡	絲	成
楚帛書	宜2‧3	天9‧28	四1‧29	宜1‧2	天4‧20		天9‧31	宜11‧2
曾侯				1			62	251
信陽		2‧7		1‧1				
包山	249	62	246	206	154	171	180	121
郭店	緇20	語三‧54	語四‧10	語一‧69	太‧13	緇41	成14	忠7
其他	九M56‧41		望M1‧131	望M2‧38	九M56‧55	望M2‧49		

　　從「同」的角度來看，上表《荊門包山》、《信陽長台關》、《郭店楚簡》、《曾侯乙墓竹簡》文字形構，與帛書相同者有「下」、「正」、「得」、「則」、「乃」、「日」、「家」、「悳」、「水」、「西」、「亡」、「成」，與帛書相近者亦有「帝」、「是」、「難」、「至」、「絲」等字。其書寫形構同質性頗高，即非相同也非常近似，應可視爲同一地區的文字，而《荊門包山》、《信陽長台關》、《郭店楚簡》、《曾侯乙墓竹簡》出土地點分別在湖北荊門包山、河南信陽長臺、湖北荊門郭店、湖北隨縣，地屬戰國時楚地，因此帛書推測亦爲楚國之物。

　　從「異」的角度來看，《楚帛書》與小篆的區別頗大，如上表之「下」、「正」、「則」所加贅筆，「家」字從「爪」，「西」字作「　」的異構等，都屬楚系文字所特有，與小篆明顯是兩個系統的文字。

從以上兩方面的分析看來，帛書文字與小篆形體不似，而略近於《說文》古文、《三體石經》古文；而帛書文字尤近於同為書寫文字的戰國楚簡文字。由此可證，帛書極可能是楚國文物。

二、《楚帛書》的內容

《楚帛書》的內容頗有地方特色，今就神話、用韻、「畏」字之義三端，加以論述。

（一）神　話

《楚帛書》中的神話人物有伏羲、顓頊、女媧、禹、祝融、帝夋、炎帝、共工等，其範圍包含北、中、南各地的神話人物。《史記·楚世家》：

> 楚之先祖，出自帝顓頊高陽。高陽者，黃帝之孫、昌意之子也。高
> 陽生稱，稱生卷章，卷章生重黎。重黎為帝嚳高辛居火正，甚有功，
> 能光融天下。帝嚳命曰：「祝融」。共工氏作亂，帝嚳使重黎誅之而
> 不盡。帝乃以庚寅日誅重黎，而以其弟吳回為重黎。後，復居火正，
> 為祝融。吳回生陸終。陸終生子六人，坼剖而產焉。其長一曰昆吾；
> 二曰參胡；三曰彭祖；四曰會人；五曰曹姓；六曰季連，羋姓，楚
> 其後也。〔註9〕

又《國語·鄭語》：

> 夫黎為高辛氏火正，以淳燿惇大天明地德光照四海，故命之曰祝融，
> 其功大矣！〔註10〕

由《史記》知楚之先祖乃顓頊、祝融之後，故楚人奉祝融為祖；《國語》言黎為高辛之火正，因功大而受封為「祝融」。文中的「高辛」即「帝嚳」，亦即《楚帛書》所云「天靁帝夋，乃為日月之行」之「帝夋」。又《史記·楚世家》云：「（楚）滅夔，夔不祀祝融、鬻熊故也。」〔註11〕《左傳·僖公二十六年》：「夔子不祀祝融與鬻熊，楚人讓之。對曰：『我先王熊摯有疾，鬼神弗赦，而自竄於夔，吾是

〔註 9〕瀧川龜太郎：《史記會注考證》，（臺北：洪氏出版社，1986 年），頁 644～645。

〔註10〕見《國語·鄭語》第十六，《四部叢刊》，（臺北：臺灣商務印書館：涵芬樓借杭州葉氏藏明金李刊本景本），頁 3～4。

〔註11〕瀧川龜太郎：《史記會注考證》，頁 647。

以失楚，又何祀焉？』秋，楚成得臣鬥宜申帥師滅夔，以夔子歸。」〔註12〕均言夔子不祀祝融與鬻熊，楚興師問罪而滅之，足見楚對其先祖祝融的崇敬。

　　而由《尚書大傳・洪範・五行傳》：「南方之極，自北戶南至炎風之野，帝炎帝、神祝融司之。」〔註13〕可知炎帝與祝融均爲南方之神祇。今觀《楚帛書》有「炎帝乃命祝蟲（融），呂（以）四神降，奠三天，纍思敦（捊），奠四亟（極）」句，與《山海經・海內經》：「洪水滔天，鯀竊帝之息壤以堙洪水，不待帝命。帝令祝融殺鯀於羽郊。鯀復生禹，帝乃命禹卒布土以定九州。」〔註14〕所言之洪水神話合。而帛書之〈四時篇〉雖提及伏羲、顓頊、女媧、禹、祝融、帝夋、炎帝、共工等，包含北、中、南各地的神話人物。然特重炎帝、祝融之描寫，蓋楚地之傳統也，可據此判斷其所屬地域，故知帛書與楚地關係密切。

（二）用　韻

　　《楚帛書》置中的兩段文字，大致上是以四字句爲主的韻文。考先秦散文用韻之風，蓋起於戰國。清趙翼〈古文用韻〉云：

> 古人文字，未有用韻者。《尚書》喜起，及〈五子歌〉〈三風〉〈十愆〉之類，皆歌耳。……。散文有韻，顧寧人以《尚書》「帝德廣運」一節，及繫辭「鼓之以雷霆」一節，謂皆化工之文，自然成韻者。〔註15〕

　　今列分別列舉帛書〈四時篇〉及〈天象篇〉第一小節之韻腳如下：

四時篇	魚部	虘（戲）、畬二（漁）、於、斌（延、疏）
	陽部	襄、襄（壤）
	歌部	潣、戈、寺（時）
	月部	墨（墨墨）、媧、月、骰（歲）

〔註12〕（晉）杜預集解、（唐）孔穎達正義、（清）阮元校勘《十三經註疏・春秋左傳正義》，（臺北：藝文印書館，1993 年），頁 265。

〔註13〕《尚書大傳》，《四部叢刊》，（臺北：臺灣商務印書館：涵芬樓藏左海文集本），頁 45。

〔註14〕袁珂：《山海經校注》，（上海：上海古籍出版社，1980 年 7 月第一版），頁 472。

〔註15〕趙翼：〈古文用韻〉，《陔餘叢考》卷二十二，（臺北：世界書局，1978 年 4 月四版），頁 8～9。

	陽部	尚（當）、尚（常）、雨、行、尚（常）、羕（殃）、瀗（湯）、方、行、王
天象篇	月部	夐（發）、李（悖）、歲（歲）
	魚部	土、雨
	之部	絽（紀）、尿（砅、瀍）

　　觀帛書之用韻，合於先秦用韻習慣，且與《詩經》、《楚辭》類。是以知帛書爲戰國時期之文獻。

（三）「國」字之義

　　國，从邑从或。「邑」、「或」皆有邦國義。帛書〈天象篇〉有「西國（國）又（有）咎」「東國（國）又（有）咎」句。考「東國」一詞，首見於《戰國策》。《戰國策‧楚策》卷十五：

> 楚襄王爲太子之時，質於齊。懷王薨，太子辭於齊王而歸。齊王隘之：「予我東地五百里，乃歸之。子不予我，不得歸。」太子曰：「臣有傅，請追而問傅。」傅愼子曰：「獻之地，所以爲身也。愛地不送死父，不義。臣故曰，獻之便。」太子入，致命齊王曰：「敬獻地五百里。」齊王歸楚太子。〔註16〕

又《戰國策‧楚策》卷十七云：

> 長沙之難，楚太子橫爲質於齊。楚王死，薛公歸太子橫，因與韓魏之兵隨而攻東國，太子懼。昭蓋曰：「不若令屈署以新東國爲和於齊以勁秦，秦恐齊之敗東國而令行於天下也，必將救我。」楚太子曰：「善。」遂令屈署以東國爲和於齊。秦王聞之懼，令辛戎告楚曰：「母與齊東國，吾與子出兵矣！」〔註17〕

　　故「西國」可直接隸爲「西國」。凡星占家所謂東國、西國、南國、北國，多泛指方位也。《左傳‧昭公四年》：「薳啓疆城巢，然丹城州來，東國來，不可以城。」〔註18〕此「東國」是說「國」的方位，謂楚東部地域，此地近齊國，

〔註16〕《戰國策》之卷十五〈楚策〉，據士禮居黃氏覆剡川姚氏本校刊，見《四庫備要》，（臺北：中華書局，1990年），頁2～3。

〔註17〕《戰國策》之卷十七〈楚策〉，頁3。

〔註18〕（晉）杜預集解、（唐）孔穎達正義、（清）阮元校勘：《十三經註疏‧春秋左傳正

約當今日淮北一帶。帛書之「西國」亦此用法。又《戰國策》與帛書同有「東國」一詞，疑楚頃襄王爲太子質於齊時，「東國」一詞，已爲慣用辭彙。且「東國（國）又（有）咎」之「咎」，爲悔咎之咎，占驗之辭。《易・繫辭上》：「悔咎者，憂虞之象也。」〔註19〕此解爲「憂患、災禍」。疑指楚頃襄王爲質於齊，爲回國繼位，不得已以五百里換取自由身之事。其事不早於西元前301年，即秦、韓、魏、齊聯軍敗楚懷王之時。〔註20〕據此可知《楚帛書》之作，應不早於此年。

第二節　就陶質金版及其他隨葬物推判

隨葬器物亦可爲推論時代之依據。自一九七三年對土《楚帛書》之墓葬重新發掘所發現的器物，除了蔡氏所述之陶質金版外，尚有其他隨葬物如陶禮器等，均可以爲判斷時間的憑藉。

一、陶質金版

「金版」一語，首見於《周禮・秋官・職金》：「旅于上帝，則共其金版」〔註21〕可知金版之用途，在於祭享上帝。而此所謂泥金版，是強調其材質，係以泥製長方版塊，其面膚以黃土者謂之。

據蔡氏所言隨繪書出土之墓葬物中，有陶質金版十六枚，上有郢爰印款。〔註22〕另據參與1938年盜墓之土人回憶言，當時曾於頭箱中，發現未經燒製的青膏泥製作之金版數百塊。〔註23〕

義》，頁733。

〔註19〕（魏）王弼、（晉）韓康伯注、（唐）孔穎達正義、（清）阮元校勘：《十三經註疏・周易正義》，（臺北：藝文印書館，1993年），頁145。案：長沙，疑即垂沙之誤。見繆文遠：《戰國策新校注》，（上），（巴蜀書社，1987年九月第一版），頁564。

〔註20〕《史記・六國年表》：「秦、韓、魏、齊，敗我將軍唐眜於重丘。」其事於楚懷王二十八年（B.C. 301）。見瀧川龜太郎：《史記會注考證》，頁297。

〔註21〕（漢）鄭玄注、（唐）賈公彥疏：《周禮注疏》，（臺北：藝文印書館，1993年9月，影印清嘉慶二十一年阮元重刊宋版十三經注疏本），頁542。

〔註22〕蔡季襄：《晚周繒書考證》，頁16。

〔註23〕泥金版之傳聞，出自昔日參與盜掘《楚帛書》出土之人口中，刊載於《文物》1974年第二期，頁40。

以貨幣隨葬，始自商代，其後歷代墓葬，均有貨幣發現；春秋伊始，使用明器隨葬已相當風行，為古喪葬習俗表現之一。其中冥幣隨葬，則主要流行於戰國至漢代，目前可見者以湖南地區為多。目前已發掘的戰國楚墓，其冥幣質地有下列數端：以鉛、錫、泥、骨等。其形制有餅、版、貝、蟻鼻錢四種。泥版僅見於長沙地區楚墓。商承祚〈楚郢乎泥版一則〉云：

> 安徽鳳臺往年于廢墟出印子金塊，上有文曰郢乎。郢為楚都，乎即鉾字，乃楚物。……面有黃土一層，色如藤黃，聞在土中，累疊若干片，每片閒以土，……有疑此為范者，予謂冥幣也。如為范，不當入墓，奢者以實物，儉者用泥版，面專黃土，示黃金意也。〔註24〕

商氏以泥制金版隨葬，視為冥器是也。今於長沙發現郢爰，知為楚幣。蓋郢為楚都之通稱，以其質以泥製，面敷黃土，入墓隨葬，知為明器楚冥幣無疑。以其作長方形版狀，故名之為泥金版。今據蔡季襄言出土繒書之墓葬，亦出土陶質金版十六枚，上鑿有郢爰印款；又據昔日盜掘帛書出土之人之回憶，於其頭箱中，盛有未經燒製之泥金版數百塊。

人類對死後世界無法確知，以為死後在陰間過著如同生前一樣的生活。是以仿生前所用器具，下葬時伴隨死者入土，以滿足死者的冥世生活所需。〔註25〕《禮記‧檀弓》下云：

> 孔子謂：「為明器者，知喪道矣，備物而不可用也。哀哉！死者而用生者之器也，不殆於用殉乎哉！其曰明器，神之也。塗車芻靈，自古有之，明器之道也。孔子謂為芻靈者善，謂為俑者不仁，殆於用人乎哉！」〔註26〕

又《禮記‧檀弓》上：

〔註24〕 商承祚：《長沙古物聞見記》，（臺北：文海出版社，1971 年），頁 147～148。

〔註25〕 玄珠《中國神話研究 ABC》云：「相信人死後魂離軀殼，仍有知覺，且存在於別一世界（幽冥世界），衣食作息，與生前無異。」故明器之制，乃為滿足死者冥世之需求。詳參玄珠：《中國神話研究 ABC》，（上海：上海書店，1990 年 12 月第一版），頁 5。

〔註26〕 （漢）鄭玄注、（唐）孔穎達等正義：《禮記正義》，（臺北：藝文印書館，1993 年9 月，影印清嘉慶二十一年阮元重刊宋版十三經注疏本），頁 172。

孔子曰：「之死而致死之，不仁而不可爲也；之死而致生之，不知而
不可爲也。是故，竹不成用，瓦不成味，木不成斲，琴瑟張而不平，
竽笙備而不和，有鐘磬而無簨虡，其曰明器，神明之也。」〔註27〕

是知隨葬明器之旨，在於將死者當作神明侍奉。

今依長沙古墓出泥金版，知爲楚制，則爲楚墓蓋可據定。又據回憶者稱，
泥金版長約 3.5 厘米、寬約 3 厘米，其形制恰約爲商文所述之半。據上述，知
出土帛書之墓葬應爲戰國楚墓。

二、其他隨葬物

其他隨葬物主要是指陶禮器。隨葬禮器之材質，有青銅禮器及陶禮器二類，
取決於墓主之地位及財力，當然這也直接影響到墓葬的大小。大型墓（及少數
中型墓）用青銅禮器，中小型墓（後期少數大型墓）則用陶禮器。〔註28〕

陶禮器乃仿青銅禮器而來，青銅價質高，故以陶質的仿製品替代，因此可
推知青銅禮器等級比陶禮器高。〔註29〕以中小型墓言，在春秋戰國之交，普遍
由青銅禮器轉爲陶禮器。此外，隨葬禮器中的簋及敦，亦可爲判斷的標準。簋
爲級別較高的傳統禮器；敦大概出現於春秋中晚期，爲級別較低的新出禮器。

而隨葬禮器的組合形式、器形，亦可以作爲判斷依據。一般而言，用以判
斷葬墓年代的陶禮器有鼎、鬲、敦、盒、壺、鈁六者。其組合形式大致可分三
期〔註30〕：一、春秋中晚期或戰國早期之陶鬲及陶敦，而敦晚於鬲（敦取代鬲）。
二、戰國中期至晚期之鼎、敦、壺。三、戰國晚期之鼎、盒、壺、鈁（可有可

〔註27〕 （漢）鄭玄注、（唐）孔穎達等正義：《禮記正義》，頁 144。

〔註28〕 葉小燕：〈中原地區戰國墓初探〉，（《考古》，1985 年第 2 期），頁 164。

〔註29〕 楊樹喜：〈襄陽余崗楚墓陶器的分期研究〉，（武漢：《江漢考古》1993 年第 1 期），
頁 164。

〔註30〕 高至喜：「長沙楚墓根據陶器的演變和種類，可以比較明顯地分爲早、中、晚三期。
早期的代表器物爲陶鬲、罍形器、豆、繩紋圓底壺和缽等；中期的代表性器物爲
陶鼎、敦、壺及勺、豆、缽、罐、瓿、盂和紡輪等；晚期的除了鼎、敦、壺繼續
盛行外，又出現了鼎、盒、壺的組合形式，還增加了鈁、盤、匜、薰爐、鐎壺等
新器形。鼎、敦、壺是戰國墓中最常見最典形的器物，而出鬲、罍形器的早期墓，
絕不見有鼎、敦、圈足壺的出現。可見鬲的時代早于鼎、敦、壺無疑。」文見高
至喜：〈評《長沙發掘報告》〉，（北京：《考古》，1962 年第一期），頁 47。

無）。此墓之陶禮器有鼎、敦、壺，再外加匜、勺。其中鼎、敦、壺之器物組合，為戰國中期至晚期均有。中期除上述器物外，尚有勺等；晚期除上述器物外，尚有匜等。此墓兼具戰中、晚期之物，勺、匜同有。

今將此墓隨葬之陶禮器器形，據發掘報告所述〔註31〕，與同時期器形對照（以陶鼎、陶壺為例），表列如下：

類　別	外　觀	尺　寸
陶鼎	1. 深腹、圜底、方耳，蹄形足。 2. 腹部有凸弦紋一道，蓋頂近平，上有三紐，器表有錫箔狀貼片。	通高 19cm 口徑 15cm 腹徑 19cm 足高 11.8cm
陶敦	1. 輪制，深腹，成球形，上下三紐成 S 形。 2. 腹下有凹弦紋一道，先刻劃凹弦紋，然後用手捏三紐正好將凹弦紋切成三段。器表有錫箔狀貼片。	通高 19cm 腹徑 18.5cm
陶壺	輪制，口外敞，長頸，頸腹部有凹弦紋三道，圜底附圈足。蓋上有三個 S 形紐，器表有錫箔狀貼片。	通高 26.5cm 腹徑 17cm
陶勺	簸箕形，有低矮的假圈足。柄已斷。	高 3.5cm 口徑 6.5cm
陶匜	輪制，圓形，流小，口稍斂，腹較淺，假圈足極其低矮，器內敷白色陶衣。	口徑 8.5cm 高 3.5cm 流長 1.2cm

圖片	長沙子彈庫	望山 M1	望山 M2	藤店 M1	掃把塘	馬山磚廠	左家公山 M15
陶鼎							
陶壺							

〔註31〕湖南省博物館〈長沙子彈庫戰國木槨墓〉，（《文物》，1974 年第 2 期），頁 38。

今以子彈庫器形圖片與上江陵望山一號墓、二號墓〔註32〕、江陵藤店一號墓〔註33〕、長沙南郊掃把塘一三八號墓〔註34〕、馬磚一號墓〔註35〕圖片對照，外形十分相似。

因此推論此墓應建造於戰國中晚期之交，《楚帛書》即爲戰國中晚期之物。

第三節　就長沙封建沿革推判

人爲的相關記載及文物的出土，皆有助於對其地習俗的了解。藉著長沙之封建沿革的探討，亦可較爲精確推判《楚帛書》的時代。長沙之封建沿革，可由二方面來看：一爲載籍，一爲楚墓群。

一、載　籍

《楚帛書》出自長沙。長沙於晚周屬楚之南服。

《讀史方輿紀要‧湖廣一》：

禹貢，荊及衡陽惟荊州，《周禮‧職方》：「正南曰荊州，春秋至戰國並爲楚地，其在天文翼軫則楚分野。〔註36〕

《歷代沿革表》言湖南省：

禹貢荊州之域，周爲荊州南境，春秋戰國屬楚。〔註37〕

《戰國策‧楚策》：

楚，天下之強國也。……楚地西有黔中、巫郡，東有夏州、海陽，

〔註32〕湖北省文化局文物工作隊：〈湖北江陵三座楚墓出土大批重要文物〉，《文物》，1966年第5期），頁40～52。

〔註33〕荊州地區博物館：〈湖北江陵藤店一號墓發掘簡報〉，（《文物》，1973年第9期），頁17。

〔註34〕高至喜：〈記長沙、常德出土弩機的戰國墓——兼談有關弩機、弓矢的幾個問題〉，（《文物》，1964年第6期），頁37。

〔註35〕荊州地區博物館：〈湖北江陵馬山磚廠一號墓出土批戰國時期絲織品〉，（《文物》，1982年第10期），頁3。

〔註36〕顧祖禹：《讀史方輿紀要》之卷七十五〈湖廣一〉，（臺北：樂天出版社，1973年），頁3177。

〔註37〕《歷代沿革表》冊二，見《四庫備要》，（臺北：中華書局，1984年），頁137。

南有洞庭、蒼梧，北有汾陘之塞、郇陽。地方五千里，……。〔註38〕

《史記・越王勾踐世家》云：

復、讎、龐、長沙，楚之粟也；竟澤、陵，楚之材也。〔註39〕

又《史記・貨殖列傳》云：

衡山、九江、江南、豫章、長沙，是南楚也。〔註40〕

綜合上述記載，可知長沙一地於周代後期確爲楚有。《歷代疆域形勢圖》更以「南服之勁」稱楚，知當時非唯長沙爲楚有，且楚國力亦甚強大。直至楚頃襄王二十二年（B.C.277）〔註41〕，長沙爲秦所取。《史記・秦本紀》云：

（秦昭王）三十年，蜀守若伐楚，取巫郡及江南〔註42〕，爲黔中郡。

〔註43〕

因此長沙在歸屬於秦之前，一直是楚的領地。

二、楚墓群

吾人可將湖南長沙考古挖掘楚墓群，就其墓葬時代與分佈區域相對照，以求

〔註38〕《戰國策》之卷十四〈楚策〉，據士禮居黃氏覆剡川姚氏本校刊。見《四庫備要》，（臺北：中華書局，1990年），頁6。

〔註39〕瀧川龜太郎：《史記會注考證》，頁670。

〔註40〕見瀧川龜太郎：《史記會注考證》，頁1359。

〔註41〕蔡季襄《晚周繒書考證》云：「不過至楚頃襄王之二十一年，郢都爲秦將白起所拔，燒夷陵，取洞庭五渚及黔中郡，楚王東北保陳城。……則此墓爲戰國時荊楚之葬，確無疑義。其時代，當在頃襄王二十一年以前，可斷言也。」（見《晚周繒書考證》，頁16）今考諸《史記・楚世家》云：「（楚頃襄王）二十一年，秦將白起遂拔我郢，燒先王墓夷陵，楚襄王兵散，遂不復戰，東北保於陳城。二十二年，秦復拔我巫、黔中郡。」（見《史記會注考證》，頁663）又據《史記・秦本紀》云：「（秦昭王）三十年，蜀守若伐楚，取巫郡及江南，爲黔中郡。」（見《史記會注考證》，頁107）綜上所述，可知於楚頃襄王二十二年（B.C.277）時長沙已不爲楚所有。然長沙楚人之民風、土俗，非一夕可變。是以此墓雖爲楚人所有，非必爲秦取長沙之前，故若以秦取長沙之楚頃襄王二十二年爲《楚帛書》年代下限，恐值商榷。

〔註42〕按司馬遷所言之「江南」蓋指洞庭湖而言。見瀧川龜太郎：《史記會注考證》，頁107。

〔註43〕童世亨：《歷代疆域形勢圖》，（臺北：廣文書局，1982年），頁5。

出長沙於春秋戰國時期之歸屬。今人張正明研究楚人於春秋戰時期之遷徙時云：

> 澧水入洞庭湖處，距紀南城只有一百餘公里，水陸交通便利。因此，
> 楚人渡江而南，最初到的是洞庭湖西側，稍後才到了洞庭湖東側。
> 洞庭湖西側的楚墓，最早的屬於春秋中期。洞庭湖東側的楚墓，最
> 早的屬於春秋戰國之際。楚人到達洞庭湖南側的時代，大約也在春
> 秋戰國之際，此後楚人繼續南進，西邊是在沅水流域開拓巴人地區，
> 設立黔中郡；東邊是在湘水流域開拓揚越地區，設立了江南諸縣。
> 楚人在戰國早期和中期經略的湖南之地，就縱向而言是洞庭、蒼梧
> 之間，就橫向而言是沅水、湘水之間。屈原《九歌‧湘君》所寫的
> 「令沅湘兮無波，使江水兮安流」，正是南下的楚人的願望。在沅水
> 流域，發現了一些屬于這個時期的楚墓和巴墓，已知最南的在黔陽
> 縣。在湘水流域，發現了許多屬于這個時期的楚墓和越墓，已知最
> 南的在資興縣。處于湘水下游的長沙一帶，楚墓尤為密集。〔註44〕

此乃藉由楚墓考古之發掘，區別其時代界限，以為楚人於春秋戰國之際遷
徙之依據，今借以知長沙於晚周時期，確屬楚所有。

湖南省博物館於 1959 年發表〈長沙楚墓〉一文指出：

> 長沙在兩千年多年以前，便成為楚國的重要城邑，因而埋藏古代墓
> 葬很多。解放幾年來，僅湖南文管會所清理的楚墓，便有 1000 座。
> 這些楚墓的分佈地區，除西郊因湘水的阻隔較為稀少外，東郊、南
> 郊、北郊者散佈著很多。〔註45〕

由此可知長沙於春秋戰國之際為楚所有，更為無疑。今於 1938 年於長沙盜
掘出土之帛書，其墓葬之資料，與〈長沙楚墓〉一文所述吻合，故知帛書應為
戰國楚物。

〔註44〕張正明：《楚文化史》，（上海：上海人民出版社，1987 年），頁 138。

〔註45〕湖南省博物館：〈長沙楚墓〉，見《考古學報》1959 年第一期，頁 41。

第四章 《楚帛書》文字形構的演化

第一節 《楚帛書》文字的簡化

　　文字之簡化，起因甚多，究其原因，主要可從心理層面來說。早期漢字的形體，帶有濃厚的圖畫意味。然愈近圖畫之字形愈不易書寫，因而有簡省之需求，此乃趨易之心理。故先民逐漸將圖象性質高的字，改爲較平直易書的線條，再演變爲點、畫、撇、捺等抽象筆畫。如此之變過程，其實就是一種簡化。學者稱之爲「線條化」、「筆畫化」。〔註1〕簡化的目的，在於易於記憶與方便書寫。因此，中國文字的演化，注定走上簡化一途。

　　以楚文字而言，其字形、偏旁部件均有其特殊處，具有濃厚的地域特點。〔註2〕何琳儀說：

〔註1〕裘錫圭：《文字學概要》，（臺北：萬卷樓圖書公書，1995 年），頁 41～42。

〔註2〕何琳儀說：「楚國是戰國時期最大的國家，由于歷史和地域的原因，自春秋以來就形成一種具有獨特風格的文化。戰國早期的楚系銘文，基本沿襲春秋中晚期楚系銘文的風格，字體頎長、筆畫詰曲，顯得十分華貴典雅。其中花體字『鳥書』就是在此基礎上進一步修飾的產物。這一時期雖出現了隨縣竹簡式的手寫體文字，但對銅器銘文影響不大。戰國中、晚期以後，竹簡、帛書式的手寫體文字則占主導地位，並且直接影響銅器文字的風格。主要表現爲這一時期的銘文普遍有扁平

戰國文字的簡化現象，不但在各系文字中普遍存在，而且其簡化方式，比殷周文字尤爲複雜，簡化方式往往約定俗成的習慣所支配。〔註3〕

楚文字的簡化，是在社會所認可的前提下，約定俗成。何琳儀並將戰國文字的簡化現象，分爲十三類〔註4〕，今試表列如下：

	類　別	定　義
1	單筆簡化	減少一筆
2	複筆簡化	減少二筆以上
3	濃縮形體	簡易形體某一部件，使成抽象符號
4	刪簡偏旁	刪簡形聲字的形符或組成形符、音符的偏旁
5	刪簡形符	刪簡會意字的偏旁或偏旁的一部分
6	刪簡音符	刪簡形聲字的音符
7	刪簡同形	省簡復體同文中的一個或兩個部件
8	借用筆畫	兩個部件筆畫相近而合併共用
9	借用偏旁	借字結體中兩個類似的偏旁
10	合文借用筆畫	兩個字共用相同的筆畫
11	合文借用偏旁	兩個字共用相同的偏旁
12	合文刪簡偏旁	兩個字合書且省去部分偏旁
13	合文借用形體	以單字形式出現且讀爲二字，需有合文符「＝」

何氏所分雖十分詳細，然太過煩瑣，反而讓人不易以簡馭繁地掌握戰國文字的特點。綜觀何氏所述的簡化「包括偏旁的減少和筆畫的減少」〔註5〕，而省減的方式又可分爲借用與刪簡二大類，實可以下表化簡之：〔註6〕

歆斜、簡易草率的傾向。從總體來看，楚文字雖然只是戰國文字的一個分支，但是它濃厚的地域特點，在研究戰國文字時應特加重視。」文見何琳儀：《戰國文字通論》，（北京：中華書局，1989年4月），頁152。

〔註3〕何琳儀：《戰國文字通論》，頁185。

〔註4〕何琳儀：《戰國文字通論》，頁185～194。

〔註5〕李孝定：《漢字的源起與演變論叢》，（臺北：聯經出版公司，1986年），頁238。

〔註6〕據陳月秋所制之表修改，見陳月秋：《楚系文字研究》，（臺中：私立東海大學中文系碩士論文，1992年），頁100～101。

		筆　畫	偏　旁
刪簡	單字	1.單筆簡化 2.複筆簡化	3.濃縮形體 4.刪簡偏旁 5.刪簡形符 6.刪簡音符 7.刪簡同形
	合文		12.合文刪簡偏旁
借用	單字	8.借用筆畫	9.借用偏旁
	合文	10.合文借用筆畫	11.合文借用偏旁 13.合文借用形體

　　筆者觀《楚帛書》文字中實無濃縮形體一類，故不予討論；單筆簡化、複筆簡化二類，可併為「刪簡筆畫」一類；刪簡偏旁、刪簡形符、刪簡音符三者皆屬合體字範疇，宜併為「刪簡偏旁」一類；至於借用筆畫、借用偏旁、合文借用偏旁、合文借用形體、合文刪簡偏旁五者，在《楚帛書》中亦未出現，故略而不論。

　　今據何氏所言，及上述省併概念，就《楚帛書》所見，分別從「刪簡筆畫」、「刪簡偏旁」、「刪簡同形」、「合文借用筆畫」四端敘述之：

一、刪簡筆畫

　　「刪簡筆畫」是刪簡獨體字中的部分筆畫或合體字部件中的筆畫。

楷書	小篆	楚帛書	古文〔註7〕	說　明
爲	（小篆字形）	（楚帛書字形） 宜 4‧03	（古文字形） 說文古文	（昌鼎）、（雍伯鼎）、（石鼓文）等皆作以手牽象之形，《楚帛書》作，省去「爲」字下半，而以二橫畫代之。〔註8〕

〔註7〕此處古文泛指《說文》古文、《說文》籀文、《三體石經》古文、《石鼓文》等《楚帛書》之外的文字。

〔註8〕林清源師稱這種省略方式為「截取特徵」，指音義完整且無法再行分解的偏旁或單字，在書寫時只截取其中一部份形體作為代表，其餘部份則省略不寫。「截取特徵」的簡化現象，所截取出來的形體，一般來說，都是比較具有代表性特徵的部件。如「馬」字截取頭部，而將表軀幹四肢的部份省略，以「＝」代替。詳閱林清源師：《楚國文字構形演變研究》，（臺中：私立東海大學中文系博士論文，1997 年 12 月），頁 47～49。

得	（圖）宜 2·4	（圖）說文古文	金文作（圖）（昌鼎），貝下二畫係貝飾，《楚帛書》作（圖），省去左側之飾畫。
敢	（圖）四 6·29	（圖）三體石經	金文作（圖）（毛公鼎）、（圖）（詛楚文）其下從甘。今《楚帛書》作（圖），其下從口，蓋省甘之中畫也。
惠	（圖）天 10·19	（圖）三體石經	金文作（圖）（献簋）、（圖）（王孫鐘）。《說文》：「惠，仁也。從心叀。」〔註9〕《楚帛書》作（圖），惠字上半部件「叀」之「（圖）」，省去「（圖）」形。
胃	（圖）	（圖）天 2·28	《楚帛書》「胃」字作（圖），形與（圖）（包山楚簡86）同，唯《包山楚簡》增益識從月或從肉之辨識符。《說文》：「胃，穀府也，從肉，（圖）象形。」〔註10〕「（圖）」為胃囊之形，而楚文字省作目形或囟形，即如《包山楚簡》「胃」字有（圖）（包山楚簡152）、（圖）（包山楚簡86）、（圖）（包山楚簡89）等三形。《信陽楚簡》「胃」字作（圖），形與（圖）（包山楚簡89）同；〈吉日壬午劍〉作（圖），形與《說文》同。

二、刪簡偏旁

「刪簡偏旁」是將合體字中的某些偏旁加以省略。

楷書	小篆	楚帛書	古文	說　明
其	（圖）	（圖）四 3·22	（圖）說文古文	金文作（圖）（仲師父鼎）、（圖）（中山王𧫶壺）。《楚帛書》作（圖），省去形符（圖），僅存丌旁，其上增一羨畫而成亓。
智	（圖）	（圖）天 8·14	（圖）說文古文	金文作（圖）（毛公鼎）、（圖）（智君子鑑）、（圖）（中山王𧫶鼎）。而《楚帛書》作（圖），省去偏旁口。
群	（圖）	（圖）天 9·1		金文作（圖）（子璋鐘）、（圖）（陳侯午錞）、（圖）（中山王𧫶鼎）。《說文》：「群，輩也。從羊、君聲。」〔註11〕而《楚帛書》作（圖），省去聲符君的部分偏旁口。

〔註9〕　（漢）許慎撰、（清）段玉裁注：《說文解字注》，（臺北：黎明文化事業股份有限公司，1991年，影印清嘉慶二十年經韻樓刊本），頁161。

〔註10〕　（漢）許慎撰、（清）段玉裁注：《說文解字注》，頁170。

〔註11〕　（漢）許慎撰、（清）段玉裁注：《說文解字注》，頁148。

臧	 宜8・1	 說文籀文	甲骨文作（菁8・1），金文作（白臧父鼎）。《楚帛書》作，楚系金文作（冀伯盨）、（王孫誥鐘）與帛書同形。考之東周時期，此字始加片旁為聲符，从口於臧字音義皆不可解，疑口是臣之省變。

三、刪簡同形

「刪簡同形」，是省略字中重複出現的部分。

楷書	小篆	楚帛書	古文	說　明
鼠		 天4・30		《說文》：「鼠，穴蟲之總名。」〔註12〕《楚帛書》作，其爪由二省為一，去其重也。
星		 天7・26	 說文古文	星字甲骨文作，為一象形字，但太過簡略，後作而為形聲字，金文作（麓伯星父簋），○中加飾點。《楚帛書》作，蓋省其同形之⊙，省二存一。

四、合文借用筆畫

「合文借用筆畫」是將兩個字中重複的部分合書在一起。

楷書	小篆	楚帛書	說　明
上下		 宜7・3	，為上下之借用筆畫合文，即簡省相同之構件「一」而合書之，其右下加「＝」，表合文之意。
至于		 宜6・3	，乃至于二字之合文，借用其相同筆畫，合而書之。其右下加合文符「＝」。

　　縱觀《楚帛書》中出現的簡化現象，可得下列結論：

　　「刪簡筆畫」一類，省略的方式大致上有兩種：一則省略文字本身的下半部，用二橫畫代替，如為、至、害等字；一則省略文字部件的下半部的筆畫，而此部件通常是在文字的上半部，也就是在整個字的中間，如得、敢、惠、是等字。

　　「刪簡偏旁」一類出現在合體字，省去的偏旁，它可以是形符，也可以聲符，也可以只省偏旁的部分筆畫。

　　「刪簡同形」一類，它可以簡化重複出現的部件，如鼠字，也可以簡化重

〔註12〕（漢）許慎撰、（清）段玉裁注：《說文解字注》，頁843。

複出現的偏旁，如星字。

「合文借用筆畫」，它是因為二字書寫在一起的合文，相鄰之處有相似的筆畫，故合而書之。

第二節　《楚帛書》文字的繁化

漢字形體的演變，雖是以簡化為主，但也同時有著「繁化」的現象。所謂「繁化」，是指一個字在既有的構形上，增添一些新的部件、偏旁或筆畫，而未對此字的音義產生影響者，稱之為「繁化」。何以在簡化時又會出現「繁化」呢？蓋因文字若是一味簡化，其表意功能會弱化，所以必有一種方法來制約，而這個方法就是文字的「繁化」。

繁化的現象的產生的原因相當複雜，一般可分為有義的繁化與無義的繁化二大類。前者所增添的部件，對文字音義的表達，有著輔助說明的作用，有實質的意義，且可藉由分析看出繁化的動機。後者則可能由於莫名的書寫習慣，或基於美觀的要求，而重複原有部件或增添一些沒有表音義功能的部件。以上兩類的繁化，事實上都是畫蛇添足、可有可無的。

何琳儀將戰國文字形體演變中的繁化現象分為四大類〔註13〕，其下又有小類相從。茲表列如下：

類　別		定　義
增繁同形偏旁	重疊形體	重疊有其意義
	重疊偏旁	重疊其義難窺
增繁無義偏旁		增加形符而對表意功能無作用
增繁標義偏旁	象形標義	在象形字上加一形符，以突出此字的象形字屬性
	會意標義	在會意字上加一形符，以突出此字的會意字意義
	形聲標義	在形聲字上加一形符，以突出此字的形聲字形符的意義
增繁標音偏旁	象形標音	在象形、指事字上加一同音或音近的音符
	會意標音	有會意字上增加一同音或音近的音符
	形聲標音	有形聲字上增加一同音或音近的音符
	雙重標音	組成一個字的兩個偏旁都是音符

〔註13〕何琳儀：《戰國文字通論》，頁 194～203。

　　除了上述四大類外，何氏又在討論戰國文字形體演變時，也談到了「特殊符號」。〔註14〕他將特殊符號分爲「裝飾符號」與「裝飾圖案」。「裝飾符號」是採用筆畫形式表達，因此也算是文字繁化的現象之一；「裝飾圖案」，所增添的是鳥蟲之類的圖形，其性質較近於美術書體，裝飾性很高，也非傳統書法範疇。此外，一字之異體也有繁簡之不同，應該一併討論的。

　　因此筆者參考何氏的分類方式，將《楚帛書》文字中的繁化現象，分爲「增加偏旁」、「增加贅筆」、「一字異體」三大類型，加以討論。

一、增加偏旁

（一）增加標義偏旁

　　增加標義偏旁是在既有的文字基礎上，再予以增加義符的繁化現象。其增加義符有著強化字義的用意，使其義更爲明顯。茲將筆者觀察《楚帛書》增加標義的偏旁，表列如下：

1、加「土」

楷書	小篆	楚帛書	楚文字		說文古籀	其他		
陵	 14下·1	 四3·06	 包2·177	 鄂君舟節		 散盤	 陵方罍	 陳猷釜
墬 （地）	 13下·16	 天2·06	 包2·140	郭店·語三·19	 說文籀文	 訣簋	 胤嗣妾子蠻壺	 侯馬盟書

（補：楚文字欄第二字「上博·柬大王泊旱旱19」、郭店·老子甲·19 相應位置）

　　〈天象〉：「天 墬 乍（作）羕（殃）。」嚴一萍以爲「從阜從土也聲，此地字。」且認爲「地」當是「墬」之省。〔註15〕饒宗頤隸定爲陸字從土從陀，侯馬盟書地字作 ，籀文地從象作 。〔註16〕何琳儀隸定爲「墬」，以爲乃「阤」

〔註14〕何琳儀：《戰國文字通論》，頁224～236。

〔註15〕嚴一萍：〈楚繒書新考〉〔上〕，《中國文字》第廿六冊，（臺北：國立臺灣大學中文系，1967年），頁11。

〔註16〕饒宗頤·曾憲通：《楚帛書》，（香港：中華書局，1985年9月），頁41。

之繁文，阤即地的異體字。也、象爲一聲之轉，可通用。〔註17〕

　　加「土」旁而有義者，有「陵」、「墬（地）」、二字，「陵」、「墬（地）」爲從阜之字，知帛書从「阜」之字，皆增益「土」旁，明其與「土」之關係。

　　2、加「日」

楷書	小篆	楚帛書	楚文字				說文古籀	其他	
曟（晨）	3上·39	四7·26	郭店·五行19	郭店·五行20				師晨鼎	郜公平侯盂
各（冬）	11下·8	天1·16	包2·80	秦家1·1	郭店·老子甲8	郭店·緇衣10	說文古文	井人妄鐘	陳騂壺
唇（辰）	14下·30	天1·23	包2·80	包2·143	九店56·19	上博·仲弓19	說文古文	盂鼎	散盤

　　加「日」旁者，有〈四時〉：「共攻（工）夸步，十日四寺（時），☒□神則閏，四☒母（毋）思，百神風雨，曟（晨）禕𧻚（亂）乍（作）」之「曟（晨）」、〈天象〉：「春顕（夏）眛（秋）各（冬），□又（有）叟尚（常）。」之「各（冬）」字、〈天象〉：「日月二（日月）星唇（辰），𧻚（亂）遊（逆）亓（其）行。」之「唇（辰）」字。三字皆爲加「日」之繁化字，蓋《楚帛書》加「日」旁之繁化字，多與時辰有關。

　　3、加「邑」

楷書	小篆	楚帛書	楚文字			其他			
國（國）	12下·39	天4·21	包2·3	郭店·老子乙2	郭店·緇衣2	師寰簋	王孫遺者	矢簋	毛公鼎

　　加「邑」旁之字，僅「國（國）」一字。此字从邑从或。从邑旁之字，多

〔註17〕何琳儀：〈長沙帛書通釋〉，（《江湖考古》，1986年第1期），頁52。

為地名或為邦國義，如〈詠鐘〉：「南或（國）及子敢召（陷）虐我土。」〔註18〕〈禹鼎〉：「廣代南或（國）東或（國）。」〔註19〕《流沙墜簡‧雜事類三》：「德侯西域（國）東域（國）北域（國）將尉雍州冀州。」〔註20〕然帛書此字卻指疆界而言，如《左傳‧昭公四年》：「東國水。」〔註21〕《楚帛書‧天象》：「西國（國）又（有）吝。」乃指楚國之西方疆域有災禍。「西國（國）」，泛指楚國西方。《左傳‧昭公十四年》〔註22〕「楚子使然丹簡上國之兵於宗丘，且撫其民。」杜預注：「上國在國都之西，西方居上流，故謂之上國。」孔穎達疏：「正義曰：『下云簡東國之兵亦如此，知此是簡西國之兵也。』西國東國皆是楚人在國之東西者，以水皆東流，西方居上流，故謂之上國，西為上則東為下，下言東，則此是西，互相見也。」《楚帛書》「東國」一詞，實與楚國有關的特殊詞彙。

以上在《楚帛書》中所見「增加標義偏旁」的字，其所加之偏旁有加「土」旁者、加「日」旁者、加「邑」旁者、加「辵」旁者三類。

4、加「亻」

楷書	小篆	楚帛書	楚文字		說文古籀		其他	
倀	9下‧32	四4‧12	包2‧163	天星‧卜	郭店‧緇衣6	郭店‧緇衣2	說文古文	牆盤	詛楚文

帛書「長」字有「長」、「倀」二形。此字的形構為「長」加「人」旁，乃表人之輩份的用詞。唐蘭云：「中國語的語法上的變化，只在聲調上表現，例如：『衣』是名詞，『衣我』的『衣』是動詞；『食』是名詞，『食我』的『食』是動詞；都只有聲調的不同。當這種單語寫成象意字時，衣作仒，動詞的衣作仚（即

〔註18〕嚴一萍：《金文總集》（九），（臺北：藝文印書館，1983年），頁4093。

〔註19〕嚴一萍：《金文總集》（二），頁686。

〔註20〕羅振玉、王國維：《流沙墜簡》，（北京：中華書局，1993年），頁192。

〔註21〕（晉）杜預集解、（唐）孔穎達正義、（清）阮元校勘《十三經註疏‧春秋左傳正義》，（臺北：藝文印書館，1993年），頁733。

〔註22〕（晉）杜預集解、（唐）孔穎達正義、（清）阮元校勘《十三經註疏‧春秋左傳正義》，頁820。

「依」字，卜辭習見），食作 ，動詞的食作 。……在象意文字裡，仁字代表二人，伍字代表五人，什字代表十人，……。」〔註23〕又云：「每一個字有主動的和受動的兩方面，以主動的爲形，受動的爲聲。……凡是形的部份，全是主動的，而代表語聲的半個字，全是受動的。」〔註24〕此字从「亻」从「長」，表人之排行受制於天，有被動義，用於長幼之義。

5、增「戈」

楷書	小篆	楚帛書
県（梟）	9上17	宜5·02

帛書「県」字有「県」、「戝」二形。增「戈」旁，強調其「殺戮」之義。

（二）增加無義偏旁

在用以構成文字的部件中，除了功能明確的義符與音符之外，也會發現有一些既不表音也不表意的部件。由於這些部件既未表音也未表意，雖與一般常見的偏旁相同，但未有實質功能，實可簡稱之爲「贅旁」。楚文字中常見的贅旁有「口」、「甘」、「宀」、「心」、「土」等。茲將筆者觀察《楚帛書》增加無義的偏旁，表列如下：

1、加「口」

楷書	小篆	楚帛書	楚文字				其他	
青	5下·1	四5·24	包2·256	信2·03	郭店·老子甲32	上博·孔子詩論28	吳方彝	牆盤
紀（紀）	13上·4	天4·13	上博·子羔7	上博·容成氏31	上博·彭祖5	上博·彭祖5	紀侯簋	
匿	12下·47	天6·12	包2·138	郭店·緇衣34	郭店·五行38	郭店·五行40	匿卣	盂鼎

〔註23〕唐蘭：《古文字學導論》，（臺北：洪氏出版社，1978年），頁44。

〔註24〕唐蘭：《古文字學導論》，頁45。

謚（絲、絲）	12下·63	天11·29	包2·146	曾115	郭店·六德7	郭店·尊德義30	戀史鼎	彔伯簋
酉（丙）	14下·20	宜1·03	包2·31	包2·50	包2·165	包2·224	石鼓	何尊
斂（敘、除）	3下·40	宜10·03	郭店·尊德義3	上博·容成氏27	包2·211	包2·229		

加「口」旁者，如〈四時〉：「四神乃乍（作），至于遷（覆），天旁潼（動），玟（扟）斁之青木、赤木、黃木、白木、墨木之精（精）」之「青」字、〈天象〉：「四月、五月，是胃（謂）圝（亂）絽（紀）」之「絽（紀）」字、〈天象〉：「隹（惟）悳匿（慝）之散（歲），三寺（時）囗旮，夐（繫）之吕（以）爺（需）降。」之「匿」字、〈天象〉：「民勿用起起百神，山川漰浴（谷），不欽囗行，民祀不脂（莊），帝牕（將）謚（絲、絲）吕（以）圝（亂）囗（逆？）之行。」之「謚（絲）」字、〈宜忌〉：「壬子、酉（丙）子，凶。」之「酉（丙）」字、〈宜忌〉：「斂（除）妓（去）不義（義）于四〔方〕。」之「斂（敘、除）」字。

「青」、「絽（紀）」、「匿」、「謚（絲、絲）」、「酉（丙）」、「斂（敘、除）」等六字，加「口」之因不明，或基於美觀之因素而裝飾。觀此七字所增之「口」，皆在文字的下半，置中者有青、丙二字，偏右者有紀字，偏左者有匿、絲、敘三字。其中「匿」字帛書、楚文字及小篆有「口」，金文則無。《說文》：「匿，亡也。从匸若聲。」〔註25〕所從之聲符「若」，字象一跪坐之女子兩手向上理髮疏順之形。加口後為現行字，疑小篆加「口」，係受楚系文字加口而來。

2、加「土」

楷書	小篆	楚帛書
蒤（茶）	茶 1下·51	宜12·01

加「土」旁而無義者，僅「蒤（茶）」一字。此字在帛書中僅見。《楚帛書·

〔註25〕（漢）許慎撰、（清）段玉裁注：《說文解字注》，頁641。

宜忌》：「荼（茶）司多」，與《爾雅・釋天・月名》之十二月名「荼」同，唯增益「土」旁。其增益「土」之原因，不似「增加標義偏旁」之「陵」、「堕（地）」二字明確。

3、加「㐱」

楷書	小篆	楚帛書	楚文字				其他		
瀗（湯）	11上二・31	天2・13	包2・131	包2・265	郭店・唐虞之道1	上博・容成氏37	長湯匜	石鼓	三體石經君奭

加「㐱」旁者，如〈天象〉：「天地作殃，天棓將作瀗（湯），降于其方。」之「瀗（湯）」字。「瀗（湯）」字，寫法不僅未見於春秋戰國中各國文字，在楚文字中也算罕見。

二、增加贅筆

春秋戰國時期的文字，相對於其他時代的文字來看，顯得特別偏好增加贅筆。這種情形，年代越晚，越是明顯。王筠《說文釋例》云：「古人造字，取其百官以治，萬民以察而已。沿襲既久，取其悅目，或欲整齊，或欲茂美，變而離其宗矣。其理在六書之外，吾無以名之，強名曰姿飾焉爾。」[註26]王氏以爲大致上贅筆，應是爲了美觀上的考量所增加的。而楚文字這種裝飾性的筆畫，較之中原各國爲多，有其地域上的特色。

楚文字中的贅筆，不僅使用的位置大致固定，搭配並用的偏旁部件，也具有相當的規律性。現就《楚帛書》中所見，歸納如下：

1、加「丿」

楷書	小篆	楚帛書	楚文字			說文古籀	其他		
風	13下・7	四1・31	上博・孔子詩論3	上博・孔子詩論4	上博・孔子詩論27	說文古文	餘10・3	拾7・9	

〔註26〕王筠：《說文釋例》卷五，（臺北：世界書局，1961年），頁219。

春	昬	武	菱	菱	華		藥	茫	屮
	1下·53	天1·13	包2·200	包2·240	包2·203		蔡侯殘鐘	欒書缶	三體石經僖公
凡	尺	戌	戌	戌	月		日	日	
	13下·15	天5·11	包2·137	包2·153	曾120		大豐簋	散盤	

加「丿」者有「風」、「春」、「凡」三字，此三字的共同特徵，爲有一向右下延展的筆畫，故楚文字在其上加贅筆「丿」。

2、加「一」

加「一」者有二十三字，又可區分爲四大類：一、在既有橫之上加一短橫，二、在特定部首中加短橫，三、在末筆上加上短橫，四、兼有以上三類二者。

（1）加「一」爲上贅

楷書	小篆	楚帛書	楚文字			說文古籀	其他		
而	而	而	而	而	而		而	而	而
	9下·34	四2·17	包2·2	包2·15	包2·137		石鼓	三體石經陶謨	中山王鼎
其	其	元	元	元	図	甾	其	其	
	5上·21	四3·22	信1·017	曾190	鄂君車節	說文古文	盂鼎	仲師父鼎	
百	百	百	百	百	百	百	百	百	
	4上·16	四4·33	包2·115	包2·134	信1·027	說文古文	史頌鼎	禹鼎	
坪	坪	墨	墨	墨	墨		平安君鼎	曾侯乙編鐘	鄭韓故城銅戈
	13下·18	四5·0	包2·181	曾160	郭店·老子丙4				
奠	奠	奠	奠	奠	奠		奠	奠	奠
	5上·24	四6·11	包2·260	包2·166	包2·2		秦公鐘	令簋	三體石經僖公

醬	14下41	天2·11	包2·16	包2·147	望1·卜	說文古文 說文籀文	中山王壺	中山王墓宮堂圖	
下	1上3	天7·21	包2·53	信1·025	曾侯乙編鐘		中山王鼎	蔡侯盤	三體石經君奭
正	2下1	天9·04	包2·162	包2·186	楚王酓忎鼎	說文古文	虢季子白盤		侯馬盟書
福	1上5	天10·08	包2·37	包2·205	望1·卜		王孫誥鐘	伯公父簠	秦公鐘
祀	1上6	天11·24	郭店·老子乙16	郭店·性自命出66	上博·周易43		秦公鐘	昌鼎	沇兒鐘
可	5上31	宜2·02	包2·138	望1·卜	蔡太師鼎		石鼓	侯馬盟書	三體石經君奭
侯	5下23	宜11·03	包2·51	包2·213	包2·215	說文古文	保卣	詛楚文	

此類有「而」、「其」、「百」、「坪」、「奠」、「將」、「下」、「正」、「福」、「祀」、「可」、「侯」等。「示」部上二畫可省爲一畫，說文古文「示」作「[illegible]」即爲明證。這些字的共同點是字的最上端都是橫畫，因此贅筆加在最上面。

（2）加「一」為中贅

楷書	小篆	楚帛書	楚文字			說文古籀	其他		
內	內 5下18	天2·33	包2·221	望1·卜	鄂君舟節		詛楚文	侯馬盟書	井侯簋
帝	帝 1上·3	四6·02	信1·040	郭店緇衣7	上博緇衣4	說文古文	𠫑鐘	秦公簋	
㷒 （氣）	≡ 	四3·17	郭店·老子甲35	郭店·太一生水10	郭店·語叢一68				
赤	赤 10下3	四5·26	包2·168	包2·184	信2·05	說文古文	麥鼎	此鼎	
炎	炎 10上54	四6·01	包2·102				令簋		
燬	燬 10上40	宜10·02							
寅 （黫）		四3·16							

　　此類如「內」、「㷒」、「赤」、「炎」、「燬」、「寅（黫）」等六字，後六個字屬「火」部。「火」部之字，在火字一開始的部位，有一短橫與之交錯，頗類小篆「亦（𤆍）」字，唯橫畫拉直不下垂，可為區別。而「內」字在中間「人」形部件中增加短橫畫的情況，頗似「丙」字。

（3）加「一」為下贅

楷書	小篆	楚帛書	楚文字			其他		
未	未 14下·33	四3·32	包2·70	秦13·1	望1·卜	中山王嚳鼎	利簋	三體石經多士

此類有「未」字，此字末筆為一豎畫，故在其上補上短橫畫。

（4）兩筆以上的贅筆

楷書	小篆	楚帛書	楚文字			說文古籀	其他		
不	12上·2	四3·07	包2·121	包2·126	鄂君舟節		大豐簋	石鼓	三體石經無逸
帀（師）	6下2	宜2·02	包2·45	包2·12	包2·115		師寰簋	鐘伯鼎	蔡太師鼎
丙	14下20	宜1·03	包2·31	包2·225	侯馬盟書		何尊	石鼓	三體石經僖公
四	14下·14	四3·13	郭店·性自命出14	郭店·性自命出9	郭店·六德3	說文古文 / 說文籀文	大梁鼎 / 保卣	孟皿 / 鄿孝子鼎	/ 邵鐘
泪	11上二·43	天2·26							

此類有「不」、「帀（師）」、「丙」、「四」、「泪」等五字，其共同特徵，就是都補了兩筆。值得一提的是「丙」字，除在頂增飾短畫之外，也在中間「人」形部件中增加短橫畫，同時又在底部增加「口」旁。此種形構，為楚文字僅見，別具地方特色。「四」、「泪」二字則在一般的寫法中（　四2·13、　四3·29），同時出現異構。

縱觀上述字例，大多數只加贅筆一畫；加贅筆二畫者有「不」、「師」、「四」、「泪」四字，分別在字的上下及字中；加贅筆二畫以上者有「丙」字，不僅在字上字中各加一贅畫，又在字下加一無義偏旁「口」。

在戰國中晚期的楚國文字中，經常可以發現有些筆畫繁複的字，依舊在某些特定的偏旁上，加上贅筆。這種現象可能是該地區約定俗成的寫法。推測這些書寫者在書寫時，未必是有意識地運用這些筆畫來調整字形的美觀。這些無關音義

的筆畫，近年來學者多稱之為「飾筆」或「裝飾符號」。筆者以為「飾」既有美飾之義，然觀所增之筆畫，未必有美化之效果，故稱之為「贅筆」或許更為適當。

第三節　《楚帛書》文字的異化

　　《楚帛書》文字形構的演化，除了「簡化」和「繁化」，還有「異化」。所謂「異化」，是指字形構成形狀有所變化，以及偏旁、部件選用有所差異。前者是指不論偏旁或部件都相同，只是其構形的組合有別的字；後者在討論偏旁部件替換之因。何儀琳說：

> 簡化和繁化，是對文字的筆畫和偏旁有所刪簡和增繁；異化，則是
> 對文字的筆畫和偏旁有所變異。異化的結果，筆畫和偏旁的簡、繁
> 程度並不顯著，而筆畫的組合、方向和偏旁的種類、位置則有較大
> 的變化。總體來看，偏旁的異化規律性較強。筆畫的異化規律性較
> 弱。〔註27〕

　　可見「異化」實與筆畫的繁簡無關，而主要的討論在著重在字形的變化及偏旁的使用。

　　何儀琳將戰國文字構形的異化現象，區分為方位互作、形符互作、形近互作、音符互作、形音互作、置換形符、分割筆畫、連接筆畫、貫穿筆畫、延伸筆畫、收縮筆畫、平直筆畫、彎曲筆畫、解散形體等十四類。〔註28〕這樣的分法固然詳細，但也不免瑣碎。

　　首先，筆者以為分割筆畫、連接筆畫、貫穿筆畫、延伸筆畫、收縮筆畫、平直筆畫、彎曲筆畫、解散形體等八類，可合併為「筆畫變形」一類。然此類是一、兩筆的省變，屬於偶發性的，較沒有規律可言，故筆者將這個部分移至「訛變」一節討論。

　　其次形符互作、形近互作、音符互作、形音互作、置換形符等五類，其共同特徵，就是不論形符或聲符，都是一字之偏旁，可合併為「偏旁替換」；方位互作與部件的位置移動有關，因此更名為「方位移動」，其意義較為明晰。

　　「異化」與「簡化」、「繁化」的相同點，就是其文字的演變，尚有規律可

〔註27〕何琳儀：《戰國文字通論》，頁203。

〔註28〕何琳儀：《戰國文字通論》，頁203～220。

循。現就「偏旁替換」與「方位移動」二類討論之。

一、偏旁替換

一字之偏旁多可顯示該字的性質或特性，或用以表義，或可標音。而原偏旁與新偏旁，會發生替換的現象，歸納其原因，可能是兩者字義相近，或造字觀點不同，或音同音近。以下就「義近替代」、「義異別構」、「聲符替換」三類來說明。

（一）義近替代

偏旁替換中的「義近替代」，是指幾個字義相近的義符，在不改變造字本意的前提下，彼此相互替代的現象。

楷書	小篆	楚帛書	楚文字			其他			
復	復 2下·14	邊 四5·17	邊 包2·238 邊 曾163	邊 郭店·老子甲12 邊 郭店·太一生水2	邊 郭店·老子甲·24 邊 郭店·太一生水3	复 曶鼎 复 石鼓	复 鬲從盨 复 散盤	復 小臣邁簋 復 曶鼎	復 中山王舋鼎 復 侯馬盟書

《說文》：「復，往來也。从彳复聲。」〔註29〕甲骨文作 （鐵145·1），从夊从，不从彳。金文（鬲從盨），不从彳，夊則訛作，其餘諸體增加形符彳或辵。聲符复字下部之夊，或訛為（小臣邁簋），或訛作、（曶鼎），或訛作 ，或增口旁。蓋當時之書寫習慣。

楷書	小篆	楚帛書	楚文字			說文古籀	其他	
退	復 2下·16	逯 天8·06	逯 郭·魯2	逯 郭·性65	逯 郭·語2·43	逯 說文古文	逯 中山王舋兆域圖	逯 中山王舋壺

《說文》：「復，卻也，从彳日夊。一曰行遲。」《說文》古文作「復」、楚系文字作「逯」（郭·性65）、金文「逯」（中山王舋兆域圖），皆較小篆增益「止」

〔註29〕（漢）許慎撰、（清）段玉裁注：《說文解字注》，頁76。

旁，僅小篆作[⿰彳复]。楷書從彳之「復」廢，從辵之「退」字行。

在「彳」下加「止」而成爲從「辵」旁之字者，有「復」、「退」二字。以「辵」旁，有加強行之義。《說文》段注「复」字下云：「彳部又有復，復行而复廢矣。疑彳部之復才後增也。」〔註30〕其說似有待商榷。考從「辵」之字與從「彳」之字多有互見。如本從「辵」之「追」，金文作[⿺辵追]（召尊），亦有從彳作[⿰彳追]（井侯簋）；「通」，金文作[⿺辵甬]（頌鼎），亦有從彳作[⿰彳甬]（九年衛鼎）；「遘」，金文作[⿺辵冓]（克盨）、亦有從彳作[⿰彳冓]（保卣）。而本從「彳」之「後」字，金文作[⿰彳後]（令簋），亦有從辵作[⿺辵後]（余義鐘）；「德」，金文作[⿰彳德]（秦以簋），亦有從彳作[⿰彳德]（叔家父簋）；「徲」，金文作[⿰彳徲]（伊簋），亦有從彳作[⿰彳徲]。可見因辵與彳義近，故從辵亦可從彳。

（二）義異別構

「義異別構」〔註31〕，是就在造字時，採用不同的觀點，而造出的異體字。甲乙二地在造字之時，各採用不同的義符，而這些義符字義並不相近，卻造出了同義之字。

楷書	小篆	楚帛書	楚文字			說文古籀
動	[動篆] 13下‧52	[動帛書] 四5‧20	[動楚文] 望1‧卜	[動郭店] 郭店‧性自命出10	[動江陵] 江陵楚簡	[動古文] 說文古文

《說文》：「動，作也。從力重聲。[⿺辵重]古文動從辵。」〔註32〕從力之動字，未見於甲骨文、金文。〈毛公鼎〉：「死（尸）母（毋）童（動）余一人在立（位），引唯乃智（知）余。〔註33〕」，假「童」爲「動」。楚系文字多半作「[⿺辵童]」，如《楚帛書‧四時》：「四神乃乍（作），至于[⿺辵复]（覆），天旁[⿺辵童]（動），攼（扞）斁之青木、赤木、黃木、白木、墨木之精（精）。」饒宗頤以爲「[⿺辵童]」即「動」之

〔註30〕（漢）許慎撰、（清）段玉裁注：《說文解字注》，頁235。

〔註31〕林清源師：《楚國文字構形演變研究》，（臺中：私立東海大學中文系博士論文，1997年12月），頁131～134。

〔註32〕（漢）許慎撰、（清）段玉裁注：《說文解字注》，頁706。

〔註33〕馬承源編：《商周青銅器銘文選》（三），（北京：文物出版社，1988年4月），頁316。

異構。〔註34〕假「童」爲「動」，益辵旁爲加強行動之義。按《說文》古文𨔥，爲從辵重聲之字。童、重同爲定紐、東部，僅介音不同。故疑《說文》古文𨔥爲「𨔥」之異體字。楚系「動」字，從辵，疑「𨔥」爲「動」之本字，「動」爲後起，蓋動必著力，從力取意。

楷書	小篆	楚帛書	楚文字			其他		
遄 （傳）	（圖） 8上·25	（圖） 四7·34	（圖） 包2·120	（圖） 曾·212	（圖） 包2·120	（圖） 傳尊	（圖） 傳瘋尊	（圖） 龍節

《楚帛書·四時》：「乃上下朕遄，山陵不斌。」「朕遄」陳邦懷釋爲「騰傳」。《說文》：「傳，遽也。從人專聲。」〔註35〕甲文作（圖）（後下7·13），從重從人從又。形與傳尊同。李孝定釋：「傳轉亦由專得義，非唯以之爲聲也。專爲紡專爲陶鈞，皆運轉不息者，乘傳者亦類之也。疑即與專同字。」〔註36〕《說文》：「騰，傳也。」〔註37〕騰傳析言之，謂以舟車相通，渾言則無別也。「遄」從辵，輾轉之意更爲明顯；從刀，則不明其義。

楷書	小篆	楚帛書	楚文字		其他			
㱿 （歲）	（圖） 2上·41	（圖） 四4·07	（圖） 包2·2	（圖） 天星·卜	（圖） 鄂君啓 舟節	（圖） 佚·229 前7· 38·2	（圖） 甲·3915 餘1·1	（圖） 毛公鼎 利簋	（圖） 國差罉

「歲」字，甲文作（圖）（佚·229）、（圖）（前7·38·2）、（圖）（甲·3915）、（圖）（餘1·1），第一字作斧鉞之形，二三字於斧鉞之形加二飾畫，第四字爲《說文》歲字所本。于省吾釋：「字上下二點即表示斧刃上下尾端迴曲中之透空處，其無點

〔註34〕饒宗頤、曾憲通：《楚帛書》，頁26。

〔註35〕（漢）許慎撰、（清）段玉裁注：《說文解字注》，頁381。

〔註36〕李孝定：《甲骨文字集釋》，卷八，（臺北：中央研究院歷史語言研究所，1965年），頁2655。

〔註37〕（漢）許慎撰、（清）段玉裁注：《說文解字注》，頁473。

者，乃省文。」〔註38〕楚文字「歲」其下從月，疑自第四字寫法而來。故「歲」字本義爲斧鉞，爲戉的異體字。因與月音近，而假借爲歲月之歲。又因其表年歲之義於形不彰，故改下止爲月，而成爲楚文字之專字。故此字本爲會義字經假借後，而另造一楚系專屬的「歲」字，然此字已成爲從月戉聲之形聲字。《說文》：「歲，木星也。越歷二十八宿，宣遍陰陽，十二月一次，從步戌聲。律厤書名，五星爲五步」〔註39〕許說非本義。木星十二歲而周天，引申爲木星。

楷書	小篆	楚帛書	楚文字			其他
戓 (侵)	8上·20	宜11·02	包2·273	包2·牘一	秦99·3	鐘伯侵鼎

甲文作（拾5·12）、（菁2）、（菁3）、（菁3）之形，從牛、從帚、從又。《甲骨文編》：「從牛從夎，侵字異文。」〔註40〕唐蘭云：「《說文》無犝字而有駸字，卜辭犝字當與駸相近。」〔註41〕《說文》：「駸，馬行疾兒，從馬侵省聲。」甲文未見侵字，多以「犝」字假借。故犝皆假爲侵。金文始見從人之（鐘伯侵鼎）字，結體與小篆同。《說文》：「侵，漸進也。從人又，持帚，若埽之進。又，手也。」〔註42〕字象持帚迫人之意。《楚帛書·宜忌》：「姑，利戓（侵）伐。」其字從戈，以戎兵逼人之意甚明。

楷書	小篆	楚帛書	楚文字		說文古籀	其他	
篏 (築)	6上·30	宜2·02	郭店·窮達以時簡4	上博·容成氏簡38	說文古文	子禾金釜	雲夢·封診97

《楚帛書·宜忌》：「女（如），可㠯（以）出市（師）篏（築）邑。」「篏」字從攵箮聲。饒宗頤以爲篏即爲箮，《說文》：「築，所以擣也。從木、筑聲。」

〔註38〕于省吾：《甲骨文釋林》，（北京：中華書局，1999年11月），頁68。

〔註39〕（漢）許慎撰、（清）段玉裁注：《說文解字注》，頁69。

〔註40〕中國社會科學院考古研究所編：《甲骨文編》，（北京：中華書局，1996年），頁343。

〔註41〕李孝定：《甲骨文字集釋》卷二，頁335。

〔註42〕（漢）許慎撰、（清）段玉裁注：《說文解字注》，頁378。

古文。」段注：「此從土官聲也，今本篆體譌舛，故正之。」〔註43〕故帛書籈爲官之繁體〔註44〕，從攴強調手部動作。

楷書	楚帛書
霊	 天 3・06

《楚帛書・天象》：「□又（有）電 、雨土，不得丌（其）參職。」「 」字，舊多釋「震」，陳榮庵、嚴一萍釋「霆」，林巳奈夫、李棪齋、巴納等釋「霊」。考其字從雨從亡，隸作「霊」是也。李學勤讀爲「霜」〔註45〕，引《白虎通義・災變》：「霜之言亡也。」饒宗頤謂霊可讀作「芒」。〔註46〕考此句「雨土」二字爲動名結構，故「電霊」亦應爲動名結構。筆者以爲「霊」作名詞，從雨，亡聲「電芒」之專用字。

（三）聲符替換

兩個字義相同但構形不同的字，它們的諧聲偏旁，互相替換的現象。它們可以是同音、雙聲與疊韻的其中一種關係。

楷書	小篆	楚帛書	楚文字			其他	
坪	 13 下・18	 四 5・06	 曾・191	 包 2・184	 郭店・尊德義 12	 攻敔臧孫鐘	 平安君鼎

《楚帛書・四時》：「九州不 ，山陵備㹷（血、洫）。」「 」字，嚴一萍釋「坪」，假借爲「平」。何琳儀隸作「塝」，以「旁」、「平」音近可通而作「坪」。〔註47〕饒宗頤隸作「重」〔註48〕，而讀爲涌。裘錫圭說：「過去我們就設想這個字是坒的變體，應該釋爲坪，讀作平，九州不平是很通順的，與帛書上下文意也相合。西漢時沛郡有平阿侯國，在今安徽懷遠縣一帶，戰國時正在楚國境內。夜、

〔註43〕（漢）許慎撰、（清）段玉裁注：《說文解字注》，頁 255。

〔註44〕饒宗頤、曾憲通：《楚帛書》，頁 74。

〔註45〕李學勤：《簡帛佚籍與學術史》，（臺北：時報出版社，1994 年 12 月），頁 39。

〔註46〕饒宗頤・曾憲通：《楚帛書》，頁 47～48。

〔註47〕何琳儀：〈長沙帛書通釋〉，（《江湖考古》，1986 年第 2 期），頁 81。

〔註48〕饒宗頤・曾憲通：《楚帛書》，頁 25。

輿古音相近，平夜可以讀爲平輿，平輿也是楚邑。……。在曾侯墓的文字資料裡，不但簡文出現『坪夜君』，而且見於鐘銘的律名『坪皇』，在石磬上就寫作『皇』，這就確鑿的證明這個字應該釋作『坪』。」〔註 49〕其說可從。

楷書	小篆	楚帛書
瀉（湯）	 11 上二・31	 天 2・13

《楚帛書・天象》：「天棓（棓）牆（將）乍（作）（湯、蕩），降于丌（其）方。」「」字，从氵从㫃从昜，隸作「瀉」。何琳儀謂「瀉」乃「湯」之繁文，嚴一萍釋「蕩」。饒宗頤隸字爲「瀉」，《漢書・天文志》：「四星若合，是謂大湯。其國兵喪並起，君子憂，小人流。」晉灼曰：「湯，猶盪滌也。」〔註 50〕故瀉即大湯之意。李零釋瀉爲湯，就是大雨。諸說皆釋大水之意。疑「瀉」爲楚文字「湯」之異構。

楷書	楚帛書
綎	 天 1・07

《楚帛書・天象》：「☐月則綎（贏）絀，不得亓（其）尚（當）。」，其中「綎」，與「綎」（包山楚簡 218）形同，右半从口土，當爲呈字。嚴一萍說：「，即綎字。《說文》：『緼，緩也。从系盈聲，讀與聽同。綎，緼或从呈。』案緼通作盈。《禮（記）・祭義》：『樂主其盈。』〈注〉：『盈猶溢也。』《史記・蔡澤傳》：『進退盈縮。』又通作贏。班固〈幽通賦〉：『故遭罹而贏縮。』。」帛書綎即綎之訛，綎爲緼之或體，於帛書中假爲贏字。呈、贏二字疊韵，故二字可通假。

二、方位移動

本文所謂的「方位移動」，係指文字構成的部件偏旁，其方向或位置發生移動的現象。〔註 51〕早期文字形體未固定，常常發生部件形體方向的改變，通常

〔註 49〕裘錫圭：〈談談隨縣曾侯乙墓的文字資料〉，《文物》1979 年第 7 期，頁 31。

〔註 50〕《漢書》，《四部備要・史部》卷二十六，頁 9。

〔註 51〕林清源師：《楚國文字構形演變研究》，頁 138。

並不妨礙文字的辨識。

　　一般古文字偏旁位置的更動，大概可分「左右互換」、「上下互換」、「內外互換」、「上下式與左右式互換」等四種。〔註 52〕在《楚帛書》中，筆畫或偏旁的相對位置，也有異動的現象。但察考帛書字例，絕大多數為「上下式與左右式互換」一種，今列舉如下：

楷書	小篆	楚帛書	楚文字			其他		
福	1 上 · 5	天 10 · 08	包 2 · 37	包 2 · 206	郭店 · 性自命出 52	士父鐘	王孫誥鐘	伯梁其盨
惻	10 下 · 45	天 10 · 28	望 M1 · 19	郭店 · 語二 · 43	郭店 · 老子甲 1			
晦	7 上 · 8	四 3 · 14	雲夢 · 封診 73					
淺	11 上二 · 11	天 5 · 33	信 2 · 014	郭店 · 五行 46	郭店 · 五行 46	戉王鳩淺劍		

　　古文字偏旁位置的更動可分四種，四種之中以「上下式與左右式互換」的現象，在楚文字中相當盛行，出現頻率頗高。筆者目前觀察到的《楚帛書》文字，都屬這類的偏旁更動。

　　本章就《楚帛書》文字的異化，分「偏旁替換」與「方位移動」兩大類討論之。然所舉字例，有絕大部分是形聲字。「偏旁替換」這一大類中，屬義異別構一類的字多於義近替代的字。方位移動的字都屬「上下式與左右式互換」一類。這些異化的文字很能表現區域的結體特徵，這種現象形成的原因，主要是缺乏一個強而有力的政權來規範文字的使用，而在各自的文化圈裡，自造其字。這也說明了西周時周天子對於天下諸侯，尚有強制的約束力，所以西周時期，各諸侯國所使用的金文差異性不大。到了東周，周天子對諸侯的掌控，已大不如前，除了禮崩樂壞，各國也在西周金文的基礎下，漸漸發

〔註52〕林清源師：《楚國文字構形演變研究》，頁 138。

展具有本國特色的文字。

第四節　《楚帛書》文字的訛變

　　文字在人爲的書寫傳鈔時，基於人心趨易及形近不察之故，其形體可能隨時都有些微的變化，久而久之這些變化就很明顯。這些變化大部分可找出明顯的脈絡，也有無脈絡可尋的。這種規律外的變化通常發生於偶然，而發展爲必然，如偶然一筆筆勢的改變或合體字的兩個部分組合的位置有所變更，日積月累就會漸漸偏離原形。乃至於整個字形結構與造字初衷相差懸殊，而產生了「訛變」。

　　「訛變」是一種不循規律的變化，它不同於「簡化」、「繁化」與「異化」。訛變的變化出於偶然，可能是某一筆筆勢改變了，也可能是某些部件離析了。以至與原形有所差異。

　　張桂光以爲古文字中的形體訛變，指的是古文字演變過程中，由於使用文字的人誤解了字形與原義的關係，而將它的某些部件誤寫成與它意義不同的其他部件，以致造成字形結構上的錯誤的現象。它與將一個字完全誤寫成另一個字的那種「寫錯字」不同，它發生錯誤的僅是字中的某些部件，就一個字的整體來說，並不同別的字相混淆，因此可以作爲這個字的異體存在。〔註53〕張桂光還說：

> 訛變字實際上就是發生了訛誤變化的異體字。值得注意的是，雖然訛
> 變都是從偶然的訛誤開始，但訛變形體除個別的僅祇曇花一現之外，
> 大多數都是反復出現多次，有的作爲正體並行的異體存在，有的還取
> 代了正體的位置，使原來的正體反而變爲異體甚至歸於消滅。〔註54〕

　　這些訛變形體所以能夠積非成是，顯然有著複雜的原因，探討這些原因，對於古文字的研究來說，是很有必要的。

　　目前對於戰國文字形體的變化，已有不少學者在從事研究。湯余惠說：

> 根據我們的初步觀察，戰國文字的訛誤，主要不外乎改變筆勢、苟
> 簡急就和形近誤書三種情況。〔註55〕

〔註53〕張桂光：〈古文字中的形體訛變〉，《古文字研究》第十五輯，（北京：中華書局，1986年），頁153。

〔註54〕張桂光：〈古文字中的形體訛變〉，頁153。

〔註55〕湯餘惠：〈略論戰國文字形體研究中的幾個問題〉，《古文字研究》第十五輯，（北

　　若是以不同的地域爲對象，也應可得到文字的地域特點。他又提到戰國文字有部份形體「分所不當分，合所不當合」〔註56〕的現象。前者如本節即將論述之「形體離析」，後者如本章第一節簡化之刪簡筆畫、刪簡偏旁、刪簡同形、借用筆畫等。本文就《楚帛書》中所見，分改變筆勢、苟簡急就、形近訛混、形體離析四端論述之。

一、改變筆勢

　　所謂「筆勢」，係指文字筆畫的走向而言，與文字結構無關，純屬書法問題。〔註57〕《楚帛書》文字爲毛筆書寫而成，其筆勢自然與銘刻不同。筆者認爲筆勢改變與當時書寫者的習慣有很大的關係。

（一）「尹」作「冃」

楷書	小篆	楚帛書	楚文字				其他		
群	羣 4上・35	羣 天9・01	羣 郭店・忠信之道7	羣 上博・性情論7	羣 上博・性情論7	羣 上博・容成氏41	羣 子璋鐘	羣 陳侯午錞	羣 中山王鼎

　　「群」帛書作羣，爲从羊君聲之字，「君」又从尹口。《說文》：「尹，治也，从又丿，握事者也。」〔註58〕甲骨文作𡰥（後上22・5），羅振玉以爲許書所云誤，當从又从丨，不从丿。象意字，「字象手持杖，表有權威的人、統治者、指揮者、管理者。」〔註59〕尹字《說文》古文作𡱂，君字作𡱃，上並从丯之形；《包山簡》作冃（曾・152），將𠂇又相合。冃（包2・145），苟簡𠂇的部分，省爲僅丿，加於又下；冃（曾・156），封其開口，作對稱之形。此帛書「群」字上尹作冃之由也。所以「尹」從最早的「从又从丨」，增繁爲「丯之形」，最後成爲冃。

（二）「攴」作「攵」

　　京：中華書局，1986年），頁27。

〔註56〕湯餘惠：〈略論戰國文字形體研究中的幾個問題〉，頁19。

〔註57〕何琳儀：《戰國文字通論》，頁223。

〔註58〕（漢）許慎撰、（清）段玉裁注：《說文解字注》，頁116。

〔註59〕王鳳陽：《漢字學》，（長春：吉林文史出版社，1989年），頁916。

楷書	小篆	楚帛書	楚文字				其他	
故	3下·33	四1·02	上博·容成氏48				郘季簋	中山王壺
攻	3下·38	四7·06	包2·172	包2·159	王孫誥鐘	上博·容成氏40	鱻鎛	國差繪
煅	10上·40	宜10·02						
敬	9上·39	天10·04	郭店·緇衣20	郭店·緇衣30	郭店·五行22	郭店·五行36	毛公鼎	秦公簋

　　從攴之字，楚文字常因筆勢改變而成攵或攴。如《楚帛書》之故（四1·02）、攻（四7·06）、煅（宜10·02）、牧（四5·21）、敬（宜10·03）、勢（四6·16）、敓（天10·04）、勢（天12·04）、劍（宜10·03）、劍（宜12·03）等。《說文》：「攴，小擊也。從又卜聲。」〔註60〕《楚帛書》攴上「卜」之兩筆，向左右兩邊傾斜而爲人或乁；下半的又左右兩筆，有些楚文字甚至拉直爲一筆，如「敗」（敗，包2·183）。因此攴就而成攵或攴。

二、苟簡急就

　　帛書文字爲戰國文字之書寫體，爲了書寫的方便，不免「苟簡急就」，雖然省簡筆畫，但也造成文字造字初衷盡失，這也是文字不能「察形見意」的開始。

楷書	小篆	楚帛書	楚文字			
惻	10下·45	天10·28	包2·220	望1·卜	郭店·語叢二27	包山·卜筮祭禱207

〔註60〕　（漢）許愼撰、（清）段玉裁注：《說文解字注》，頁123。

惠						
	4 下・3	天 10・19	郭店・緇衣 41	上博・緇衣 21	上博・從政乙 1	上博・容成氏 39
思						
	10 下・23	四 6・15	包 2・78	望 1・卜	郭店・五行 8	郭店・魯穆公問子思 1

《楚帛書》中從「心」之字，心皆訛作♁。「心」字本象心之形，金文作♁（散盤）、秦文字作♁（石鼓），小篆作♁。戰國時左右兩筆的弧度漸平，如♁（望 1・卜）；後左右兩簡爲一筆，如♁（四 6・15）。又有將中間兩筆接近的寫法，如♁（包 2・220），而最後二筆相觸而爲♁（包 2・218）者。

三、形近訛混

因形近訛混所引起訛誤頗爲習見，蓋書手在抄寫時，有意無意之間，改變了文字原有的造形，使之與另一字形近而造成訛混。這種因形近而引起的訛誤，並不限於戰國文字，而普遍存於各期文字之中。

（一）月訛與肉近

楷書	小篆	楚帛書	楚文字				其他		
月									
	7 上・23	天 1・05	包 2・43	望 1・卜	鄂君舟節	上博・孔子詩論 8	盂鼎	旂鼎	不嬰鼎
胃									
	4 下・22	天 2・28	信 1・028	包 2・89	包 2・86	郭店・老子甲 28	吉日王午劍		

「月」字甲骨文作☽（粹 659）、金文作☽（盂鼎），字象弦月之形。然楚文字作☽（鄂君舟節），弦弧之兩端逐拉近而弧度加大，其中之小畫也加長幾近與弦弧觸，如弧內有平行之二畫，與肉形相似。致使《楚帛書》從「月」之字如☽（天 1・05）、☽（四 4・07）與從「肉」之字如☽（天 12・25）、☽（天 2・28）無別。

（二）出訛與之止近

楷書	小篆	楚帛書	楚文字			其他		
出	6下·2	四1·07	包2·18 / 包2·230	包2·201 / 包2·212	望1·卜 / 鄂君舟節	班簋 / 伯矩鼎	頌壺 / 毛公鼎	柏敦蓋 / 石鼓
之	6下·1	四2·05	包2·261 / 包2·265	包2·32 / 信2·025	仰25·20 / 鄂君舟節	縣妃簋 / 毛公鼎	趞亥鼎 / 散盤	陳子匜 / 秦公簋
正	2下1	天9·04	包2·18 / 楚嬴匜	包2·19 / 衛簋	奢志鼎 / 大保爵	毛公鼎 / 師酉簋	散盤	盂鼎

「出」字甲骨文作 ▨（珠737）、▨（後上29·10）▨（拾14·15），從止從凵，或從口，或從彳。合體象意字，字像腳從坑穴中走出之形。楚文字出字作 ▨（四1·07），坑穴之形作一淺弧筆，弧筆上之凵，其下端又觸到弧筆，致與「之」（▨，四2·05）字及從「止」之字相近。《楚帛書》另有 ▨（天1·29）字所從之「出」，其形與從「止」之字，如 ▨（天9·04）、▨（四4·07）、▨（宜1·04）、▨（四2·10）、▨（四2·35）、▨（宜6·01）、▨（四3·08）等，渾然不別。

（三）「矢」「大」互訛

楷書	小篆	楚帛書	楚文字			說文古籀	其他		
智	4上·16	天8·14	包2·137	信1·029	郭店·老子甲27	說文古文	冉貯鼎	智君子鑑	毛公鼎

大	大 10下·4	大 四6·25	大 包2·2	大 望2·策	大 鄂君舟節	大 說文古文	大 大保鼎	大 盂鼎	大 毛公鼎
侯	矦 5下·23	矦 宜11·03	矦 包2·51	矦 包2·213	矦 天星觀·策	矦 說文古文	矦 甲2293	矦 康侯簋	矦 魯侯尊

　　「智」甲骨文作 𣉻（前5·17·3），从示、从口、从矢。金文作 𣉻（冉
宜鼎）、𣉻（智君子鑑）、𣉻（毛公鼎）、𣉻（魚鼎匕），與甲文相似。《說文》：
「智，識詞也。从白从亏知。」〔註61〕〈毛公鼎〉與〈智君子鑑〉矢旁訛與大
同。故許學仁說：「智字皆从大不从矢，《繒書》作 大，簡文大字作 大，乃楚系
文字風格。與矢形近，後世知字、智字皆誤从矢。」〔註62〕言「智」字當从大、
从矢誤也。然〈冉宜鼎〉、〈魚鼎匕〉从矢，足見矢、大形近，早已訛混。

（四）「弋」訛為「戈」

楷書	小篆	楚帛書	楚文字		其他	
弋	弋 12下·32	弋 四4·02	弋 天星觀·策	弋 天星觀·策	弋 農卣	弋 召伯簋
祀		祀 天11·02				

　　「弋」字在楚文字中的寫法，近似「戈」字之形。李家浩《戰國𨚦布考》：「在
古文字中，『戈』這個形體無論是作為偏旁還是作為獨體字，往往用來代表『弋』。」
〔註63〕《楚帛書》中獨體的「戈」字出現兩次，李氏認為都應釋為「弋」；合體的
「戈」字出現一次。一為〈四時篇〉之「瀧汨凼（滔）漫，未又（有）昜（日月），
四神3相戈（代），乃步㠯（以）為歲（歲）。是隹（惟）四寺（時）。」；其餘二

〔註61〕（漢）許慎撰、（清）段玉裁注：《說文解字注》，頁138。

〔註62〕許學仁：《先秦楚文字研究》，（臺北：國立臺灣師範大學國文研究所碩士論文，1979
年6月），頁104。

〔註63〕李家浩：《戰國𨚦布考》，《古文字研究》第三輯，（北京：中華書局，1980年11月），
頁161。

次出現於〈天象篇〉之「帝曰：繇（繇、繇）□（敬？）之哉！母（毋）弗或敬。隹（惟）天乍（作）福，神則各（格）之；隹（惟）天乍（作）宎（妖），神則惠之。□（欽？）敬隹（惟）備，天像是惻（則），戌（感）隹（惟）天⊘，下民之祇（祇），敬之母（毋）戈（弋）！」。前者讀爲「代」，其意爲：四神相互更替步行一周成爲一歲，這就形成了四時。四神分行四時，也就是分掌四季。後者的「母弋」當讀爲「毋弋」。〔註64〕其意爲：人民之祭祀，不可有絲毫之不敬。若得上天佑助，群神亦當感通天命而敬隨之賜福；上天降下凶咎，群神亦當依順天命，降下災禍。要恭謹地敬祀上天，上天即會痛惜人民，降福除災，感應上天之□，在下地人民之祭祀當更敬順而不可有差弋。

《說文》：「戈，平頭戟也。从弋，一衡之。象形。」〔註65〕又云：「弋，橜也，象折木衺銳者形，厂象物挂之也。」〔註66〕考《楚帛書》之二獨體之「戈」字，及一合體之「戈」。分別作 （四4‧02）、 （天11‧06）、 （天11‧02）之形。其首畫，自左向右橫後明顯下垂收筆，甚至向左迴筆；末畫，寫得較平。與帛書中其他實際从戈之字，如： （四4‧07）、 （天3‧13）、 （天4‧21）、 （天5‧33）、 （天9‧34）、 （天10‧03）、 （天10‧29）、 （宜1‧04）、 （宜5‧02）、 （宜8‧01）、 （宜11‧02）、「戩（侵）」 ，（宜11‧02）、 （宜11‧02）等，首畫平直、末畫作斜筆者略有不同，足見帛習之書手有意分別二者。此「戈」字之末筆，筆者疑有「贅筆」性質。其例同本章第二節所言之 （四1‧31）、 （天1‧13）、 （天5‧11）三字之共同特徵，爲有一向右下延展的筆畫，故在其上加贅筆「ノ」。

（五）「土」「壬」互訛

楷書	小篆	楚帛書	楚文字		
經		經 天1‧07	經 包2‧129	經 包2‧126	經 包2‧132

〔註64〕李家浩：《戰國邨布考》，頁161。

〔註65〕（漢）許慎撰、（清）段玉裁注：《說文解字注》，頁634。

〔註66〕（漢）許慎撰、（清）段玉裁注：《說文解字注》，頁633。

燬	燬 10上‧40	毇 宜10‧02			

《楚帛書》中亦出現「土」「壬」互訛的情況。土訛爲壬者有 毇 （宜10‧02）、字。「燬」，從火毇聲。考其聲符「毇」，《說文》：「毇，缺也，從土毇省聲。毇 古文毇從壬。」〔註67〕楚系「毇」字，如 毇 （〈鄂君車節〉），所從土均訛爲壬，與《說文》古文同。「城」字，〈信陽楚簡〉從土，〈鄂君啓節〉、〈包山簡〉與《楚帛書》形構相同，土訛爲壬。

壬訛爲土者有 絕 （天1‧07），「緹（嬴）」字從糸呈聲。呈從口壬聲。〈仰天湖簡〉緹從壬，《楚帛書》壬訛爲土，《包山楚簡》與《楚帛書》同。

（六）「晶」訛爲「甽」

楷書	小篆	楚帛書
霾（霾）	霾 11下‧11	霾 四1‧05

《楚帛書‧四時》：「曰故（古）□龍（能、熊）霾 虘（戲），出自□霾。」「霾」字，嚴一萍從商承祚說釋「霾」，與下字讀作虙戲。〔註68〕金祥恆以爲 霾 從霾勹聲，故「霾虘」即「霾虘」，且云：「勹即《說文》勹，象人形，布交切。金文〈番菊生壺〉之菊作菊，從勹。〈鄎侯矛〉之軍作軍從勹。均作勹，蓋古文勹與人同形而異字。《說文》老『從人毛匕』，甲骨文作老，象長髮黃耇傴僂之人，一手持杖之形。《說文》老所從之人亦象傴僂曲身之形。霾即《說文》霾之古文省訛。古文霾從品，段〈注〉「象其磊磊之形」，繒書訛成品，猶冥，《汗簡》作冥，日訛爲目。小篆從雨包聲，繒書從霾勹聲。虘即虘。「霾虘」即《易經‧繫辭》傳之包犧。」〔註69〕，以「霾」非從二目，而爲從晶之訛變。金其說是也，今從之。

〔註67〕（漢）許慎撰、（清）段玉裁注：《說文解字注》，頁698。

〔註68〕嚴一萍：〈楚繒書新考〉〔中〕，《中國文字》第廿七冊，（臺北：臺灣大學中文系，1968年），頁2。

〔註69〕金祥恆：〈楚繒書「霾虘」解〉，《中國文字》第廿八冊，（臺北：國立臺灣大學中文系，1968年），頁1。

四、形體離析

（一）隹

楷書	小篆	楚帛書	楚文字			說文古籀	其他		
隹	4上·24	四4·09	楚王酓章鎛	郭店·語叢3·53	郭店·緇衣10	上博·孔子詩論3	我鼎	戍甬鼎	石鼓

《楚帛書》「隹」字作 （四4·09），《說文》：「隹，鳥之短尾總名也。」〔註70〕其字原象鳥之形，鳥喙下緣一斜筆延展至鳥背，使鳥背之羽毛共作四畫。字中有一豎筆與鳥背四畫連爲一體。帛書此字則非一體，由左右兩個部件組成。朱德熙說：「這種變體只見於楚國文字，特點是隹字左右兩部份寫得分開了。」〔註71〕「隹」字喙下一筆並未延長，背部僅有三筆。左旁若是草率些，便與人部十分相近，如 （郭店·緇衣10）。此即現行「隹」，左側從「亻」，疑由此演變而來。」

（二）尻

楷書	小篆	楚帛書	楚文字						其他
尻	14上·28	四1·11	包2·7	天星·卜	望2·策	郭店·老子甲22	郭店·成之聞之8	郭店·性自命出6	鄂君啓車節

《楚帛書》「尻」字作 （四1·11），所從「尸」與從「亻」之字，如 （宜11·02）、 （四4·12）幾無分別。《說文》：「尸，陳也。象臥之形。」〔註72〕帛書之「尸」部，第二筆爲書寫便捷，過早彎下。若像 （縣妃簋）及 （王孫鐘）之形，則從「尸」甚明。

〔註70〕（漢）許慎撰、（清）段玉裁注：《說文解字注》，頁142。

〔註71〕朱德熙：〈壽縣出土楚器銘文研究〉，《金文詁林附錄》，（香港：中文大學，1975年），頁1867。

〔註72〕（漢）許慎撰、（清）段玉裁注：《說文解字注》，頁403。

（三）於（烏）

楷書	小篆	楚帛書	楚文字				說文古籀	其他		
於	於 4上‧56	烏 四1‧34	烏 信1‧02	烏 包2‧12	烏 包2‧221		烏 說文古文	烏 毛公鼎	烏 禹鼎	烏 輪鎛

《楚帛書》「於」字作 烏 （四 1‧34），《說文》古文作烏。春秋戰國以前烏字鳥形還十分完整，如烏（毛公鼎）、烏（禹鼎），象烏鳥喙巨聲宏之形。其後作烏（輪鎛）之形，鳥身已省去鳥足，鳥喙之右半烏已由鳥身分離。至信陽簡作烏，鳥身又離析二筆於右側鳥喙之下。而「烏」形又與「扩」形近，烏字遂析爲烏、於二形。今行「於」字其烏鳥之形已盡失矣！

（四）𤔔

楷書	小篆	楚帛書	楚文字				說文古籀	其他		
𤔔 （亂）	亂 4下‧6	亂 四7‧28	亂 包2‧192	亂 信1‧034	亂 上博‧孔子詩論22		亂 說文古文	亂 毛公鼎	亂 番生簋	亂 瑚生簋

《說文》：「𤔔，治也。幺子相亂，受治之也。讀若亂同。一曰，理也。亂，古文𤔔。」〔註73〕「𤔔」字金文從兩手從幺從冂，象治絲之形。或作亂（毛公鼎），下訛爲止。《楚帛書》作亂（四7‧28），《三體石經‧無逸》作 亂 與帛書同。《信陽簡》字省爪，下又與幺訛爲糸。《說文》「𢇍」下有古文作 亂 形，不知〈毛公鼎〉、《楚帛書》所增四口，由是左右二幺析離而來；或四口合而成二幺。〈詛楚文〉作亂，「𤔔」即其初文。

〔註73〕 （漢）許慎撰、（清）段玉裁注：《說文解字注》，頁162。

（五）申

楷書	小篆	楚帛書	楚文字			說文古籀	其他		
申〔註74〕	〔字形〕14上·28	〔字形〕四3·36	〔字形〕包2·42 〔字形〕信1·053	〔字形〕楚子簠	〔字形〕王子申盞盂	〔字形〕說文古文 〔字形〕說文籀文	〔字形〕即簋	〔字形〕薰鼎	〔字形〕石鼓

《楚帛書》「神」作〔字形〕（四3·36），神爲从示申聲之字。申字甲文作〔字形〕（鐵163·4），字象閃電之形，電字初文。楚系前期文字作〔字形〕（王子申盞盂），與金文〔字形〕（即簋）、〔字形〕（薰鼎）同；後期作〔字形〕（楚子簠），左右短畫已訛變爲凵或，蓋由〔字形〕脫落而來。凵形或訛爲〔字形〕，如〔字形〕（說文古籀），且不與中畫接觸。中畫亦有拉直的趨向，如〔字形〕（包2·42）。〈楚子簠〉二凵作一正一反，帛書與《包山》、《信陽》二凵俱作正向。

（六）倉

楷書	小篆	楚帛書	楚文字			說文古籀	其他		
倉	〔字形〕5下·17	〔字形〕宜7·01	〔字形〕包2·19	〔字形〕包2·181	〔字形〕郭店·太一生水4	〔字形〕說文奇字	〔字形〕通別二10·8	〔字形〕叔倉父盨	〔字形〕猷鐘

「倉」字甲骨文作〔字形〕（通別二 10·8）从А、从凵、从〔字形〕，象門戶，其上者象蓋，下者象座。字象蓋和座相合之形。故糧倉爲其本義。《說文》：「倉，穀藏也。蒼黃取而藏之，故謂之倉。从食省，口象倉形。〔字形〕奇字倉。」《楚帛書》作〔字形〕，左側分離作〔字形〕，已失門戶之形，右側二畫，疑爲羨畫。《說文》奇字或據帛書此形省，《包山楚簡》其下从土，義更難明矣。

戰國晚期知識已不爲貴族所專有，這時文字之書寫已普及各階層，大量文

〔註74〕《楚帛書》無「申」字，以「申」爲「神」字初文，故表列「神」字以爲說明。

獻的傳抄，因應手寫的習慣及便捷的考量，及無心的筆誤，使得文字訛變情況
有增無減。改變筆勢、苟簡急就乃基於便捷的考量；形近訛混、形體離析則是
無心的筆誤。這也造成了戰國文字的多采多姿。其訛變字形只在某一區域流行，
便成爲典型的區域性結體。從這點看來，《楚帛書》的確具有楚地明顯的特徵。
它也爲當時書寫的習慣，留下了線索。

第五章　《楚帛書》文字風格的特色

語言是人類用以表情達意的工具，而文字是記錄語言的符號，而政治上的分歧也反映在文字的書寫上。東漢許慎在撰寫《說文解字・敘》時，曾描述戰國文字紊亂的情形，說：

分爲七國，田疇異晦，車涂異軌，律令異灋，衣冠異制，言語異聲，

文字異形。〔註1〕

事實上這個現象早在春秋時期就已經開始了。自平王東遷以來，禮崩樂壞，周天子天下共主的地位一落千丈，不統於王的割據爭霸局面，已然成形。諸侯們個個想展現自己的政治實力，彼此互相征代。各國之間的爾虞我詐，減少彼此的往來，而獨特的政治、經濟、文化特色，乘機滋長。而文字正反映了這種社會現象，各國的民情風俗不同，文字也逐漸顯現出其地域性。容庚說：

春秋戰國，異體朋興。細長之體，盛行于齊徐許諸國。〔註2〕

說明了文字的形體變異，其實從春秋時期已經開始。

近代學者已注意到文字形體變異的情況，而有分系之說。

〔註 1〕 （漢）許慎撰、（清）段玉裁注：《說文解字注》，（臺北：黎明文化事業股份有限
公司，1991年，影印清嘉慶二十年經韻樓刊本），頁765。

〔註 2〕 容庚：《商周彝器通考》，（臺北：大通書局，1973年），頁90。

最早的是唐蘭的「二系說」，唐蘭就將戰國文字分爲六國系和秦系兩系。
〔註3〕郭沫若則將東周青銅器分爲三十二國，且云：

> 由長江流域溯流而上，于江河之間順流而下，更由黃河流域溯流而
> 上，地之比鄰者，其文化色彩大抵相同。更綜而言之，可得南北二
> 系。江淮流域諸國南系也，黃河流域北系也。〔註4〕

郭氏以地域分爲三十二國之器爲南北二系。然隨著地下文物的不斷出土，學者
們接觸到的文字也愈來愈多，不管是唐氏或郭氏的說法，內部也存在著許多的
差異，也漸漸不能滿足學者研究時分類的需求，新的分系就有其必要了。

在五〇年代，李學勤開始對戰國文字作更有系統的研究，提出了「戰國時
期五系文字理論」，他說：

> 戰國時代的漢字可分爲秦、三晉（周、衛附）、齊、燕、楚五式，其
> 風格結構各有其特異之處。〔註5〕

李氏依風格與結體將戰國文字分成秦、三晉、齊、燕、楚五系，又較郭氏的分
類更進一步，文字在地域的風格上更爲強烈。此說一出，承襲李說的不乏其人。
如何琳儀《戰國文字通論》，將戰國文字的依其特點分域，以「系」分類，可以
是一國文字，亦可是若干國家之文字。〔註6〕另外，許學仁的《戰國文字分域與
斷代研究》、湯餘惠的《戰國文字編》，都沿用這個分法，可見戰國文字「五系
說」，已爲學者普遍認同。

〔註3〕唐蘭：《古文字學導論》，（臺北：洪氏出版社，1978年），頁31。

〔註4〕郭沫若所分三十二國分別爲：吳、越、徐、楚、江、黃、郜、鄧、蔡、許、鄭、
陳、宋、鄎、滕、薛、邾、郜、魯、杞、紀、祝、莒、齊、戴、衛、燕、晉、蘇、
虢、虞、秦等三十二國。見郭沫若：《兩周金文辭大系圖錄考釋·序》，（北京：科
學出版社，1957年12月）。

〔註5〕李學勤：〈戰國時代的秦國銅器〉，《文物參考資料》1957年第8期。

〔註6〕何氏的「五系文字說」其分類及範圍如下：（1）齊系文字：以齊國爲中心，包含
魯、邾、倪、任、滕、薛、莒、杞、紀、祝等國。（2）燕系文字：以燕國一國的
疆域爲範圍。（3）晉系文字：包含三晉在內的韓、趙、魏，及中山、東周、西周、
鄭、衛等國。（4）楚系文字：以楚國爲中心的文化圈，除包括吳、越、徐、蔡、
宋等大國外，還包括漢、淮二水之間羅棋布的小國。（5）秦系文字：以秦國爲主。
詳見何琳儀：《戰國文字通論》，頁77～183。

實際上這種分法不僅可用於戰國文字的分類，也適用於春秋時期的文字。上述自春秋時期，各國已開始發展具有地方風格的文字，其區域特色漸漸形成。而五系說的分法，是將具有若干共同地域特點的文字，列爲一系。以下就將楚帛書與其他戰國文字作比較，以突顯其特點。

第一節　楚帛書的書風特色

楚系文字在書法上，很明顯的有兩種截然不同的風格。第一種爲數較少，具有強烈的裝飾意味，其特徵爲下垂的筆畫拉長，並在轉折處加以誇張，產生類似楚國漆器圖案所特具的紆徐宛轉的美感，如〈楚王酓肯鼎銘〉即是。第二種則明顯的有前述古隸的傾向，〈楚王酓忎鼎〉等銅器銘文、《楚帛書》、楚簡都屬類。〔註7〕《楚帛書》與楚系簡牘金文文字的比較，可從下列數端，見其特色：

一、筆　法

積點畫以成字，書法是表現點畫的藝術。而一點一畫的形成，乃在於書法筆法的入筆、運筆、收筆的運用，是否得當。不同的筆法所書寫出來的點畫，自然會有不同的表現效果。而要如何展現筆法的多樣性的關鍵，在於運筆的方法。運筆的方法極多，有起筆、收筆、提筆、頓筆、轉筆、折筆、方筆、圓筆、藏鋒、露鋒、曲、直、急、澀等。

（一）起筆收筆與藏鋒露鋒

關於起筆與收筆，前賢有「善書者，一點一畫有三轉，一波三拂有三折。」〔註8〕之說。之說。言作一橫畫，入筆須欲右向左爲一轉，運筆向右時爲第二轉，收筆向左迴爲第三轉，法度甚爲嚴密。然此乃爲方便後人習書所歸納之原則。簡帛書法用筆則不完全受此限。蓋先秦文字，大多自然落筆，書寫時「自左上方往右下方」落筆者居多，頗類楷、行、草書之法，這是右手執筆書寫自然的方向。筆毫之尖、鈍，以及起筆時落筆之輕、重，或有露鋒與否的差異，但基

〔註7〕　周鳳五：《書法》，（臺北：幼獅文化事業公司，1988 年 3 月），頁 10～11。

〔註8〕　（清）魯一貞、張廷相：《玉燕樓書法》，中華叢書美術叢刊（一），（臺北：國立編譯館，1986 年 9 月），頁 324。

本上不是刻意去逆入、藏鋒。如此一來,各體書法雖有形態不同,但用筆則一也。可知楷法與篆法隸法,脈絡相承。以《楚帛書》與《郭店楚簡》、《包山楚簡》、《信陽楚簡》比較,《郭店楚簡》、《包山楚簡》起筆較多露鋒;《楚帛書》與《信陽楚簡》則露鋒較少。會有這種差異,則與書寫所用之筆,與絹帛、竹木接觸的瞬間有關。一般而言,字小如再加上筆鈍,就很難露鋒。甚至還有學者認爲「筆畫之兩端,絕大部份都是禿起禿止,有時顯得略而有迴勢,望之不似毛筆所書,而爲一種所謂鋒穎的工具所寫。」〔註9〕雖不一定正確,但也提供了《楚帛書》用筆的另一個思考空間。起筆其關鍵在於落筆的「點」,其輕重、有無,及筆毫尖、執筆斜度等,都會影響筆鋒的藏露。〔註10〕同理,收筆亦未刻意收筆。如《說文》古文及《正始石經》,橫畫均作尖筆,也就是露鋒。《楚帛書》雖未作露鋒,但橫畫末端多作下垂者,如 四4‧02、 四5‧18、 四5‧19、 天11‧02、 四2‧35、 天4‧10等,幾成《楚帛書》收筆之特徵。

(二)方筆與圓筆

方筆與圓筆是指寫字時,書寫線條的外型呈現出方正與圓轉的型態。方筆是指書寫線條在起收筆及轉折處所形成的稜角;圓筆是指線條的起收筆形成圓轉的弧形及轉折處有轉無折的現象。《楚帛書》行筆以圓轉取勢,依字結體繁簡,筆畫因結體各有長短的不同,書手在繕寫之時自有粗細之變化。康有爲云:

> 書法之妙,全在運筆。該舉其要,盡於方圓。操縱極熟,自有巧妙,
> 方用頓筆,圓用提筆。提筆中含,頓筆外拓。中含者渾勁,外拓者雄
> 強,中含者篆之法也,外含者隸之法也。提筆婉而通,頓筆精而密,
> 圓筆者蕭散超逸,方筆者凝整沉著。提則筋勁,頓則血融,圓則用抽,
> 方則用絜。圓筆使轉用提,而以頓挫出之。方筆使轉用頓,而以提絜
> 出之。圓筆用絞,方筆用翻,圓筆不絞則瘻,方筆不翻則滯。圓筆出
> 以險,則得勁。方筆出以頗,則得駿。提筆如游絲裊空,頓筆如獅狻

〔註9〕 王壯爲:《書法叢談‧長沙出土繪書墨跡之用筆問題》,(臺北:國立編譯館,1980
年再版),頁251。

〔註10〕 林進忠:〈楚系簡帛墨跡文字的書法探析〉,《海峽兩岸楚文化學術研討會論文集》,
(臺北:國立歷史博物館,2002年),頁154。

蹲地。妙處在方圓並用，不方不圓，亦方亦圓，或體方而用圓，或用

方而體圓，或筆方而章法圓，神而明之，存乎其人矣。〔註11〕

康氏雖是解釋魏碑的用筆，但在篆隸也同樣適用。一般而言篆法多圓轉、隸法多方轉，在過渡期的《楚帛書》是兼有混用的。因此帛書文字已透露出隸書的意味。

（三）曲與直

先人造字以象形字爲開端，因「畫成其物，隨體詰詘」。書法線條中，有直有曲，以曲線與直線的搭配構成一字字形。篆書之美，貴在「婉而通」。金文、小篆中可以欣賞到的曲線與直線相輔相成的美感。在篆、隸、楷、行、草中很少見到筆直的直線，過分筆直的線條或許只在用刀契刻的甲骨文刻辭中出現。而甲骨文以後的篆、隸、楷、行、草書中，恐怕已難見到嚴格的直線。但若以整個書體來比較，則可以發現西周金文所用圓轉的線條，以曲筆爲多。然隨著隸變的歷史潮流，古文字的結體也由曲變直。爲了因應繁忙的事務，不再顧及象形的原則，把「隨體詰詘」的曲線分解或改易爲平直的筆畫。相對的小篆，春秋中晚期的《楚帛書》，則有線條有直化的趨向。如「少」字，篆文作 ⳾（鄦侯簋），《楚帛書》作 少 宜4‧02，隸書作 少 （張遷碑）；「大」字，篆文作 大 石鼓文，《楚帛書》作 大 四6‧25，隸書作 大 （乙瑛碑）。曲筆都已簡省爲直筆。

（四）輕與重

中國書法藝術在毛筆運行中，自有輕重的差別。一來是人爲的書寫，即使是相同的字也無法絕對相同，因爲人爲的書寫不比機器的印刷。二來即使可以完全相同，書手也不想求同，這是基於求變的思維。在輕重用筆的對比、錯綜中形成無限豐富的韻律，進而呈現出變化無窮的境界。

關於輕重的程度，今人胡小石有過探討，其說如下：

書之使筆，率不令過腰節以上。二分筆身，分處爲腰，自腰及端，

復三分之。至輕者用端部之一分，其書纖勁，所謂蹲鋒。至重者用

〔註11〕康有爲：《廣藝舟雙楫》，《歷代書法論文選》（下），（臺北：華正書局，1988年），頁785。

腰部之三分，其書豐腴，所謂鋪毫。界乎腰端之間者爲二分。〔註12〕

胡氏之說將分用筆輕重爲三等：一、至輕者用一分筆，取筆端至筆腰的三分之一，即全筆的六分之一；二、中庸者用二分筆，取筆端至筆腰的三分之二，即全筆的三分之一；三、至重者用三分筆，段筆端至筆腰的三分之三，即全筆的二分之一。見下圖：〔註13〕

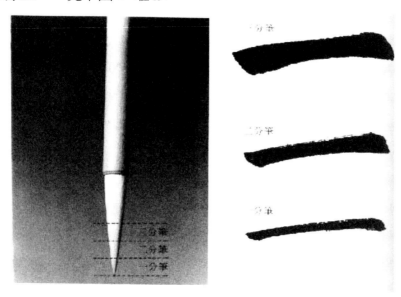

今取《楚帛書》之字爲例，如：

字例	輕	重	字例	輕	重
歲	四4·34	天6·14	于	宜7·03	四1·12
則	天8·18	天10·18	夋	四5·01	四6·34
可	宜2·03	宜2·2	水	宜6·02	四1·29

其呈現的風格，略有差異。輕者纖勁，超逸秀發；重者豐腴，沉著溫厚。其美感各不相同。關鍵在於不同的用筆，使作品線條的質感相異。用筆輕者與絹面接觸少，接近胡氏的「一分筆」，表現出一種如水流勁捷、鳥飛輕過的美感；用筆重者與絹面接觸多，接近胡氏的「二分筆」，則表現出一種如蒼山郁然、雄奇樸茂的美感。

〔註12〕胡小石：《胡小石論文集·書藝略論》，（上海：上海古籍出版社，1995 年），頁 214。
〔註13〕杜忠誥：《書道技法 1·2·3》，（臺北：雄獅圖書股份有限公司，1990 年），頁 122。

二、章 法

「章法」又稱「謀篇布局」，它是研究字與字、行與行、以及整幅之間的搭配方法。

觀賞一件書法作品，可從用筆、結體、章法著手。用筆的目的在於點畫，結體的目的在於造型，章法的目的在於布局。一件優良的書法作品，不僅要用筆精到、結體優美，而且也要章法完整、通篇和諧。點畫與結體之美，是細部美、局部美；而章法之美，則是整體美。

章法是集字而成篇，以整幅為一體。它讓字與字之間有內在的聯系，通篇有連絡呼應、行氣貫通。構成生動自然、和諧統一的整體。因此歷代論書論章法者，不乏其人。如蔡邕〈九勢〉：

> 凡落筆結字，上皆覆下，下以承上，使其形勢遞相映帶，無使勢背。
> 〔註14〕

這是說一個字之中，必有一部分的結體寫得較大，用以承上或覆下。而字與字之間，則要有映帶呼應。又解縉《春雨雜述‧書學詳說》云：

> 是其一字之中，皆其心推之，有絜矩之道也，而其一篇之中，可無
> 絜矩之道乎？上字之於下字，左行之於右行，橫斜疏密，各有攸當。
> 上下連延，左右顧瞻，八面四方，有如布陣：紛紛紜紜，斗亂而不
> 亂；渾渾沌沌，形圓而不可破。〔註15〕

解縉認為作書時，下字要觀顧到上字，左行要觀顧到右行，要使整篇作品，看起來是一個整體，有如布陣一般，面面俱到。另劉熙載《藝概‧書概》云：

> 書之章法有大小，小如一字及數字，大如一行及數行，一幅及數幅，
> 皆須有相避相形、相呼相應之妙。〔註16〕

這種大小錯落，疏密相間，穿插爭讓的章法，肇自甲金古文字，其字或正或斜，奇古生動，有變化莫測之感。今以金文為例，將先秦作字章法，分述如下：

〔註14〕 蔡邕：〈九勢〉，《歷代書論文選》（上），（臺北：華正書局，1988年），頁6。

〔註15〕 解縉：《春雨雜述‧書學詳說》，《歷代書論文選》（上），頁463。

〔註16〕 劉熙載：《藝概‧書概》，《歷代書論文選》（上），頁663。

（一）縱無行橫無列

這種布局沒有界格，是沒有束縛的寫法，下筆時要瞻前顧後，且胸有成竹。一般以爲出現於明清時期的草書布局，實則出現於早期的金文。如〈士上卣〉器銘：

〈士上卣〉器銘　　　　　　　　　　〈士上卣〉蓋銘

這種布局方式的出現，在於銅器鑄模上刻寫，上面略有弧度，不是完全的平面。寫作時具有較大的伸縮性，可以任憑作者自由馳騁。寫時須注意字與字、行與行、上下左右的聯系，並通過疏密、虛實、開合、伸縮、賓主等形式的對比和統一，使其布局參差錯落，融爲一片，奇趣橫出。其末二行釋文云：「用乍父癸寶尊彝，臣辰冊龘。」〔註17〕「冊」字從二冊，其中一「冊」竟跨至前一行（詳見上圖最後兩行）。「伸縮」、「開合」眞是發揮得淋漓盡至。

這種章法，自西漢之帛書至明清草書都曾出現，影響了後世中堂、條幅、橫幅的形式。

（二）縱有行橫無列

這種章法雖無橫格，但有大約相等的行距。採用這種布局來書寫作品，有瀟灑、流暢的特點。因此在書寫時要注意到行氣的連貫，承上啓下，遞相掩蓋，離合之間，自有無窮之生意。運實爲虛，則實處空靈；以虛爲實，則斷處皆連。如〈申簋蓋〉蓋銘：

〔註17〕馬承源：《商周青銅器銘文選》（三），（北京：文物出版社，1988 年 4 月），頁 82。

　　「縱無行橫無列」與此種布局的差異有二：其一，前者「行」較不明顯，後者「行」則很清晰。其二，前者字看起來較大，整篇看起來較「擠」，行氣也較強較連貫；後者則較字小，整篇看來較疏朗。其相同點是同樣要注意字與字、行與行、上下左右的聯系，以及疏密、虛實、開合、伸縮、賓主原則的運用。唯開合、伸縮不若前者誇張。

　　這種布局在西周中晚期至春秋初期的金文中大量出現，若以竹簡為書寫載體，受限於竹片寬度，也勢必採字此種布局。後世的行書作品，也大都採用這種章法，如王羲之〈蘭亭序〉即是。

（三）縱有行橫有列

　　這種布局方法最大的特徵就是勻稱齊整，比較適合字數較多或是較為莊重的內容。雖然似乎受到縱橫界格的限制，這界格不必是有形的，也可以有長短、大小、闊窄、斜正，疏密等姿態。如〈虢季子白盤〉：

　　此種布局又較「縱有行橫無列」一類，又更為保守。表面上看來齊整，然變化較小，行氣又更為薄弱，不免有算子之譏。就書手而言，布局反而較為簡單，只要將字「填入」即可，沒有瞻前顧後之慮。

　　自始皇統一天下，四處巡視所立之碑，如〈會稽刻石〉、〈繹山刻石〉、〈泰山刻石〉、〈瑯琊臺刻石〉等，都是採用此種方式布局。後世的碑刻，也大多探章法，如東漢的〈乙瑛〉、〈禮器〉，北朝的〈張猛龍〉、〈張黑女〉，唐朝的〈九成宮〉、〈雁塔聖教序〉等，界格或有或無，布局方式差異不大。

　　章法受到書寫載體面積的限制，在一定的「封閉框架」中，去展現黑白、疏密、奇正、主客、動靜、虛實。以竹簡言，其章法就只能在一長方形的竹片上展現，大致僅能表現字與字之間的疏密。而帛書之類的載體，相較之下章法就較有豐富的變化。以《楚帛書》而言，在長 38.1 厘米、寬 45.7 厘米的範圍內，中間要寫互倒的兩段文字；其外圍有十二段文字及十二神像環繞於周圍四方。在先秦的文獻中，可謂絕無僅有。必先經過事前的精密計算，然後才開始書寫。又絹帛上無法事先畫界格，字數接近千字，對書手的挑戰，不可謂不大。據此推知，書手必定是個膽大心細，又長於繕寫之人。

　　觀《楚帛書》之〈四時篇〉，計八行，前三行每行 36 字，四至七行每行 35 字，末行 10 字。分段符號「▭」三個，前二個未占一字元，第三個占一字元。〈天象篇〉，計十三行，每行 34 字。分段符號「▭」亦三個，各占一字元。兩段文字前者每行多後者一至二字，但觀帛書原物照片，前者較疏，後者較密。依一般書寫的習慣，書寫長文時，先書者較為拘謹，字距遂較緊密；後書者較為放逸，字距亦較寬鬆。據此推論〈天象篇〉書寫先於〈四時篇〉。另外，先寫的一段可能思慮未周，寫完後才覺太密，故於後寫的一段，增加每行字數一至二字。較無後寫者已有前段可觀照，又縮短後段每行書寫長度之理。這說明了〈四時篇〉每行雖僅僅多〈天象篇〉一至二字，但每行長度卻長出甚多之因。蓋因作者刻意增加字數又書寫放逸之故。

　　綜上所述，《楚帛書》之章法布局，應屬「縱有行橫有列」的布局，但又不過分執著拘泥，在於「縱有行橫無列」與「縱有行橫有列」之間。二段文字中，每行文字字數大致相等，看似書手刻意採「縱有行橫有列」的方式布局，實際上卻又看不出左右刻意對齊，但又像「縱有行橫無列」的章法，令人玩味再三。

三、風　格

　　所謂的「風格」，是指書法作品總體上呈現出來的風貌。字如其人，因此欣賞書法作品，亦可推知作者情性。一個書寫者在經過臨摹階段，直到能自運作品，他不只是把文字「抄」寫完，他也在展現他的情性與修養。文學的創作也與書法的創作類似。例如《文心雕龍・體性》：

> 然才有庸儁，氣有剛柔，學有深淺，習有雅鄭，並情性所鑠，陶染
> 所凝，是以筆區雲譎，文苑波詭者矣。〔註18〕

　　藝文作品之有雲譎波詭的變化，實決定於作家的情性，氣質各不相同所致。其相同點都是必需經過模擬的階段，其後才自創風格。而其關鍵在於「變」，「變」得與先前模擬之作不同。張懷瓘云：

> 故與眾同者俗物，與眾異者奇材，書亦如然。為將之明，不必披圖
> 講法，精在料敵制勝；書之為妙，不必憑文按本，專在應變，無方

〔註18〕劉勰著、周振甫注：《文心雕龍注釋》，頁 535。

皆能，遇事從宜，決之於度內也。〔註19〕

因此書法作品之貴，在於求變，且體現出風格。

　　先秦的所見的文獻資料，大致上可分爲「應用文字」與「手寫文字」兩大類。「應用文字」是指刻銘在器物上的文字，如權量、兵器、虎符、秦漢印、秦刻石等，這些都是經過規整化的設計字形，有如現在的印刷體字形，用於公告、器物之上。而「手寫文字」，就是指除了「應用文字」外的手寫墨跡文字，不論是政府官員或平民百姓平日所用的文字，應該就是這種「手寫文字」，這才是當時所用文字的眞實面貌。而就《楚帛書》與戰國時期簡牘而言，同屬墨跡文字，而風格有異。林進忠云：

> 帛書之斜度近似《包山楚簡》，顯得逸動靈活，輔以兩端低垂，又具穩定感。其主筆長畫則常見先以筆尖按置點頓而後行筆，同於《侯馬盟書》卻趣韻稍異。其副筆短線則往往帶過，字架結體輕重變化有序。行筆則依橫直斜弧而中鋒側鋒二者併用，自然流露。豎畫常中彎右凸微斜，時見出鋒；橫畫收筆則或自然留鋒而止，或停筆微頓，爲戰國墨跡所罕見，或右尾輕放下拉任其出鋒，同於信陽竹簡；書法用筆變化不一，苦心經營，精妙可見。出土之戰國楚筆，筆鋒瘦長尖而富彈性，帛書長畫之起筆頓而後行，收筆之出鋒處尖銳有力，顯現楚筆鋒是瘦挺特性。在一般楚簡書法中，起筆於簡面內之筆畫雖亦可見頓點而行之筆法，但均不刻意顯露，有異於帛書、《青川木牘》、《侯馬盟書》，其橫畫常由細而粗，輕輕畫過簡面兩端，起止處甚少點頓，此或因簡面狹窄，面積異於玉石、絹帛、木牘所致。但《睡虎地秦簡》墨書則字形左右未出簡面，其橫畫自右上而下，逆筆點頓之跡可見，同於青川木牘，啓隸書之法。帛書則同於《侯馬盟書》，落筆自左上而下，順筆點頓，筆鋒留現，與漢隸不同而近於唐楷之起筆。〔註20〕

林氏將《楚帛書》與《包山楚簡》、《侯馬盟書》、《青川木牘》、《睡虎地秦簡》等墨書文字比較，觀察不可謂不細，然不免過於瑣碎。

〔註19〕張懷瓘：〈評書藥石論〉，《歷代書論文選》（上），頁211。

〔註20〕林進忠：〈長沙戰國楚帛書的書法〉，《臺灣美術》第二卷第二期，（臺中：臺灣省立美術館，1989年10月），頁50。

據筆者的觀察《楚帛書》的筆勢、線條、字形，總掇其要，其風格約有下列數端：

（一）筆勢右揚，靈活生動

右手執筆書寫 0.7 厘米的小字，以腕為軸，書寫時橫畫自然向右上向方高斜。橫畫筆勢向右上揚起，此乃合乎人體工學的揮運現象。而人類之手，即使是力求工整，在書寫時考慮字形的點畫形構，未必一定能做到齊整對稱。所以呈現出長短不齊，也是理所當然。是以「橫平豎直」並非手寫文字的法則，而是「應用文字」的呈現。《楚帛書》以點頓起筆收筆，漸行漸提，再漸按頓收，筆畫中拱兩端下垂。起收自然不刻意藏鋒。

（二）線條沉穩，柔美多姿

中國書法因陽剛或陰柔之美，而有兩種不同的藝術風格。如楊成寅謂：

> 尚陽剛之美者，強調骨、力、勢；尚陰柔之美者，強調韻、味、趣。……
> 表現在形式上，陽剛之美方、厚、直、急、枯，陰柔之美圓、藏、
> 曲、緩、潤，所謂直則剛、曲則柔，折則剛、轉則柔。〔註21〕

陳廷祐也將書法風格分為剛柔二類，說並到：

> 篆書中對比最明顯的為齊、楚兩種書，北方的齊國近於殷商故地，
> 篆書仍有殷契質直之風，筆畫瘦直、嚴整剛正，有陽剛之勢。南方
> 的楚國篆書筆畫圓轉，流利飛動，結構奇縱，多陰柔之美。〔註22〕

這是用地域的整體風格來區分，以為北方書風陽剛，南方書風陰柔。

雖說由上可知書法風格或因書寫者的天賦、性格而有差異，在作品上呈現出不同的風貌。但整體而言，可就「方、厚、直、急、枯」與「圓、藏、曲、緩、潤」來判斷陽剛陰柔。

然而是不是整個地區都呈現出相同的風格，筆者則持保留態度。就筆者觀察，同屬楚系的墨跡文字，《楚帛書》、《信陽臺竹簡》可謂陰柔書風；而《郭店》、《包山》或許歸於陽剛書風，較為適當。

（三）字形開合，呈扁平狀

文字外形，依其書寫習慣，有扁平、方正、縱長等不同的「字相」，但由於

〔註21〕楊成寅：《美學範疇概論》，（杭州：浙江美術學院，1991 年），頁 1038。

〔註22〕陳廷祐：《中國書法美學》，（北京：中國和平出版社，1989 年），頁 124。

毛筆的書寫，將原本應該連續或一筆完成的線條，分段完成。這也就開啓了隸書、楷書筆畫筆順的問題，筆法也由圓轉漸漸有了方折。這也就是說文字的寫法出現了「隸意」。因此文字是不是有「隸意」，關鍵在於是否筆法從圓轉化爲方折。一般以爲字形呈扁平狀，就是具有「隸意」的思維，實有待商榷。

《楚帛書》大致呈扁平之狀，但細觀，亦不乏縱長字例。因此文字的長短、寬窄、大小都是自然的呈現差異。不宜以高度規範的小篆，這種已類似美術字的應用字體來看日常的手寫文字。今舉「日」字爲例，從「日」之字，金文右上角多成圓轉，如：⊙ 王臣簋；《楚帛書》則兼有圓轉與方折的寫法，如：🔲 四 7・10、🔲 宜 5・01；《馬王堆帛書》則幾乎爲方折的寫法，如：🔲 戰 005、🔲 戰 139。正說明了當方折大量應用時，字形似有由長方變扁方的趨勢。

第二節　《楚帛書》文字對漢字基本筆劃之影響

戰國時代的書寫材質種類繁多，當時所用以書寫的工具，大致可分爲刀刻、模鑄及墨書三種。

刀刻文字目前所見最早的就是甲骨文。甲骨文又稱「書契」，它是使用「銅刀和剞剧」的工具及運用「衝刀法」〔註23〕所雕刻。今觀甲骨片之刀痕，大多由橫畫、直畫、斜畫及稜角所構成。戰國時代的雕刻方法雖有進步，然不論是衝刀法、切刀法、雙刀法、單刀法，絕對是與鑄刻的金文風格有別，前者簡勁剛直，後者溫文流轉。

模鑄是事先寫在陶模上，再加以燒製，可事先安排設計，並加以修飾。春秋中期以後，南方的楚、吳、越、陳、蔡、徐等國，出現了鳥蟲書，線條圓潤流暢，將模鑄方式發揮到了極致。很有地域的特色，所以何琳儀說「齊之凝重、燕之峻整、晉之勁利、楚之華麗、秦之剛健」〔註24〕，應該是就楚系的鳥蟲書來說的。

墨書文字與毛筆的發明有關。從甲骨片中有未刻的朱、墨書的書跡可知至少在殷商時期就已經出現了毛筆。《左傳》有「名藏諸侯之策」之句、《儀禮》有「百名以上書於策」之載，以及孔壁中書、汲冢竹書，都說明了春秋戰國時

〔註23〕洪燕梅：《睡虎地秦簡文字研究》，（臺北：政大中文所碩士論文，1993年），頁190。

〔註24〕何琳儀：《戰國文字通論》，頁170。

期，毛筆在竹木上已經開始運用，再從其抄寫的書籍文字的數量，可以看出以竹木爲書寫的載體，在當時已是極普遍的事。而蒙恬造筆之說不攻自破，但爲因應大量的書寫，毛筆也有改良。目前最早出土的毛筆實物，是 1954 年在長沙左家公戰國木槨墓中所出土的毛筆，發掘報告中說：

> 毛筆，在竹筐內，全少套在一支小竹管，杆長 18.5 厘米，徑口 0.4
> 厘米，毛長 2.5 厘米，據製筆的老技工觀察，認爲毛筆是用上好的
> 兔箭毫做成的……與筆放在一起的還有銅削、竹片、小竹筒三件，
> 據推測，可能是當時寫字的整套工具。〔註25〕

觀近年來所出土的簡帛文字，可以推測當時毛筆確實是兔毛之類的硬毫所製成的。除了《楚帛書》外，大部分的簡牘文字都有苟簡的筆意，且字不大，大多不到 0.8 厘米。推測是爲應付當時繁雜庶務，有求速的需求。這與明清之際，用以書寫大字，講究線質上的變化而使用軟毫的情況，是大不相同的。前者是實用考量，後者則是藝術創作。而《楚帛書》何以運筆穩重而不苟且呢？筆者以爲這可能與帛書用於墓葬有關，養生送死，人生大事，自然苟且不得。而且還用當時相當珍貴的絲質絹帛來書寫，不是常用的竹木片，也可推知墓主的地位，絕非一般平民。

　　饒宗頤以爲隸書之起源可歸諸於《楚帛書》，如「行筆則開隸勢，所有橫筆，微帶波挑」〔註26〕，「今觀楚帛書已全作隸勢，結體扁衡，而分勢開張，刻意波發，實開後漢中郎分法之先河。」〔註27〕其實就目前可以看到新出土的手寫墨書文字來說，《楚帛書》尚且比《侯馬盟書》、《曾侯乙墓竹簡》晚，隸書的起源更可溯至春秋晚期。饒氏又說帛書「開後漢中郎分法之先河」，今觀《楚帛書》的結體雖扁，橫畫起筆多順勢，收筆又無波磔，強曰開蔡邕八分之法，實可商榷。然言隸書體勢與楚文字全然無關，亦是未必。

　　與《楚帛書》同樣出土於湖南長沙的《馬王堆帛書》，兩者在地緣的關係上很難分割開來。時間上《馬王堆帛書》較《楚帛書》晚約一百年。《楚帛書》文字奇古，形體扁圓，爲戰國楚文字的眞實面貌；《馬王堆帛書》文字大部分是篆

〔註25〕潘天壽：《毛筆的常識》，（臺北：丹青圖書公司，1986 年），頁 12。

〔註26〕饒宗頤・曾憲通：《楚帛書》，（香港：中華書局，1985 年 9 月），頁 149。

〔註27〕饒宗頤・曾憲通：《楚帛書》，頁 150。

體向隸體演變的過渡形式，或稱之爲「古隸」，二者之間或有承襲。《馬王堆帛書》文字反映隸變的部分實況，在隸變過程中，對漢字的外形與本質具有相當程度的影響。這個影響很難說有多大，但筆者就文本所見，試作一些的分析。因此就以《楚帛書》與《馬王堆帛書》文字，在隸變中承先啓後的關鍵地位，來討論「文字基本筆劃」的影響。

《楚帛書》的線條尚稱均稱，除了起收筆較爲明顯以及長橫畫略具弧度，字形奇特之外，將之歸類於篆書並無不妥。《馬王堆帛書》文字有的尚在隸變過程中，有的也粗具隸書規模。文字透過曲變直、簡化、連筆、延筆、縮筆等方法的運用，使隸書有了基本的雛形。雖然隸書的形成，因字而異，極爲複雜。我們仍可從「點」、「折」、「撇」、「捺」、「鉤」等最初情況，逐一舉例說明：

一、點的形成

「點」是文字中最簡短的筆畫。就漢字來看，沒有點的字，還眞是少數。篆書中有不少本來沒有點的字，在後來的隸定過程中，漸漸形成了點。這種情形，多半是出現在字的「字頭」或開始與字的末幾筆。有關字頭「點化」的情形：

所從小篆偏旁	先秦金石文字	楚帛書	馬王堆
	散盤 多友鼎 我鼎	四8·04 宜8·02	戰238 戰035 戰234
	師遽敦 辨簋 文鼎	天4·23	戰275 遣1·232

以上是比較《楚帛書》與《馬王堆帛書》文字「點化」的情況。表中《楚帛書》從「宀」與從「文」之字，上面的點尚未形成，此時尚屬變遷的初期，所以「點化」的現象還沒有普遍。另外如褱、言等字，也是相同的情形。而《馬

王堆帛書》從「宀」與从「文」之字，點化就十分明顯，甚至爲了書寫求速，「宀」部還作三筆寫，其書寫筆勢與現行楷書，幾乎完全相同。

有關曲筆、短筆「點化」的情形：

所从小篆偏旁	先秦金石文字	楚帛書	馬王堆
火	焚 多友鼎 𤉣 分敖壺 𡙡 召尊	四 3 · 16 宜 10 · 02 四 3 · 17	戰 138 戰 167 戰 317
中	克鼎 段簋 毛公鼎	四 6 · 15 天 10 · 19 天 6 · 11	戰 208 戰 080 戰 038
爿	中山王𢨢兆域圖 中山王𢨢壺	天 11 · 26 天 11 · 28	問 12 春 087

《楚帛書》有些曲筆、短筆也還未有「點化」的跡象，如表中从「火」、从「心」及从「爿」之字。「火」旁的左右兩筆，《楚帛書》時本爲曲筆，而《馬王堆帛書》時卻因縮短而點化，終究而成短豎；中間二筆也是先短化，後離散成爲不相觸的兩點，而成爲「灬」。另外戈旁、水旁、犬旁、馬旁的寫法，也有類似的情形。

「點」在西漢中期以後才普遍形成，東漢時期的「點」才較有變化，東漢末的楷書在「點」的表現上，漸趨成熟、豐富。到了初唐「點」已經呈現多樣化，有中點、左點、右點、出鋒點、挑點等。今以楷書中「點」畫較多的「然」字爲例，試作一表〔註28〕，當可一窺梗概。

〔註28〕本表排列順序大致依時間順序，如時間無法確知，則以字形之演變關係遠近爲序。

金文及他系	楚文字	秦漢之際簡帛	西漢隸書	東漢隸書	楷書
者減鐘 中山王𧻸鼎 睡虎地簡 113.12	信 1·01 天星觀·卜 望 1·卜 郭店·老子乙 15 郭店·太一生水 4	馬王堆壹號墓簡 馬王堆·五十二病方 246 馬王堆·老子乙前九上 馬王堆·戰國 60 天文雜占末·下	定縣漢簡 94 武威漢簡·服傳 16 武威漢簡·士相見 13 武威漢簡王杖 81-16	熹平石經 史晨碑 白石神君碑 石門頌	鄭羲下碑 元彥墓誌銘 孔子廟堂碑 九成宮醴泉銘

由上表可看出「然」字下「火」旁四點的演化，從原本完整的火字，而演為四點。包括楚文字在內的先秦文字，其「火」旁的寫法差異不大；秦漢之際的《馬王堆帛書》，兼有先秦文字的寫法與後期四點離散的寫法，如⿰ （馬王堆壹號墓簡）的寫法；西漢中期以後的寫法，已十分固定，採四點離散的寫法，這個寫法就一直延續到楷書。

包括《楚帛書》、《曾侯乙墓簡》、《包山楚簡》在內的楚文字，可謂隸變的發端；馬王堆文字，可說是隸變的時期；而西漢中期至東漢晚期，可說是隸變的完成。

二、折的形成

由曲筆、半圓筆、弧筆演化成「折」：

所從小篆偏旁	先秦金石文字	楚帛書	馬王堆
日	王臣簋 史頌簋	四 7·10 宜 5·01 四 7·26	戰 005 戰 205

其下各表亦然。

	史昔鼎		戰139
口	秦公簋 庚壺 中山王嚳壺	〔註29〕 宜1·05	戰160 戰120 戰028
宀	衛盉 公貿鼎 宴簋	四8·04 宜8·02	戰025 戰214 戰024

這裡要討論曲筆、半圓筆、弧筆所形成的「折」，是指該偏旁右上角的因運筆不同，有無形成稜角的情形。

從「日」之字，金文右上角多成圓轉，如：○王臣簋；《楚帛書》則兼有圓轉與方折的寫法，如：○四7·10、○宜5·01；《馬王堆帛書》則幾乎為方折的寫法，如：○戰005、○戰139。

從「口」之字，金文右上角已近方折，方折後向下的線條呈現弧形，仍有溫潤之感；《楚帛書》右上角呈方折之形，方折後向下的線條拉直，已近於隸、楷的寫法；《馬王堆帛書》，右上不但右上方折，左下亦方折，整個字呈正方形，溫潤圓轉之感全失。

「宀」旁之字，金文在書寫「宀」旁時，分左右二筆為之，每筆有兩個運筆方向，下筆後分別向左下與右下傾斜，然後運筆方向轉為垂直向下，折角不甚明顯；《楚帛書》，則有兩種寫法，一為弧筆，一為傾斜的直筆，折角全無；到了《馬王堆帛書》，又恢復了類似金文的寫法，但筆順不同，且用三筆完成，將原先向左下與右下傾斜的部分筆畫，連成一筆，由左至右書寫，推測應是書寫速度的考量。

今以「日」字為例，說明「折」的演進。

〔註29〕見《楚帛書》「○」（宜1·05）字之所從。

金文及他系	楚文字	秦漢之際簡帛	西漢隸書	東漢隸書	楷書
服尊	四7·10	馬王堆·戰國005	居延圖235 55·23	熹平石經	高貞碑
且日戈	包1·25	馬王堆·春秋事語·074	新居延簡	乙瑛碑	司馬顯姿墓誌
王臣簋	郭·緇10	出行占	武威漢簡·少牢1	禮器碑	九成宮醴泉銘
史頌簋	畲忐鼎	五星占	武威漢簡·特牲6	史晨碑	雁塔聖教序

文字隸變的筆劃以「折」最明顯，例子也最多。就「日」而言，「折」在先秦時期大都以圓轉爲之；到了秦漢之際，漸將圓角部分，改爲方角，此一時期的「折」大多直接轉折；經過長期演化，到了東漢，已改爲兩筆完成，而稜角分明的「折」，出現更晚的楷書。以上列舉者只是冰山一角，另有从田、从白、从貝等，其部分形體都有「折化」的現象。

三、撇的形成

「撇」是由篆書的左行線條演變而成，依其形狀的長短，有「短撇」與「長撇」之分。茲舉短撇爲例：

所从小篆偏旁	先秦金石文字	楚帛書	馬王堆
（人偏旁）	永盂 五祀衛鼎 散盤	天10·26 宜11·02 四4·12	戰150 戰141 戰231
（彳偏旁）	復公子簋 鬲比盨 伊簋	天13·02 四5·17 四7·34	戰003 戰039 戰007

「亻」旁與「彳」旁左行的筆畫，在金文中原本是先直下後轉左的弧線，只有 禮（鬲比盨）「彳」部是直線。到了《楚帛書》的階段，省去了直下的部分而直接向左運筆，唯起筆部分較粗大，十分明顯，似乎是一種起筆預備的動作。到了秦末漢初的《馬王堆帛書》，這個預備動作就省略了，直接就往右下書寫，整個線質就不及《楚帛書》有力。就整個字的比例來說，這個往左下的筆畫，比起前兩期的文字要來的短。而「亻」旁的第二筆與「彳」旁的第三筆，在這時已是筆直的豎畫了。

另外還有易、勿、象、禾、久……等字，都有「撇」的跡象，因此左行的線條極易演變成「撇」。大多數的簡牘帛書上的墨書文字的左行線條都是有「撇化」的傾向，這個傾向從《楚帛書》已見端倪，如 敢（天10·29）、為（天4·15）等字。但只有少數墨書會於收筆處加粗線條如 少（易·038），推測是書手在書寫時「駐筆」的習慣。茲舉屬於長撇的「少」字為例：

金文及他系	楚文字	秦漢之際簡帛	西漢隸書	東漢隸書	楷書
鄶侯少子簋 哀成叔鼎 中山王𧤼兆域圖 中山王𧤼鼎	蔡侯鐘 楚王酓肯盤 宜4·02 包·10	馬王堆·春·066 馬王堆·陰乙·097 馬王堆·經·031 馬王堆·易·038	武威儀禮泰射9 居延圖140 26·9A 居延圖67 10·25A 新居延簡 EPF22·24	熹平石經 乙瑛碑 禮器碑 張遷碑	元顯儁墓誌 蘇孝慈墓誌 皇甫誕碑 顏勤禮碑

上表中「少」字在《武威漢簡》、《熹平石經》、《乙瑛碑》中的寫法，即為加粗寫法的典型。這種收筆處加粗的寫法，在長度較長的「撇」畫上尤為明顯，西漢時期已經出現，它開啟了東漢石刻隸書的風格。長度較短的「撇」，戰國到西漢這段時間的寫法，明顯與東漢不同。今舉「亻」旁的第一筆為例，如：陸（武威禮儀·特牲52）與伐（熹平石經），前者起筆粗收筆細，後者則反之。這顯示東漢時期的向左下行筆的「撇」，寫法已規律化了，左行的線條收筆一律

以「駐筆」加粗處理。

「撇」在戰國中晚期已然成形，然《楚帛書》中已出現了單純的左行的線條，此時收筆尚未有加粗的現象。到了西漢初年的《馬王堆帛書》則承襲了《楚帛書》的寫法，所不同的是《馬王堆帛書》已將筆畫加粗，如：少（春·066）、业（易·038）。然在簡化、求速的前提下，發展到楷書階段，終究還是被「撇化」所取代，即直接出鋒取代加粗的「駐筆」。

四、捺的形成

「捺」是由篆書向右下或左下的線條演變而成。向右者稱「右捺」，向左者稱「左捺」。

（一）右　捺

常因行筆的速度，收筆略有不同。行筆快些，就容易出現類似「雁尾」的筆畫；行筆慢些，則接近篆書。又依捺出的角度，大致可分為三類，依彎曲程度排列如下：

1、右長捺

「右長捺」書寫幾成右下直線，如下諸例：

小篆	先秦金石文字	楚帛書	馬王堆
大	大 石鼓文	大 四6·25	大 戰006
攻	攻 國差𦉢	攻 四7·06	攻 戰132
少	少 兆域圖	少 宜4·02	少 春066
少	少 大梁鼎	少 宜3·03	少 經003
又	又 盂鼎	又 四4·32	又 易023
命	命 史頌敦	命 四3·10	命 刑甲013

由右行曲線斜線演化而成的「捺」，大部分出現在字的右下方，如「大」、「攻」、「又」、「命」等，書寫筆畫較長；少數在右上方，如「少」、「分」等字，

書寫筆畫較短。初期並不明顯，到了東漢八分書的時代，爲了因應左撇，常常加重右捺，以爲對稱、平衡。反而加強了筆畫間的對比性，藝術性也就更高了。

2、右曲捺

「右曲捺」與「右長捺」的不同，在於「右曲捺」較「右長捺」稍具彎度。如从「戈」之字：

小篆	先秦金石文字	楚帛書	馬王堆
戈	戎　戎簋	盛　宜 11 · 02 𢼄　四 4 · 07	戎　老子甲後 431 戎　戰

先秦時的大致上這個「向左弧的豎畫」，所斜的角度變化不大。《楚帛書》的斜度加大了些。到了《馬王堆帛書》的時期，出現了極端的變化，不是寫得筆直，如戎（老子甲後 431）；就是加大了斜度幾成四十五度角，如戈（戰國縱橫家書）。後者的寫法，已非常接近東漢隸書的寫法。今再舉「或」字爲例

金文及他系	楚文字	秦漢之際簡帛	西漢隸書	東漢隸書	楷書
戓 保卣 或 毛公鼎 或 鑰鎛	戈 包 · 120 戈 郭店 · 語叢一 · 19 � 天 10 · 03	𢧵 馬王堆 · 老子甲 · 049 𢧵 馬王堆 · 要 · 018 𢧵 馬王堆 · 易 · 020	或 武威儀禮 · 有司 7 𢧵 居延 91 146 · 76 或 武威儀禮 · 泰射 4	或 熹平石經 或 西嶽華山廟碑 𢧵 曹全碑	或 高貞碑 戓 雁塔聖教序 或 多寶塔碑

「右曲捺」起先只是由向左弧的豎畫。發展到楷書的階段，從「戈」從「弋」之字才有的「斜鉤」。

「右曲捺」在篆書時期不過是下行弧筆，後加重而有雁尾之形，然而到了楷書的階段，收筆竟然發展成不自然的「上」鉤，推測與當時的習慣有關。當時的人寫字以跪坐懸肘書寫，每書寫完一字時習慣會向上帶筆。這種習慣也可以解釋上述的「豎彎鉤」的形成及左行的線條有加粗的現象。

3、右短捺

「右短捺」起先在楚文字中只是向下或向右下延伸的短捺。如「見」、「邑」二字：

小篆	先秦金石文字	楚帛書	馬王堆
（見）	沈子簋　史見卣	天 12・10	春・050　療・064
（邑）	臣卿簋　散盤	宜 2・02	戰・286　氣・G065

到了小篆卻漸漸演爲向右下而具有弧度的筆畫，在《馬王堆帛書》中則漸見右挑，如（春・050）、（戰・286）；甚至有出現楷書雛形者，如（療・064）、（氣・G065）。到了楷書演爲「豎彎鉤」，豎彎鉤在書法上俗稱「浮鵝鉤」，寫法是先豎而直下，然後運筆向右拉出。由於運筆向右時，筆鋒已從中鋒轉側鋒，所以線條變粗，橫掃而過，產生波磔。這個筆法是隸變後才有的筆法，在篆書時期，它只是向下延展的筆畫。今再舉「九」字爲例說明之：

金文及他系	楚文字	秦漢之際簡帛	西漢隸書	東漢隸書	楷書
盂鼎 克鐘 散盤 䚡鎛	曾・120 包・23 郭店・老子甲 22 四 6・22	馬王堆・老子乙前 126 上 馬王堆・戰國 67 馬王堆・孫子 27 馬王堆壹號墓竹簡 112	武威漢簡・少牢 10 新居延簡 居延甲 185 附 9A 居延圖 193 6・7	史晨碑 魯峻碑 張遷碑 禮器碑	孫秋生造像 孔子廟堂碑 九成宮醴泉銘 道因法師碑

「豎彎鉤」以九字爲例在篆書的寫法頗似反「S」，隸書及楷書的寫法類似「乙」字。先秦作（盂鼎），《楚帛書》作（四 6・22），已將屈折之形拉直，到了《馬王堆》文字，已有加重有雁尾之狀，唐楷更爲誇大，改爲向上收

筆。

（二）左　捺

左捺在先秦時期，是只往左下的線條。今舉「可」、「乃」、「刑」字爲例：

小篆	先秦金石文字	楚帛書	馬王堆
可	可 石鼓文	可 宜2・2	可 戰003
乃	乃 秦量詔版	乃 四1・35	乃 戰050
刑	荆 詛楚文	荆 宜11・03	荆 戰157

這種筆畫的上半部，上述三例不盡相同，但下半部都是向左下方運筆。金文階段的寫法，筆勢沉穩，沒有明顯的粗細。而《楚帛書》則有兩種寫法，一類是承金文而來，如 可 （宜2・2）、 荆 （宜11・03）；一類則在收筆處加粗，如 乃 （四1・35）。而《馬王堆帛書》則明顯在收筆處加粗，而形成了「左捺」。由左行線條形成的左「捺」，出現的時間並不長，推測是帶筆且運用側鋒，而加重了原本應該粗細一致的筆畫。今以「可」字爲例來說明：

金文及他系	楚文字	秦漢之際簡帛	西漢隸書	東漢隸書	楷書
可 綸鎛 可 林氏壺 可 石鼓文	可 郭・魯1 可 包166 可 宜2・2	可 馬王堆・老子甲18 可 馬王堆・孫子2 可 馬王堆・戰國23	可 武威漢簡・服傳6 可 武威醫簡90甲 可 西陲簡51・19	可 孔龢碑 可 乙瑛碑 可 西狹頌	可 孔子廟堂碑 可 九成宮醴泉銘 可 雁塔聖教序

先秦時的寫法，都是向左下運筆的寫法。西漢出現了先垂直而後向左逆行的筆法，如 可 （武威醫簡90甲）。東漢時筆畫也是先垂直再橫向運筆，不同於前期的是橫向運筆的部分，縮短很多。這種寫法，最後卻演變爲鉤楷書中的「左鉤」，左鉤是指豎筆直行後，向左側運筆準備收筆的筆勢。先將筆畫整個拉直，

然後頓筆，向左上收筆。由原本的向左出鋒，變爲左按後向上提筆，就演變爲左鉤了。筆者以爲楷書鉤的形成，基本上就是一個「駐筆」再加上收筆而成的。

五、橫的發展

這裡所討論的「橫」，是指平直的右行線條。它在金文中只是一條平直的「橫線」，但自戰國中晚期以後，它成爲一條略有起伏提按的曲線。茲舉「千」、「王」、「羊」、「寺」、「百」爲例，說明「橫畫」的發展。

小篆	先秦金石文字	楚帛書	馬王堆
斤	千 孟鼎	夲 四4・3	夲 戰155
王	王 毛公鼎	王 天5・09	王 戰001
羊	羊 刢鼎	羊 天9・08	羊 戰229
寺	寺 郘季簋	寺 四4・11	寺 老甲029
百	百 史頌簋	百 四4・33	百 戰414

平直右行的線條，在金文的階段，只是一水平的線條，沒有俯仰的問題。《楚帛書》，則是探「仰式」的寫法將中間拱起，而且愈是末筆，其弧度也愈大。起筆加重，筆鋒略呈四十五度角，中間提起，收筆略爲下墜以頓筆爲之，與楷書的橫畫寫法十分類似，對楷書的橫畫頗有啓發。到了《馬王堆帛書》右行直線橫畫，收筆竟然是以「挑」完成，即俗稱的「雁尾」。《楚帛書》完全還沒有跡象，但在《馬王堆》文字中已略具雛形，如「千」、「寺」二字。到了楷書的階段，「雁尾」卻又消失了，推判這種寫法裝飾的意味濃厚，但違反了速簡的原則，所以楷書的橫畫，反而《楚帛書》橫畫的寫法發展。

六、小　結

帛書簡牘文字卻是書手的眞蹟，它反映了當時書寫的眞實狀況。而金石文字在書手書寫完成後，或交由工匠後續完成。兩者風格明顯不同，前者靈動，後者莊嚴。

出土於湖南長沙的《楚帛書》，是目前早的帛書墨跡。文字的形構已不同於

西周文字，在百家爭鳴的學術、文化、政治、經濟的衝擊下，文字產生了簡化、繁化、訛變等變化。簡化的目的在於方便記憶與書寫，繁化的目的在於增強文字的表意功能，訛變起因於點畫的筆勢變更與位置偏移。戰國文字的變遷，各國都有不同的面貌，並不限於楚國一地。《楚帛書》正是其中的縮影。

同樣出土於湖南長沙的《馬王堆帛書》，書寫的時間約晚《楚帛書》一百年。馬王堆出土的各種帛書，書寫的年代橫跨約三十年（西元前 221～195 年）。隸變開始於戰國中期（約在西元前 310 年左右）。因此隸變之初至馬王堆帛書的時代將近有一百年之久。從隸變百年後的《馬王堆帛書》文字資料來看，顯現出戰國秦漢間文字發展錯綜複雜的情況，故此時期的文字極能代表秦漢之間文字承傳的實際狀況，是研究漢字發展的珍貴墨跡史料，其中〈戰國縱橫家書〉、《老子‧甲本》、《陰陽五行》等別具特色。

對比《楚帛書》與《馬王堆帛書》，後者文字因爲兼具篆體的架構與隸書的用筆，筆者以爲這些帛書在文字的演變上，具有承先啓後的關鍵地位。其遵循的原則，是以人類心理求簡、求速、求易爲簡化的原動力，並遵循勻稱、美觀的原則朝「方塊化」的方向演進，而隸變後的文字仍保有原字的框架或一些部位特徵。而秦漢之際文字的隸變，也催化「點、折、撇、捺、鉤」等基本筆劃的形成。

第六章　結　論

第一節　楚帛書文字之研究價值

　　《楚帛書》為最早以縑帛書寫的墨書文字，出土時間在 1942 年，為戰國中晚期墨書文字出土較早者。由於字形奇特，布局特殊，歷年來有不少學者投入研究，足見帛書文字具有非凡的研究價值。以下便就本文的研究內容，歸納出《楚帛書》文字之研究價值，有下列數端：

一、開啟古文字的隸變

　　《楚帛書》是戰國中晚期的楚國文字，使用縑帛以手寫墨跡呈現在世人眼前。受到用途的影響，書寫態度嚴謹，筆畫精緻，線質沉穩。一般楚簡苟簡急就之風，在《楚帛書》上比較不明顯。形體近似於《包山楚簡》、《郭店楚簡》、《曾侯乙墓簡》文字，彼此間具有一定的共通性。

　　《楚帛書》以篆書體勢，兼採方圓。圓筆表現可說是承繼了篆法的傳統，方筆則表現開啟了隸書的先聲。以「日」字為例，從「日」之字，金文右上角多成圓轉，如：⊙（王臣簋）；《楚帛書》則兼有圓轉與方折的寫法，如：（四 7・10）、（宜 5・01）；《馬王堆帛書》則幾為方折的寫法，如：（戰 005）、（戰 139）。常將連續或一筆完成的線條，分段完成。《楚帛書》開啟了隸書、楷書筆畫筆順的問題，筆法由圓轉而方折，寫法出現了「隸意」。因此《楚帛書》實為古文字隸變的關鍵。

二、提供漢字演變的資料

　　東周以來王室地位一落千丈，春秋中葉以後，各國文字漸具特色，到了戰國中葉到達了高峰。《楚帛書》目前可識字已有 952 字，字數雖不及《包山》、《郭店》多，但戰國文字常見的簡化、繁化、異化、訛變等現象，在《楚帛書》中，也全都具足。如簡化歸納出「刪簡筆畫」、「刪簡偏旁」、「刪簡同形」、「合文借用筆畫」四類；繁化歸納出「增加偏旁」、「增加贅筆」、「一字異體」三大類型；異化有「偏旁替換」與「方位移動」二類；訛變可分「改變筆勢」、「苟簡急就」、「形近訛混」、「形體離析」四端。具體而微的《楚帛書》真可謂楚系戰國文字的縮影，其字形、偏旁部件均有其特殊處，具有濃厚的地域特點。

　　另外，《楚帛書》中有不少《說文》所無或有所差異的文字，所以《楚帛書》保存了秦統一文字前，楚系文字的原始面貌。

三、呈現楚系文字的書風

　　先秦的所見的文獻資料，大致上可分為「應用文字」與「手寫文字」兩大類。前者如銅器、虎符、秦漢印、秦刻石等經過規整化的設計字形，有如現在的印刷體字形，用於公告、器物之上，多屬鑄刻。後者是指除了「應用文字」外的手寫墨跡文字，是政府官員或平民百姓平日所用的「手寫文字」。《楚帛書》為手寫墨跡屬於後者。

　　由於《楚帛書》用於墓葬，書寫方式奇特，中間兩段互倒的文字，四周為十二段圖文。內容為天地開創、星象所示、每月宜忌之事。從所文字風格來看，書手在書寫時態度十分敬慎，幾無苟簡之筆，大異於其他同時期之竹簡文字。

　　據筆者的觀察《楚帛書》的筆勢、線條、字形，其風格約有下列三端：（一）筆勢右揚，靈活生動（二）線條沉穩，柔美多姿（三）字形開合，呈扁平狀。

　　《楚帛書》以點頓起筆收筆，漸行漸提，再漸按頓收，筆畫中拱兩端下垂。起收自然不刻意藏鋒。《楚帛書》為楚系的墨跡文字，與《信陽臺竹簡》同屬陰柔書風。《楚帛書》大致呈扁平之狀，雖不乏縱長字例。因此文字的長短、寬窄、大小都是自然的呈現差異。常將連續或一筆完成的線條，分段完成。方折大量應用時，字形似有由長方變扁方的趨勢。

四、察考書寫習慣與書帛時代

　　中國古代之書寫，向以直式為習慣，與竹簡為書寫載體不無關係。竹簡用

於書寫，由來已久。甲文已有「典」、「冊」字，《尚書‧多士》：「唯殷先人，有冊有典。」〔註1〕是以知殷商已用竹簡書寫。而竹簡之書寫，因其狀長條，是以直行下書。出土竹簡，無一例外。是以較晚之金石刻銘、縑帛、紙張，皆採直書方式為常法。而直書方式，又有「由左至右」、「由右至左」二者。今觀出土實物，可知「由右至左」為書寫常態。故古代書寫當「由上而下」直書，「由右至左」接繼。另《楚帛書》之〈宜忌〉，採環繞左旋右行方式閱讀，「始陬終荼」以觀。

　　書帛之使用，究竟始於何時，實難斷定。甲文已出現與絲帛有關之字〔註2〕，如「桑」、「帛」、「絲」等。近人更發現殷墟出土之銅器有縑帛黏附之跡〔註3〕，知最晚於殷商時期已有縑帛。毛筆在商代已為主要書寫工具，而商代之墨痕尚可見於甲骨、玉、石、陶等物。然縑帛當時價貴，是否已用於書寫，則不得而知。王國維云：

> 帛書之見於載籍者，亦不甚後於簡牘。《周禮‧大司馬》：「王載大常，……，各書其事，與其號焉。」又〈司勳〉：「凡有功者，銘書於王之大常。」《（儀禮）‧士喪禮》：「為銘，各以其物（注雜帛為物），亡則以緇，……，曰某氏某之柩。」皆書帛之證。

據王氏之說，則周時已有書帛之事也。而《楚帛書》為戰國中晚期物，書於縑帛又有實物之證矣。

五、揭示先秦文獻書寫的章法

　　「章法」是字與字、行與行以及整幅之間的搭配。章法又稱謀篇布局，著重在整篇作品給人的感覺，要求通篇和諧，講究整體美。

　　章法以整幅為一體。強調字與字之間的內在聯系，通篇連絡呼應、行氣貫通。構成生動自然、和諧統一的整體。這種大小錯落，疏密相間，穿插爭讓的

〔註1〕　（漢）孔安國傳、（唐）孔穎達正義、（清）阮元校勘《十三經註疏‧尚書正義》，（臺北：藝文印書館，1993年），頁238。

〔註2〕　見《校正甲骨文編》，（臺北：藝文印書館，1974年10月）。所錄之「桑」（頁269）、「帛」（頁336）、「絲」（頁507）及從「糸」之字（頁505～507）。

〔註3〕　李書華：〈紙發明以前中國文字流傳工具〉，《大陸雜誌》第九卷第六期，1954年9月），頁165及頁168。

章法，肇自甲金古文字，其字或正或斜，奇古生動，有變化莫測之感。筆者將先秦作字章法大致分爲下列三類：（一）縱無行橫無列（二）縱有行橫無列（三）縱有行橫有列。

　　章法受到書寫載體面積的限制，在一定的「封閉框架」中，去展現黑白、疏密、奇正、主客、動靜、虛實。以竹簡言，其章法就只能在一長方形的竹片上展現，大致僅能表現字與字之間的疏密。而帛書之類的載體，相較之下章法就較有豐富的變化，不受書寫範圍所圍。特別是行與行的距離遠近，絕對左右讀者閱讀時的感受。行距近，則左右聯綿，渾爲一體。行距遠，則疏朗分明，逸興崇飛。

　　《楚帛書》之章法布局，由於每行字數大致相同，應屬「縱有行橫有列」的布局，但又不過分執著拘泥，在於「縱有行橫無列」與「縱有行橫有列」之間。二段文字中，每行文字字數大致相等。橫的來看，書手似乎刻意採「縱有行橫有列」的方式布局，實際上卻又看不出左右刻意對齊，但又像「縱有行橫無列」的章法。縱的來看，每行似乎不刻意對齊成一直線，每行的軸線不斷變動。令人玩味再三。

第二節　研究成果及未來展望

　　本文研究之重心，在於《楚帛書》文字之字形整理與分析，以及文字風格特色與書寫之探討。雖然文字的考釋，前人多有論述，然這二十幾年來地下文物不斷出土，重要的如《曾侯乙墓竹簡》（計 6755 字）、《包山楚簡》（計 12472 字）、《郭店楚簡》（13000 餘字）、《上海博物館購藏楚簡》（即《上博簡》）（35000 餘字），字數十分驚人，也提供了《楚帛書》文字研究的最佳佐證。

　　然因《楚帛書》出土六十五年以來，學者的相關論述陸續發表，零星散見於各種期刊論文，有的甚至年代過早，收集不易。甚至有些大陸出版的著作，早已絕版，收集工作更形因難，何況還有筆者目前能力所不及之處。因此本文的撰述，勢必仍有不少地方須要加強，而這部分則有待日後繼續努力。

一、研究成果

　　在《楚帛書》文字的研究上，根據本文第四、五章的分析，共得出下列數點結論：

（一）就字形特色言

《楚帛書》有形構的演化上，大致上與其他楚系文字相似，有簡化、繁化、異化、訛變的特點。是戰國中晚期，具有楚地特色的文字。

（二）就筆勢風格言

《楚帛書》在筆勢風格上，字形大致上呈扁形，起收筆露鋒藏鋒兼用，提按明顯。線質沉穩柔美，橫畫中段向上隆起，幾無平直橫線。字形方圓並用，兼有隸意，上承金文，下啓秦末漢初隸書。

（三）就謀篇布局言

《楚帛書》的謀篇布局，承襲了先秦文獻的章法，由於每行字數多半相同，應屬「縱有行橫有列」的布局，但又不過分執著拘泥。此種布局方式是屬於較晚期的布局方式，可作爲《楚帛書》屬戰國中晚文字的另一證據。

另外有關《楚帛書》字形表的編製，筆者的編排方式有別於前輩學者。前輩學者多以楷書筆畫之多寡爲序，如曾憲通之《長沙楚帛書文字編》、李零《長沙子彈庫戰國楚帛書研究》所附〈索引〉。本論文則採許愼《說文》十四卷五百四十部首爲次，依「始一終亥」的原則，將《楚帛書》所有文字，順序編入。如此之編排，對於部首、偏旁的分析甚有幫助，相同歧異之處當可一目了然。且可與《說文》一類字書，如《甲骨文編》、《金文編》、《戰國文字編》、《楚文字編》、《楚系簡帛文字編》等，對照合觀。

二、未來展望

筆者在進入研究所就讀前，因書法創作臨摹的需要，已接觸《楚帛書》相關的著作，諸如饒宗頤與曾憲通合著之《楚帛書》、李零《長沙子彈庫戰國楚帛書研究》等。當時直覺帛書文字結體書風，大異於金文、小篆等先秦文字，似有進一步精研的必要。就讀研究所後，與指導教授研議以《楚帛書》文字爲題，撰寫學位論文的可行性，終遂所願。研究《楚帛書》轉眼數年，深覺獲益良多。無論在研究方法之運用、或文字之研求、或古代楚人之思想等方面，均有更深入且不期之獲，與最初接觸所得不可同日而語。

戰國文字概分五系，別具特色，頗難辨識，尤以距離中原地區較遠的楚文字爲甚。經過對帛書之鑽研，旁及金文、楚簡文字之比對，於帛書文字之特色，書寫習慣大致已可掌握，然若欲以此涵蓋楚文字，仍嫌不足。畢竟《楚帛書》

只是楚系文字的一小部分，若是想全面通曉，須以此為基礎，擴及楚帛簡牘、楚金文，甚至須參酌他系文字，才能掌握其特色。故筆者在完成此論文後，預計把目前之研究擴及楚系之墨書文字，以書寫角度，去討論書寫習慣與楚文字形構演變之關係，在文字研究的領域內，略盡棉薄之力。

參考書目

（排列方式：先古籍次今人著作，再依作者姓氏筆畫遞增排列）

一、傳統文獻（按《四庫全書總目》分類法編排）

【經部】

1. （漢）孔安國傳、（唐）孔穎達等正義：《尚書正義》，（臺北：藝文印書館，1993 年 9 月，影印清嘉慶二十一年阮元重刊宋版十三經注疏本）。

2. （漢）毛　亨傳、鄭　玄箋、（唐）孔穎達等正義：《毛詩正義》，（臺北：藝文印書館，1993 年 9 月，影印清嘉慶二十一年阮元重刊宋版十三經注疏本）。

3. （清）王引之：《經傳釋詞》，（臺北：漢京文化事業公司，1983 年 4 月，據清同治七年成都書局校印本）。

4. （清）王引之：《經義述聞》，（北京：中華書局，1989 年 3 月，重印四部備要本）。

5. （清）王先謙：《釋名疏證補》，（上海：上海古籍出版社，1989 年 8 月，清疏四種合刊影印清光緒二十二年思賢書局刊本）。

6. （清）王先謙等編：《皇清經解續編》，（臺北：藝文印書館，1965 年 10 月，影印清光緒十四年南菁書院刊本）。

7. （清）王念孫：《廣雅疏證》，（上海：上海古籍出版社，1989 年 8 月，清疏四種合刊影印清嘉慶元年王氏家刻本）。

8. （清）王聘珍撰；王文錦點校：《大戴禮記解詁》，（北京：中華書局，1998 年 12 月）。

9. （魏）王　弼、韓康伯注、（唐）孔穎達等正義：《周易正義》，（臺北：藝文印書館，1993 年 9 月，影印清嘉慶二十一年阮元重刊宋版十三經注疏本）。

10. （漢）史　游撰、（唐）顏師古注、（宋）王應麟補注：《急就篇》，（北京：中華書局，1985 年，叢書集成初編影印天壤閣叢書本）。

11. 舊題（漢）伏　勝：《尚書大傳》，《四部叢刊》，（上海：涵芬樓藏左海文集本）。

12. （清）朱駿聲：《說文通訓定聲》，（臺北：藝文印書館，1994 年 1 月，影印清同治九年刊本）。

13. （漢）何　休解詁、（唐）徐　彥疏：《春秋公羊傳注疏》，（臺北：藝文印書館，1993年 9 月，影印清嘉慶二十一年阮元重刊宋版十三經注疏本）。

14. （魏）何　晏等集解、（宋）邢昺疏：《論語注疏》，（臺北：藝文印書館，1993 年 9月，影印清嘉慶二十一年阮元重刊宋版十三經注疏本）。

15. （晉）杜　預集解、（唐）孔穎達等正義：《春秋左傳正義》，（臺北：藝文印書館，1993年 9 月，影印清嘉慶二十一年阮元重刊宋版十三經注疏本）。

16. 周祖謨校箋：《方言校箋》，（北京：中華書局，1993 年 2 月）。

17. （清）邵晉涵：《爾雅正義》，（上海：上海古籍出版社，1995 年，續修四庫全書影印清乾隆五十三年邵氏面水軒刊本）。

18. （晉）范　寧集解、（唐）楊士勛疏：《春秋穀梁傳注疏》，（臺北：藝文印書館，1993年 9 月，影印清嘉慶二十一年阮元重刊宋版十三經注疏本）。

19. （宋）夏　竦；李　零、劉新光整理：《古文四聲韻》，（北京：中華書局，1983 年 12月）。

20. （清）孫希旦撰；沈嘯寰、王星賢點校：《禮記集解》，（臺北：文史哲出版社，1990年 8 月）。

21. （清）孫星衍；陳　抗、盛冬鈴點校：《尚書今古文注疏》，（北京：中華書局，1986年 12 月）。

22. （清）孫詒讓撰；王文錦、陳玉霞點校：《周禮正義》，（北京：中華書局，1987 年 12月）。

23. （清）郝懿行：《爾雅義疏》，（上海：上海古籍出版社，1989 年 8 月，清疏四種合刊影印清同治四年郝氏家刻本）。

24. （清）馬瑞辰撰；陳金生點校：《毛詩傳箋通釋》，（北京：中華書局，1989 年 3 月）。

25. （漢）許　慎撰、（宋）徐　鉉校定：《說文解字》，（香港：中華書局，1996 年 2 月，影印清同治十二年陳昌治刊本）。

26. （漢）許　慎撰、（清）段玉裁注：《說文解字注》，（臺北：黎明文化事業股份有限公司，1991 年，影印清嘉慶二十年經韻樓刊本）。

27. （宋）郭忠恕撰：李　零、劉新光整理：《汗簡》，（北京：中華書局，1983 年 12 月）。

28. （晉）郭　璞注、（宋）邢　昺疏：《爾雅注疏》，（臺北：藝文印書館，1993 年 9 月，影印清嘉慶二十一年阮元重刊宋版十三經注疏本）。

29. （宋）陳彭年等重修：周祖謨校：《廣韻校本（附校勘記）》，（北京：中華書局，1960年 10 月，據張士俊澤存堂本影印校正）。

30. （清）焦　循撰、沈文倬點校：《孟子正義》，（臺北：文津出版社，1988 年 7 月）

31. （漢）趙　岐注、舊題（宋）孫　奭疏：《孟子注疏》，（臺北：藝文印書館，1993 年9 月，影印清嘉慶二十一年阮元重刊宋版十三經注疏本）。

32. （漢）劉　熙撰：《釋名》，（上海：上海書店，1989 年 3 月，重印四部叢刊初編本）。

33. （漢）鄭　玄注、（唐）孔穎達等正義：《禮記正義》，（臺北：藝文印書館，1993 年 9 月，影印清嘉慶二十一年阮元重刊宋版十三經注疏本）。

34. （漢）鄭　玄注、（唐）賈公彥疏：《周禮注疏》，（臺北：藝文印書館，1993 年 9 月，影印清嘉慶二十一年阮元重刊宋版十三經注疏本）。

35. （漢）鄭　玄注、（唐）賈公彥疏：《儀禮注疏》，（臺北：藝文印書館，1993 年 9 月，影印清嘉慶二十一年阮元重刊宋版十三經注疏本）。

36. （漢）韓　嬰撰、許維遹校釋：《韓詩外傳集釋》，（北京：中華書局，2005 年 11 月）。

37. （梁）顧野王撰：《玉篇》，收入中華書局編輯部編《小學名著六種》，（北京：中華書局，1998 年 11 月）。

38. 丁福保編纂：《說文解字詁林及補遺》，（臺北：臺灣商務印書館，1970 年 1 月）

39. 徐　復主編：《廣雅詁林》，（南京：江蘇古籍出版社，1992 年 7 月）。

40. 黃錫全：《汗簡注釋》，（武漢：武漢大學出版社，1990 年 8 月）。

41. 楊伯峻：《春秋左傳注》，（臺北：漢京文化事業公司，1987 年 1 月）。

42. 顧（梁）顧野王：《原本玉篇殘卷》，（北京：中華書局，1985 年 9 月，合併影印黎庶昌本、羅振玉本）。

【史部】

1. （晉）孔晁注：《逸周書》，（臺北：中華書局，1981 年，《四部備要》抱經堂刊本）。

2. （清）王先謙：《漢書補注》，（北京：中華書局，1983 年 9 月，影印清光緒二十六年虛受堂刊本）。

3. （漢）司馬遷撰、（南朝宋）裴駰集解、（唐）司馬貞索隱、張守節正義：《史記》，（北京：中華書局，1995 年 3 月，二十四史點校縮印本）。

4. （清）朱右曾輯錄、王國維校補：《古本竹書紀年輯校》，（臺北：藝文印書館，1974 年 4 月，影印民國十六年王忠慤公遺書本）。

5. （唐）房玄齡等撰：《晉書》，（北京：中華書局，1995 年 3 月，二十四史點校縮印本）。

6. （清）紀　昀等編撰：《四庫全書總目（附余嘉錫辨證）》，（臺北：藝文印書館，1989 年 1 月）。

7. （南朝宋）范　曄撰、（唐）李　賢等注：《後漢書》，（北京：中華書局，1995 年 3 月，二十四史點校縮印本）。

8. （吳）韋　昭注、上海師範大學古籍整理組校點：《國語》，（臺北：里仁書局，1981 年 12 月）。

9. （漢）班　固撰、（唐）顏師古注：《漢書》，（北京：中華書局，1995 年 3 月，二十四史點校縮印本）。

10. （晉）陳　壽撰、（南朝宋）裴松之注：《三國志》，（北京：中華書局，1995 年 3 月，二十四史點校縮印本）。

11. （漢）高誘注：《戰國策》，（臺北：中華書局，1990 年，《四庫備要》，據士禮居黃氏覆剡姚氏本校刊。）

12. （漢）劉　向集錄：《戰國策》，（臺北：里仁書局，1990 年 9 月，據清嘉慶八年士禮居叢書本點校）。

13. （清）顧祖禹：《讀史方輿紀要》，（臺北：樂天出版社，1973 年）。

14. （北魏）酈道元注；楊守敬、熊會貞疏、段熙仲點校、陳橋驛復校：《水經注疏》，（南京：江蘇古籍出版社，1999 年 8 月）。

15. 方詩銘、王修齡：《古本竹書紀年輯證》，（上海：上海古籍出版社，2005 年 10 月（宋）司馬光編著；（元）胡三省注：《資治通鑑》，（北京：中華書局，1997 年 11 月，據清嘉慶二十一年胡克家翻元刊胡注本標點排印）。

16. 黃懷信、張懋鎔、田旭東撰、李學勤審定：《逸周書彙校集注》，（上海：上海古籍出版社，1995 年 12 月）。

17. 徐元誥撰、王樹民、沈長雲點校：《國語集解》，（北京：中華書局，2002 年 6 月）。

18. 諸祖耿：《戰國策集注彙考》，（南京：江蘇古籍出版社，1985 年 7 月）。

19. 繆文遠：《戰國策新校注》，（成都：巴蜀書社，1987 年 9 月）。

20. 《歷代沿革表》，《四庫備要》，（臺北：中華書局，1984 年）。

21. （日）瀧川龜太郎：《史記會注考證》，（臺北：洪氏出版社，1986 年，影印日本原刊本）。

【子部】

1. （唐）王　冰注：《重廣補注黃帝內經素問》，（上海：上海書店，1989 年 3 月，重印四部叢刊初編本）。

2. （清）王先慎注：《韓非子集解》，（臺北：華正書局，1991 年 10 月）。

3. （清）王先謙：《荀子集解》，（臺北：華正書局，1993 年 9 月）。

4. （漢）王　符：《潛夫論》，（上海：上海書店，1989 年 3 月，重印四部叢刊初編本）。

5. （魏）王　弼撰、樓宇烈校釋：《老子道德經注》，《王弼集校釋》，（臺北：華正書局，1992 年 12 月）。

6. （魏）王　肅注：《孔子家語》，（上海：上海書店，1989 年 3 月，重印四部叢刊初編本）。

7. 舊題（周）列禦寇撰、（晉）張　湛注：《沖虛至德真經》，（上海：上海書店，1989 年 3 月，重印四部叢刊初編本）。

8. （秦）呂不韋撰、（漢）高　誘注：《呂氏春秋》，（上海：上海古籍出版社，1995 年 2 月，據清光緒元年浙江書局刻畢沅校二十二子本斷句縮印）。

9. （宋）李　昉等：《太平御覽》，（上海：上海書店，1985 年 12 月，重印四部叢刊三編本）。

10. （清）胡　煦：《卜法詳考》，收入：王雲五主編：《四庫全書珍本五集》，（臺北：臺灣商務印書館，未註明出版年月）。

11. （清）孫詒讓撰、孫啓治點校：《墨子閒詁》，（北京：中華書局，2001 年 4 月）。

12. （清）徐文靖：《管城碩記》，收入：王雲五主編：《四庫全書珍本七集》，（臺北：臺

灣商務印書館，未註明出版年月）。

13. （漢）班　固：《白虎通》，（北京：中華書局，1985年，叢書集成初編影印抱經堂叢書本）。

14. （晉）郭　璞注：《穆天子傳》，（上海：上海書店，1989年3月，重印四部叢刊初編本）。

15. （清）郭慶藩編：王孝魚整理：《莊子集釋》，（臺北：萬卷樓圖書公司，1993年3月）。

16. （晉）葛　洪：《抱朴子》，（上海：上海古籍出版社，1995年2月，據明正統道藏本縮印）。

17. （漢）賈　誼：《新書》，（上海：上海書店，1989年3月，重印四部叢刊初編本）。

18. （清）趙　翼：《陔餘叢考》，（臺北：華世出版社，1975年10月，影印清乾隆五十五年湛貽堂刊本）。

19. （漢）劉　向：《說苑》，（上海：上海書店，1989年3月，重印四部叢刊初編本）。

20. （漢）應　劭撰、吳樹平校釋：《風俗通義校釋》，（天津：天津古籍出版社，1988年9月）。

21. （唐）釋玄應撰、（清）莊　炘、錢　坫、孫星衍校：《一切經音義》，（北京：中華書局，1985年，叢書集成初編影印海山仙館叢書本）。

22. （清）顧炎武撰、黃汝成集釋：欒保群、呂宗力校點：《日知錄集釋》，（石家莊：花山文藝出版社，1991年8月）。

23. 王　明：《抱朴子內篇校釋》，（北京：中華書局，1988年7月）。

24. 王利器：《鹽鐵論校注》，（北京：中華書局，1996年9月）。

25. 袁　珂注：《山海經校注》，（上海：上海古籍出版社，1980年7月第1版）。

26. 張雙棣：《淮南子校釋》，（北京：北京大學出版社，1997年8月）。

27. 黃　暉：《論衡校釋（附劉盼遂集解）》，（北京：中華書局，1996年11月）。

28. 黎翔鳳撰、梁運華整理：《管子校注》，（北京：中華書局，2004年6月）。

【集部】

1. （清）王夫之：《楚辭通釋》，《船山全集》，（臺北：大源文化服務社，1965年9月）。

2. （清）王闓運：《楚辭釋》，收入：杜松柏主編：《楚辭彙編》，（臺北：新文豐出版公司，1986年3月，影印清光緒十二年成都尊經書院刊本）。

3. （漢）王　逸章句、（宋）洪興祖補注：《楚辭補注》，（臺北：藝文印書館，2000年10月，據清道光二十六年惜陰軒叢書本影印）。

4. （宋）朱　熹：《楚辭集注》，（臺北：文津出版社，1987年10月，據南宋端平二年刊本點校排印）。

5. （宋）吳仁傑：《離騷草木疏》，（臺北：藝文印書館，1966年，百部叢書集成影印知不足齋叢書本）。

6. （清）康有為：《廣藝舟雙楫》，《歷代書法論文選》（下），（臺北：華正書局，1988年），頁785～807。

7. （清）劉熙載：《藝概·書概》，《歷代書法論文選》（上），（臺北：華正書局，1988年），頁 635~668。

8. （梁）劉勰著、周振甫注：《文心雕龍注釋》，（臺北，里仁書局，1984年）。

9. （清）魯一貞、張廷相：《玉燕樓書法》，《中華叢書美術叢刊》（一），（臺北：國立編譯館，1986年9月），頁 313～336。

10. （清）蔣　驥：《山帶閣注楚辭》，（臺北：洪氏出版社，1975年3月，據清雍正五年原刊本排印）。

11. （清）蔡　邕：〈九勢〉，《歷代書法論文選》（上），（臺北：華正書局，1988年），頁 6～8。

12. （梁）蕭統編、（唐）李善等注：《增補六臣注文選》，（臺北：漢京文化事業公司，1983年9月，影印元古迁書院刊本，間取宋茶陵陳氏本、四部叢刊影宋本補其漫患）。

13. （清）戴　震著：褚斌傑、吳賢哲點校：《屈原賦注》，（北京：中華書局，1999年12月）。

14. （清）嚴可均輯：《全上古三代秦漢三國六朝文》，（北京：中華書局，1995年11月，據清光緒年間王毓藻校刻本影印）

15. 《歷代書法論文選》（上）（下），（臺北：華正書局，1988年）。

16. 姜亮夫校注：《重訂屈原賦校注》，（天津：天津古籍出版社，1987年3月）。

17. 陳子展：《楚辭直解》，（上海：復旦大學出版社，1997年3月）。

18. 游國恩主編、金開誠補輯：《天問纂義》，（臺北：洪業文化事業公司，1993年9月）。

19. 游國恩主編、金開誠補輯：《離騷纂義》，（臺北：洪業文化事業公司，1993年9月）。

20. 黃靈庚：《楚辭異文辯證》，（鄭州：中州古籍出版社，2000年9月）

二、現代著作

【專著】

1. 于省吾：《甲骨文釋林》，（北京：中華書局，1999年11月）。

2. 于省吾：《商周金文錄遺》，（北京：中華書局，1993年7月）。

3. 于省吾：《雙劍誃吉金文選》，（北平：大業印刷局，1933年）。

4. 于省吾主編、姚孝遂按語編撰：《甲骨文字詁林》，（北京：中華書局，1996年5月）。

5. 中國社會科學院考古研究所編：《信陽楚墓》，（北京：文物出版社，1986年）。

6. 王　筠：《說文釋例》卷五，（臺北：世界書局，1961年）。

7. 王鳳陽：《漢字學》，（長春：吉林文史出版社，1989年）。

8. 玄　珠：《中國神話研究 ABC》，（上海：上海書店，1990年12月）。

9. 何琳儀：《戰國文字通論》，（北京：中華書局，1989年4月）。

10. 何琳儀：《戰國古文字典——戰國文字聲系》，（北京：中華書局，1998年9月）。

11. 吳良寶：《先秦貨幣文字編》，（北京：福建人民出版社，2006年3月）。

12. 李　零：《入山與出塞》，（北京：文物出版社，2004年6月）。

13. 李　零：《中國方術考》（修訂本），（北京：東方出版社，2001 年 8 月）。

14. 李　零：《中國方術續考》，（北京：東方出版社，2000 年 10 月）。

15. 李　零：《長沙子彈庫戰國楚帛研究》，（北京：中華書局，1985 年 7 月）。

16. 李　零：《簡帛古書與學術源流》，（北京：生活・讀書・新知三聯書店，2004 年 4 月）。

17. 李光正：《楚漢簡帛書典》，（長沙：湖南美術出版社，1998 年 1 月）。

18. 李守奎：《楚文字編》，（上海：華東師範大學出版社，2003 年 12 月）。

19. 李孝定：《甲骨文字集釋》，（臺北：中央研究院歷史語言研究所，1965 年）。

20. 李孝定：《漢字的源起與演變論叢》，（臺北：聯經出版公司，1986 年）。

21. 李學勤、徐吉軍主編：《長江文化史》，（南昌：江西教育出版社，1995 年 12 月）。

22. 李學勤：《中國古代文明研究》，（上海：華東師範大學出版社，2005 年 4 月）。

23. 李學勤：《李學勤集——追溯、考據、古文明》，（哈爾濱：黑龍江教育出版社，1989 年 5 月）。

24. 李學勤：《走出疑古時代》，（瀋陽：遼寧大學出版社，1997 年 12 月）。

25. 李學勤：《周易溯源》，（成都：巴蜀書社，2006 年 1 月）。

26. 李學勤：《周易經傳溯源》，（長春：長春出版社，1992 年 8 月）。

27. 李學勤：《東周與秦代文明》，（北京：文物出版社，1991 年 11 月）。

28. 李學勤：《新出青銅器研究》，（北京：文物出版社，1990 年 6 月）。

29. 李學勤：《綴古集》，（上海：上海古籍出版社，1998 年 10 月）。

30. 李學勤：《簡帛佚籍與學術史》，（臺北：時報文化出版公司，1994 年 12 月）。

31. 杜忠誥：《書道技法 1・2・3》，（臺北：雄獅圖書股份有限公司，1990 年）。

32. 周法高：《金文詁林補》，（臺北：中央研究院歷史語言研究所，1982 年 5 月）。

33. 周法高主編：《金文詁林》，（香港：香港中文大學，1974 年）。

34. 周鳳五：《書法》，（臺北：幼獅文化事業公司，1988 年 3 月）。

35. 俞樾：《古書疑義舉例》，（臺北：世界書局，1992 年）。

36. 姚孝遂主編：《殷墟甲骨刻辭摹釋總集》，（北京：中華書局，1988 年 2 月）。

37. 姚漢榮、姚益心：《楚文化尋繹》，（上海：學林出版社，1990 年 11 月）。

38. 故宮博物院編、羅福頤主編：《古璽文編》，（北京：文物出版社，1994 年 6 月）。

39. 故宮博物院編、羅福頤主編：《古璽彙編》，（北京：文物出版社，1994 年 6 月）。

40. 胡小石：《胡小石論文集》，（上海：上海古籍出版社，1982 年 6 月）。

41. 胡平生、李天虹：《長江流域出土簡牘與研究》，（武漢：湖北教育出版社，2004 年 10 月）。

42. 唐　蘭：《古文字學導論》，（臺北：洪氏出版社，1978 年）。

43. 孫海波：《校正甲骨文編》，（臺北：藝文印書館，1974 年 10 月）。

44. 容　庚：《商周彝器通考》，（臺北：大通書局，1973 年）。

45. 徐　超、秦永龍：《書法》，（濟南：山東文藝出版社，2004 年）。

46. 徐中舒主編、漢語古文字字形表編寫組編:《漢語古文字字形表》,(臺北:文史哲出版社,1988 年)。

47. 馬王堆漢墓帛書整理小組:《馬王堆漢墓帛書》(參),(北京:文物出版社,1978 年 7 月)。

48. 馬王堆漢墓帛書整理小組:《馬王堆漢墓帛書》(壹),(北京:文物出版社,1974 年 9 月)。

49. 馬王堆漢墓帛書整理小組:《馬王堆漢墓帛書》(肆),(北京:文物出版社,1985 年 3 月)。

50. 馬承源:《商周青銅器銘文選》(三),(北京:文物出版社,1988 年 4 月)。

51. 馬承源主編:《上海博物館藏戰國楚竹書(一)》,(上海:上海古籍出版社,2001 年 11 月)。

52. 馬承源主編:《上海博物館藏戰國楚竹書》(二),(上海:上海古籍出版社,2002 年 12 月)。

53. 馬承源主編:《上海博物館藏戰國楚竹書》(三),(上海:上海古籍出版社,2003 年 12 月)。

54. 馬承源主編:《上海博物館藏戰國楚竹書》(五),(上海:上海古籍出版社,2005 年 12 月)。

55. 馬承源主編:《上海博物館藏戰國楚竹書》(四),(上海:上海古籍出版社,2004 年 12 月)。

56. 高　明:《中國古文字學通論》,(臺北,五南圖書出版公司,1993 年)。

57. 商承祚、王貴忱、譚棣華編:《先秦貨幣文編》,(北京:書目文獻出版社,1983 年 3 月)。

58. 商承祚:《石刻篆文編》,(香港:中華書局,1976 年 11 月)。

59. 商承祚:《長沙古物聞見記、續記》,(北京:中華書局,1996 年 11 月)。

60. 商承祚:《長沙古物聞見記》,(臺北:文海出版社,1971 年)。

61. 商承祚編著:《戰國楚竹簡匯編》,(濟南:齊魯書社,1995 年 11 月)。

62. 張正明:《楚文化史》,(上海:上海人民出版社,1987 年 8 月)。

63. 張正明:《楚史》,(武漢:湖北教育出版社,1995 年 7 月)。

64. 張正明主編:《楚文化志》,(武漢:湖北人民出版社,1988 年 7 月)。

65. 張正明主編:《楚史論叢(初集)》,(武漢:湖北人民出版社,1984 年 10 月)。

66. 張光直:《中國青銅時代》(第二集),(臺北:聯經出版事業公司,1990 年 11 月)。

67. 張光直:《考古學專題六講》,(臺北:稻鄉出版社,1988 年 9 月)。

68. 張光裕主編、袁國華合編、陳志堅、洪娟、余拱璧助編:《郭店楚簡研究·第一卷·文字編》,(臺北:藝文印書館,1999 年 1 月)。

69. 張光裕主編、袁國華合編:《包山楚簡文字編》,(臺北:藝文印書館,1992 年 11 月)。

70. 張光裕等編輯:《第三屆國際中國古文字學研討會論文集》,(香港:香港中文大學中

國文化研究所、中國語言及文學系，1997 年 10 月）。

71. 張光裕編著、袁國華合著：《望山楚簡校錄》，（臺北：藝文印書館，2004 年 12 月）。

72. 張守中：《中山王器文字編》，（北京：中華書局，1981 年 5 月）。

73. 張守中：《包山楚簡文字編》，（北京：文物出版社，2000 年 5 月）。

74. 張守中：《郭店楚簡文字編》，（北京：文物出版社，1996 年 8 月）。

75. 張守中：《睡虎地秦簡文字編》，（北京：文物出版社，1994 年 2 月）。

76. 張行成：《翼玄》，（臺北：新文豐出版社，1987 年）。

77. 許學仁：《先秦楚文字研究》，（臺北：國立台灣師範大 學國文研究所碩士論文，1979 年 6 月）。【案】輯入《國立台灣師範大學國文研究所集刊》第二十四號（上冊），1980 年 6 月，頁 519-740。

78. 郭沫若：《石鼓文研究、詛楚文考釋》，郭沫若著作編委會編：《郭沫若全集》，（北京：科學出版社，1982 年 9 月）。

79. 郭沫若：《兩周金文辭大系圖錄考釋》，（北京：科學出版社，1957 年 12 月）。

80. 郭沫若主編：《甲骨文合集》，（北京：中華書局，1982 年）。

81. 郭若愚：《戰國楚簡文字編》，（上海：上海書畫出版社，1994 年 2 月）。

82. 郭紹虞：〈從書法中窺測字體的演變〉，（上海：《學術月刊》，1961 年第 9 期）。

83. 陳久金：《帛書及古典天文史料注析與研究》，（臺北：萬卷樓圖書公司，2001 年 5 月）。

84. 陳廷祐：《中國書法美學》，（北京：中國和平出版社，1989 年）。

85. 陳松長：《帛書史話》，（北京：中國大百科全書出版社，2000 年 1 月）。

86. 陳松長：《馬王堆簡帛文字編》，（北京：文物出版社，2001 年）。

87. 陳煒湛、唐鈺明《古文字學綱要》，（廣州：中山大學出版社，1988 年）。

88. 傅舉有、陳松長：《馬王堆漢墓文物》，（長沙：湖南出版社，1992 年 5 月）。

89. 彭　浩：《楚人的紡織與服飾》，（武漢：湖北教育出版社，1996 年 8 月）。

90. 彭　毅：《楚辭詮微集》，（臺北：臺灣學生書局，1999 年 6 月）。

91. 曾憲通：《長沙楚帛書文字編》，（北京：中華書局，1993 年 2 月）。

92. 曾憲通：《曾憲通學術文集》，（汕頭：汕頭大學出版社，2002 年 7 月）。

93. 湖北省文物考古研究所、北京大學中文系編：《望山楚簡》，（北京：中華書局，1995 年 6 月）。

94. 湖北省文物考古研究所編著：《九店楚簡》，（北京：中華書局，2000 年 5 月）。

95. 湖北省文物考古研究所編著：《江陵九店東周墓》，（北京：科學出版社，1995 年 7 月）。

96. 湖北省文物考古研究所編著：《江陵望山沙冢楚墓》，（北京：文物出版社，1996 年 4 月）。

97. 湖北省荊沙鐵路考古隊編：《包山楚墓》，（北京：文物出版社，1991 年 10 月）。

98. 湖北省博物館編：《曾侯乙墓》，（北京：文物出版社，1989 年 7 月）。

99. 湖南省博物館編：《馬王堆漢墓研究》，（長沙：湖南人民出版社，1981 年 8 月）。

100. 湯炳正：《楚辭類稿》，（臺北：貫雅文化事業公司，1991 年 1 月）。

101. 湯漳平、陸永品：《楚辭論析》，（太原：山西教育出版社，1990 年 6 月）。

102. 湯餘惠：《戰國銘文選》，（長春：吉林大學出版社，1993 年 9 月）。

103. 湯餘惠主編：《戰國文字編》，（福州：福建人民出版社，2001 年 12 月）。

104. 童世亨：《歷代疆域形勢圖》，（臺北：廣文書局，1982 年）。

105. 雲夢睡虎地秦墓編寫組：《雲夢睡虎地秦墓》，（北京：文物出版社，1981 年 9 月）。

106. 馮佐哲、李富華：《中國民間宗教史》，（臺北：文津出版社，1994 年 4 月）。

107. 黃天樹：《黃天樹古文字論集》，（北京：學苑出版社，2006 年 8 月）。

108. 黃盛璋：《歷史地理與考古論叢》，（濟南：齊魯書社，1982 年 6 月）。

109. 黃錫全：《古文字論叢》，（臺北：藝文印書館，1999 年 10 月）。

110. 黃錫全編著：《湖北出土商周文字輯證》，（武漢：武漢大學出版社，1992 年 10 月）。

111. 楚文化研究會編：《楚文化考古大事記》，（北京：文物出版社，1984 年 7 月）。

112. 楚文化研究會編：《楚文化研究論集（第一集）》，（長沙：荊楚書社，1987 年 1 月）。

113. 楚文化研究會編：《楚文化研究論集（第二集）》，（武漢：湖北人民出版社，1991 年 3 月）。

114. 楚文化研究會編：《楚文化研究論集（第三集）》，（武漢：湖北人民出版社，1994 年 4 月）。

115. 楚文化研究會編：《楚文化研究論集（第四集）》，（鄭州：河南人民出版社，1994 年 6 月）。

116. 楊寬：《古史新探》，（北京：中華書局，1965 年 10 月）。

117. 楊　寬：《楊寬古史論文選集》，（上海：上海人民出版社，2003 年 7 月）。

118. 楊　寬：《戰國史》，（臺北：臺灣商務印書館，1997 年 10 月）。

119. 楊匡民、李幼平：《荊楚歌樂舞》，（武漢：湖北教育出版社，1997 年 12 月）。

120. 楊成寅：《美學範疇概論》，（杭州：浙江美術學院，1991 年）。

121. 楊金鼎等選編：《楚辭研究論文集》，（武漢：湖北人民出版社，1985 年 7 月）

122. 楊樹達：《積微居金文說》增訂本，（北京：科學出版社，1959 年）。

123. 董蓮池：《金文編校補》，（長春：東北師範大學出版社，1995 年 9 月）。

124. 裘錫圭：《文字學概要》，（臺北：萬卷樓圖書公書，1995 年）。

125. 裘錫圭：《古文字論集》，（北京：中華書局，1992 年 8 月）。

126. 劉　釗：《古文字考釋叢稿》，（長沙：岳麓書社，2005 年 7 月）。

127. 劉信芳：《子彈庫楚墓出土文獻研究》，（臺北：藝文印書館，2002 年 1 月）。【案】本書包涵 A59〈楚帛書解詁〉（甲篇、乙篇、丙篇及譯文）、A60〈楚帛書論綱〉、A52〈中國最早的物候曆月名 ── 楚帛書月名及神祇研究〉，及〈楚帛書序錄〉，並附錄蔡季襄遺稿〈關於楚帛書流入美國基過的有關資料〉、〈楚帛書殘片〉及〈關於子彈庫楚帛畫的幾個問題〉。

128. 劉國忠：《古代帛書》，（北京：文物出版社，2004 年）。

129. 劉彬徽：《早期文明與楚文化研究》，（長沙：岳麓書社，2001 年 7 月）。

130. 劉彬徽：《楚系青銅器研究》，（武漢：湖北教育出版社，1995 年 7 月）。

131. 劉夢溪主編：《中國現代學術經典‧傅斯年卷》，（石家莊：河北教育出版社，1996 年 8 月）。

132. 劉樂賢：《睡虎地秦簡日書研究》，（臺北：文津出版社，1994 年 7 月）。

133. 劉樂賢：《簡帛數術文獻探論》，（武漢：湖北教育出版社，2003 年 2 月）。

134. 劉曄原、鄭惠堅：《中國古代祭祀》，（臺北：臺灣商務印書館，1998 年 9 月）。

135. 潘天壽：《毛筆的常識》，（臺北：丹青圖書公司，1986 年）。

136. 滕壬生：《楚系簡帛文字編》，（武漢：湖北教育出版社，1995 年 7 月）。

137. 蔣玄佁：《長沙》卷二，（上海：上海古今出版社，1950 年）。

138. 蔡季襄：《晚周繒書考證》，（臺北：藝文印書館，1944 年 8 月）。

139. 錢存訓（T‧H‧Tsien）：《中國古代書史》，（臺北：藍燈出版社，1987 年）。

140. 繆文遠：《戰國策新校注》，（成都：巴蜀書社，1987 年九月第一版）。

141. 羅振玉、王國維 ：《流沙墜簡》，（北京：中華書局，1993 年）。

142. 嚴一萍：《金文總集》（九），（臺北：藝文印書館，1983 年）。

143. 嚴一萍：《金文總集》（二），（臺北：藝文印書館，1983 年）。

144. 嚴一萍：《金文總集》（八），（臺北：藝文印書館，1983 年）。

145. 饒宗頤：《長沙出土戰國繒書新釋》，（選堂叢書之四），（香港：義友昌記印務公司，1958 年）。

146. 饒宗頤‧曾憲通：《楚地出土文獻三種研究》，（北京：中華書局，1993 年 8 月）。

147. 饒宗頤‧曾憲通：《楚帛書》，（香港：中華書局，1985 年 9 月）。

【論文】

〔中文部分〕

1. 于省吾：〈重文例〉，（北京：《燕京學報》第三十七期），頁 1～9。

2. 尹　順：《楚辭九歌巫儀之研究》，（臺北：國立臺灣師範大學國文研究所博士論文，1987 年 6 月）。

3. 文鏞盛：《漢代巫人社會地位之研究》，（臺北：私立中國文化大學史學研究所碩士論文，1993 年 12 月）。

4. 王　寧：《釋「𡊨」》，《簡帛研究》網站：http://www.bamboosilk.org/Wssf/2002/wangning01.htm，2002 年 8 月 7 日。

5. 王仲翔：《包山楚簡文字研究》，（高雄：國立中山大學中國文字研究所碩士論文，1996 年 5 月）。

6. 王壯爲：《書法叢談‧長沙出土繒書墨跡之用筆問題》，（臺北：國立編譯館，1980 年再版），頁 251。

7. 王志平：〈楚帛書「姑月」試探〉，（武漢：《江漢考古》1999 年第 3 期，1999 年 9 月），頁 55～56。

8. 王志平：〈楚帛書月名新探〉，《華學》第三輯，（北京：紫禁城出版社，1998 年 12 月），頁 181～188。

9. 王志平：〈睡虎地《日書‧玄弋篇》探源〉，（西安：《文博》1999 年第 5 期（總第 92 期）），頁 28～34。【案】本文與 A62 比對睡虎地《日書‧玄弋篇》，考訂楚帛書「月」（十二月月名），及斗除之月。

10. 王國維：〈戰國時秦用籀文六國用古文說〉，《王國維文集》第四卷，（北京：中國文史出版社，1997 年）。

11. 伊世同、何琳儀：〈平星考 —楚帛書殘片與長周期變星〉，（北京：《文物》1994 年第 6 期），頁 84～93。

12. 安志敏、陳公柔：〈長沙戰國繒書及其有關問題〉〈附摹本〉，（北京：《文物》1963 第 9 期），頁 48－60。

13. 朱德熙：〈長沙帛書考釋〈五篇〉〉，中國古文字研究會第六屆年會論文，1986 年 8 月。輯入《古文字研究》第十九輯，（北京：中華書局，1992 年 8 月），頁 290～297。

14. 朱德熙：〈長沙帛書考釋〈四篇〉〉，《語言文字學術論文集——慶祝王力先生學術活動五十週年》，（上海：知識出版社，1989 年 1 月），頁 151～157。

15. 朱德熙：〈壽縣出土楚器銘文研究〉，《金文詁林附錄》，（香港：中文大學，1975 年），頁 1867。

16. 江林昌：〈子彈庫楚帛書《四時》篇宇宙觀集有關問題新探——兼論古代太陽循環觀念〉，《長江文化論集》，（武漢：湖北教育出版社，1995 年 7 月），頁 372～379。【按】又輯入《楚辭與上古歷史文化研究 — 中國古代太陽循環文化揭密》，（濟南：齊魯書社，1998 年 5 月），頁 272～286。

17. 江林昌：〈子彈庫楚帛書「推步規天」與古代宇宙觀〉，《簡帛研究》第三輯，（桂林：廣西教育出版社，1998 年 12 月），頁 122～128。

18. 何　新：《宇宙的起源—長沙楚帛書新考》，收錄在《何新古經新解系列‧第一輯‧第七卷》，（北京：時事出版社，2002 年 1 月），頁 73～101。

19. 何琳儀：〈長沙帛書通釋〉，（武漢：《江湖考古》第 18 期，1986 年第 1 期），頁 51～57。

20. 何琳儀：〈長沙帛書通釋〉，（武漢：《江湖考古》第 19 期，1986 年第 2 期），頁 77～87。

21. 何琳儀：〈長沙帛書通釋校補〉，（武漢：《江漢考古》第 33 期，1989 年第 4 期），頁 48～53。

22. 吳九龍：〈簡牘帛書中的「天」字〉，《出土文獻研究》，（北京：文物出版社，1985 年 6 月）。

23. 吳振武：〈楚帛書「夸步」解〉，《簡帛研究》第二輯，（北京：法律出版社，1996 年 9 月），頁 56～58。

24. 李　棪：〈評巴納《楚繒書文字的韻與律》〉，（香港：香港中文大學《中國文化研究所學報》第四卷第二期，1971 年），頁 539～544。

25. 李　棪：〈楚國帛書中間兩段韻文試讀〉〈油印本〉，（倫敦大學東方非洲學院演講稿），1964 年 12 月。

26. 李　棪：〈楚國帛書諸家隸定句讀異同表〉〈稿本〉，1968 年。

27. 李　零：〈土城讀書記（五則）〉，紀念容庚先生百年誕辰暨中國古文字學國際學術研討會論文，1994 年。【案】第一則爲楚帛書「熱氣寒氣，以爲其序」，後易名爲〈古文字雜識（五則）〉，載《國學研究》第三卷，（北京大學，1994 年 5 月），頁 267～273。

28. 李　零：〈古文字雜識（五則）〉，《國學研究》第三卷，（北京：北京大學，1994 年 5 月），頁 267～273。【案】本文原爲 50〈土城讀書記（五則）〉，紀念容庚先生百年誕辰暨中國古文字學國際學術研討會論文。

29. 李　零：〈楚帛書目驗記〉，（北京：《文物天地》，1991 年第 6 期），頁 29～30。

30. 李　零：〈楚帛書的再認識〉，（北京：《中國文化》第 10 輯，1994 年 8 月）頁 42～62。【按】又輯入《李零自選集》，（桂林：廣西師範大學出版社，1998 年 2 月），頁 227～262。

31. 李　零：〈楚帛書與「式圖」〉，（武漢：《江漢考古》第 38 期，1991 年第 1 期，頁 59～62。

32. 李　零〈《長沙子彈庫戰國帛書研究》補正〉，《古文字研究》第二十輯，（北京：中華書局，2000 年 3 月），頁 154～178。【案】中國古文字研究會成立十週年紀念宣讀論文，1988 年。

33. 李佳興：《《包山楚簡》司法文書簡研究——以訴訟事件爲例》，（南投：國立暨南國際大學中國語文學研究所碩士論文，2000 年 6 月）

34. 李建民：〈楚帛書氣論發微〉，（臺北：《大陸雜誌》第 99 卷第 4 期，1999 年 10 月），頁 1～4。

35. 李家浩：〈戰國邨布考〉，《古文字研究》第三輯，（北京：中華書局，1980 年 11 月），頁 161。

36. 李書華：〈紙發明以前中國文字流傳工具〉，（臺北：《大陸雜誌》第 9 卷第 6 期，1954 年 9 月），頁 165 及頁 168。

37. 李學勤：〈太一生水的數術解釋〉「止」的考釋，《道家文化研究》第十七輯，（北京：生活‧讀書‧新知三聯書店，1999 年），頁 297～300。

38. 李學勤：〈再論帛書十二神〉，《簡帛佚籍與學術史》，（臺北：時報出版社，1994 年 12 月），頁 58～70。

39. 李學勤：〈長沙楚帛書通論〉，《楚文化研究論集》第一集，（荊楚書社，1987 年 1 月），頁 16～23。【案】又《李學勤集》，（哈爾濱：黑龍江教育出版社，1989 年），頁 266～273。

40. 李學勤：〈楚帛書中的古史與宇宙觀〉，《簡帛佚籍與學術史》，（臺北：時報出版社，1994 年 12 月），頁 48～57。

41. 李學勤：〈楚帛書和道家思想〉，《道家文化研究》第五輯，（北京：生活‧讀書‧新知三聯書店，1994 年），頁 225～232。

42. 李學勤：〈補論戰國題銘的一些問題〉，（北京：《文物》1960 年第 7 期），頁 67～68。

43. 李學勤：〈試論長沙子彈庫楚帛書殘片〉，《簡帛佚籍與學術史》，（臺北：時報出版社，1994 年 12 月），頁 71～81。

44. 李學勤：〈論楚帛書中的天象〉，《簡帛佚籍與學術史》，（臺北：時報出版社，1994 年 12 月），頁 37～ 47。

45. 李學勤：〈戰國時代的秦國銅器〉，（北京：《文物參考資料》1957 年第 8 期。）

46. 李學勤：〈戰國題銘概述〉（上），（北京：《文物》1959 年第 7 期），頁 50～54。

47. 李學勤：〈戰國題銘概述〉（中），（北京：《文物》1959 年第 8 期），頁 60～63。

48. 李學勤：〈戰國題銘概述〉（下），（北京：《文物》1959 年第 9 期），頁 58–61。

49. 李學勤：〈帛書、帛畫〉，《東周與秦代文明》第二十七章，（北京：文物出版社，1991 年增訂版）。

50. 邢　文：《《堯典》星象、曆法與帛書《四時》》，《華學》第三輯，（北京：紫禁城出版社，1998 年 12 月），頁 169～177。

51. 周鳳五：〈子彈庫帛書「熱氣倉氣」說〉，《中國文字》新 23 期，（臺北：藝文印書館，1997 年 12 月），頁 237～240。

52. 林素清：〈古文字學的省思〉，《學術史與方法學的省思中央研究院歷史語言研究所七十周年研討會論文集》，（臺北：中央研究院歷史語言研究所），2000 年 12 月，頁 455～467。

53. 林素清：〈探討包山楚簡在文字學上的幾個課題〉，《歷史語言研究所集刊》66 卷第 4 期，（臺北：中央研究院歷史語言研究所，1995 年），頁 1103～1127。

54. 林素清：〈楚簡文字綜論〉，中央研究院第三屆國際漢學會議，於 2000 年 6 月 29 至 7 月 1 日在南港中央研究院召開。收入會議論文集《古文字與商周文明》，（臺北：中央研究院歷史語言研究所，2002 年），頁 145～157。

55. 林素清：〈楚簡文字雜識〉，長沙市文物考古研究所「百年來簡帛發現與研究暨長沙吳簡國際學術研討會」，（北京：中華書局，2001 年 8 月）。

56. 林素清：〈談古文字的區別符號〉，發表於「楚簡綜合研究第二次學術研討會」，（臺北：中央研究院歷史語言研究所，2002 年 12 月）。

57. 林素清：〈談戰國文字的簡化現象〉，（臺北：《大陸雜誌》72 卷第 5 期，1986 年），頁 217～228。

58. 林素清：〈論先秦文字中的「＝」符〉，《歷史語言研究所集刊》56 卷第 4 期，（臺北：中央研究院歷史語言研究所，1985 年），頁 801～826。

59. 林素清：〈論戰國文字的增繁現象〉，《中國文字》新 13 期，（臺北：藝文印書館，1990 年），頁 21～44。

60. 林素清：〈釋「各」——論楚簡的用字特徵〉，《中央研究院歷史語言研究所集刊》74 卷第 2 期，（臺北：中央研究院歷史語言研究所，2003 年 6 月），頁 293～305。

61. 林素清:《先秦古璽文字研究》,(臺北:國立臺灣大學中文研究所碩士論文,1976 年)。

62. 林素清:《戰國文字研究》:(臺北:國立臺灣大學中文研究所博士論文,1984 年)。

63. 林清源師:《楚國文字構形演變研究》,(臺中:私立東海大學中文系博士論文,1997 年 12 月)。

64. 林進忠:〈長沙戰國楚帛書的書法〉,(臺中:《臺灣美術》第 2 卷第 2 期(總第 6 期),1989 年 10 月),頁 45~50。

65. 林進忠:〈楚系簡帛墨跡文字的書法探析〉,《海峽兩岸楚文化學術研討會論文集》,(臺北:國立歷史博物館,2002 年),頁 154。

66. 金祥恆:〈楚繒書「霾」解〉,《中國文字》第廿八冊,(臺北:國立臺灣大學中文系,1968 年),頁 1。

67. 邴尚白:《楚國卜筮祭禱簡研究》,(南投:國立暨南國際大學中國語文學研究所碩士論文,1999 年 5 月)。

68. 洪燕梅:《睡虎地秦簡文字研究》,(臺北:國立政治大學中文研究所碩士論文,1993 年)。

69. 唐健垣:〈楚繒書新文字拾遺〉,(臺北:《中國文字》第三十冊,1968 年),頁 3321~3362。

70. 徐　山:〈長沙子彈庫戰國楚帛書行款問題質疑〉,(《考古與文物》1990 年第 5 期),頁 92~94,轉 86。

71. 徐貴美:《考釋楚簡帛文字的問題及方法——以考訂〈楚系簡帛文字編〉為背景的研究》,(臺中:國立中興大學中國文學研究所碩士論文,2000 年 6 月)。

72. 荊州地區博物館:〈湖北江陵馬山磚廠一號墓出土批戰國時期絲織品〉,(北京:《文物》,1982 年第 10 期),頁 3。

73. 荊州地區博物館:〈湖北江陵藤店一號墓發掘簡報〉,(北京:《文物》,1973 年第 9 期),頁 17。

74. 院文清:〈楚帛書中的神話傳說與楚先祖譜系略證〉,王光鎬主編《文物考古文集》,(武漢:武漢大學出版社,1997 年 9 月),頁 258~271

75. 院文清:〈楚帛書與中國創世紀神話〉,《楚文化研究論集》第四集,(鄭州:河南人民出版社,1994 年 6 月),頁 597~607。

76. 高　明:〈楚繒書研究〉,《古文字研究》第十二輯,(北京:中華書局,1985 年 12 月),頁 397~406。

77. 高　明:《中國古文字學通論》,(北京:文物出版社,1987 年 4 月)。

78. 高至喜:〈記長沙、常德出土弩機的戰國墓——兼談有關弩機、弓矢的幾個問題〉,(北京:《文物》,1964 年第 6 期),頁 37。

79. 高至喜:〈評《長沙發掘報告》〉,(《考古》,1962 年第一期),頁 47。

80. 商志醰:〈記商承祚教授藏長沙子彈庫楚國殘帛書〉,(北京:《文物》1992 年第 11 期),頁 32~33,轉 35。 Shang zhitan 〈The Fragmentary Silk Writings of the State of Chu Unearthed from Zidangku in Changsha Collected by Professor Shang Chengzuo〉,《WEN

WU》No.11，1992，P 32～33，35。

81. 商志醰：〈商承祚教授藏長沙子彈庫楚帛書國殘片〉，（北京：《文物天地》1992 年第 6 期），頁 29～30。

82. 商承祚：〈戰國楚帛書述略〉（附弗利亞美術館照片及摹本），（北京：《文物》1964 年 第 9 期），頁 8～20。

83. 張桂光：〈古文字中的形體訛變〉，《古文字研究》第十五輯，（北京：中華書局，1986 年），頁 153～183。

84. 張寅成：《戰國秦漢時代的禁忌——以時日禁忌爲中心》，（臺北：國立臺灣大學歷史 研究所博士論文，1992 年 1 月）。

85. 張懷瓘：〈評書藥石論〉，《歷代書法論文選》（上），（臺北：華正書局，1988 年），頁 208～212。

86. 曹錦炎：〈楚帛書《月令》篇考釋〉，（武漢：《江漢考古》1985 年第 1 期），頁 63～68。

87. 許信昌：《秦簡日書數術的探討》，（臺北：國立臺灣大學歷史研究所碩士論文，1993 年 6 月）

88. 許學仁：〈長沙子彈庫戰國帛書研究文獻要目〉，《經學研究論叢》第八輯，（臺北：臺 灣學生書局，2000 年 3 月），頁 359～368。

89. 連劭名：〈長沙楚帛書與中國古代的宇宙論〉，（北京：《文物》1991 年第 2 期），頁 40 ～46。

90. 連劭名：〈長沙楚帛書與卦氣說〉，（《考古》1990 年第 9 期），頁 849–854。

91. 郭沫若：〈古文字之辨證的發展〉，（《考古學報》，1972 年第 1 期），頁 7。

92. 郭沫若：〈關於晚周帛畫的考察〉，（北京：《人民文學》1953 年 11 期），頁 113～118。

93. 陳　槃：〈先秦兩漢帛書考（附長沙楚墓絹質采繪照片小記）〉，《中央研究院歷史語言 研究所集刊》第二十四冊，（臺北：中央研究院歷史語言研究所，1953 年），頁 185 ～196。

94. 陳　槃：〈楚繒書疏證跋〉，《中央研究院歷史語言研究所集刊》第四十冊〔上〕，（臺 北：中央研究院歷史語言研究所，1968 年 10 月），頁 33～35。

95. 陳　槃：《漢晉遺簡識小七種》下冊，《中央研究院歷史語言研究所專刊》第六十三冊， （臺北：中央研究院歷史語言研究所，1975 年），頁 113。

96. 陳月秋：《楚系文字研究》，（臺中：私立東海大學中國文學研究所碩士論文，1992 年 4 月）。

97. 陳邦懷：〈永盂考略〉，（北京：《文物》，1972 年 11 期）。

98. 陳邦懷：〈戰國楚帛書文字考證〉，輯入《古文字研究》第五輯，（北京：中華書局， 1981 年 1 月），頁 233～242。【案】後又輯入《一得集》上卷，略有增刪，（山東：齊 魯書社，1989 年 10 月），頁 103～118。

99. 陳秉新：〈長沙楚帛書文字考釋之辨正〉，《文物研究》第四輯，（湖南：岳麓書社，1988 年），頁 187～193。

100. 陳茂仁：〈由楚帛書置圖方式論其性質〉，輔仁大學中國文學系所主編《先秦兩漢論叢》

第一輯，（臺北：洪業文化事業有限公司，1999 年 7 月），頁 299～314 【案】本文爲第一屆先秦兩漢學術研討會宣讀論文（1999 年 4 月）。

101. 陳茂仁：〈淺探帛書「宜忌篇」章題之内涵〉，《第九屆中國文字學全國學術研討會論文集》，（臺北：國立臺灣師範大學國文系，1998 年 3 月），頁 225～237。

102. 陳茂仁：《楚帛書研究》，（嘉義：國立中正大學中國文學研究所碩士論文，1996 年 1 月）。

103. 陳偉武：〈楚系簡帛釋讀掇瑣〉，中國古文字研究會・中山大學古文字研究所編，《古文字研究》第二十四輯，（北京：中華書局，2002 年 7 月），頁 360～364。

104. 陳夢家：〈戰國楚帛書考〉，（《考古學報》，1984 年第 2 期），頁 137～157。

105. 陳夢家：《殷墟卜辭綜述》第二章第四節，（北京：科學出版社，1956 年），頁 81。

106. 陳熾彬：《左傳中巫術之研究》，（臺北：國立政治大學中國文學研究所博士論文，1989 年 6 月）。

107. 曾昱夫：《戰國楚地簡帛音韻研究》，（臺北：國立臺灣大學中國文學研究所碩士論文，2001 年 6 月）。

108. 曾憲通：〈楚月名初探〉，（廣州：《中山大學學報》〈社會科學版〉1980 年），頁 97～107。【案】〈楚月名初探——兼談昭固墓竹簡的年代問題〉又載《古文字研究》第五輯，（北京：中華書局，1981 年 1 月），頁 303～319。又輯入〈楚地出土文獻三種研究〉，（北京：中華書局），頁 343～361。又輯入《曾憲通學術文集》，（廣東：汕頭大學出版社，2002 年 7 月），頁 181～200。

109. 曾憲通：〈楚帛書文字新訂〉，吉林大學古文字研究室編《中國古文字研究》第一輯，（長春：吉林大學出版社，1999 年 6 月），頁 89～95。【案】又輯入《曾憲通學術文集》，（汕頭大學出版社，2002 年 7 月），頁 171～180。

110. 曾憲通：〈楚帛書研究述要〉，《楚地出土文獻三種研究》，（北京：中華書局，1993 年 8 月），頁 362～ 404。【案】，又輯入《曾憲通學術文集》，篇題改爲〈長沙楚帛書研究述要〉，（汕頭大學出版社，2002 年 7 月），頁 126～170。

111. 曾憲通：〈楚帛書神話系統試論〉，（新竹：清華大學主辦「第二屆中國古典文學國際研討會——紀念聞一多先生百週年誕辰」論文，1999 年 10 月），頁 1～7。 【案】輯入《曾憲通學術文集》，（汕頭大學出版社，2002 年 7 月），頁 171～180。

112. 游國慶：〈楚帛書及楚域之文字書法與古璽淺探〉，《印林》第 17 卷第 1 期（總第 97 期，〈楚帛書及楚域之文字書法與古璽專輯〉，1996 年 3 月），頁 2～24。

113. 湖北省文化局文物工作隊：〈湖北江陵三座楚墓出土大批重要文物〉，（北京：《文物》，1966 年第 5 期），頁 40～52。

114. 湖南省博物館：〈長沙子彈庫戰國木槨墓〉，（北京：文物出版社，《文物》1974 年第 2 期），頁 36～43。

115. 湖南省博物館：〈長沙楚墓〉，《考古學報》1959 年第一期，頁 41。

116. 湯餘惠：〈略論戰國文字形體研究中的幾個問題〉，《古文字研究》第十五輯，（北京：中華書局，1986 年），頁 27。

117. 馮　時：〈楚帛書研究三題〉，《于省吾教授百年誕辰紀念文集》，（吉林大學出版社，1996 年 9 月），頁 190～193。

118. 馮　時：〈戰國楚帛書創世章釋讀〉，《古代天文考古學》，（臺北：社會科學文獻出版社，2001 年 11 月），頁 13～29。

119. 黃人二：《戰國包山卜筮祝禱簡研究》，（臺北：國立臺灣大學中國文學研究所碩士論文，1996 年 6 月）

120. 黃儒宣：《九店楚簡研究》，（臺北：國立臺灣師範大學國文研究所碩士論文，2003 年 6 月）。

121. 黃靜吟師：《秦簡隸變研究》，（嘉義：國立中正大學中國文學系碩士論文，1993 年 6 月）。

122. 黃靜吟師：《楚金文研究》，（高雄：國立中山大學中國文學研究所博士論文，1997 年 6 月）。

123. 楚　言：〈楚帛書殘片回歸故里〉，《湖南省博物館文集》第四輯，（《船山學刊》雜誌社，1998 年 4 月），頁 45～46。

124. 楊　寬：〈楚帛書的四季神像及其創世神話〉，（《文學遺產》1997 年第 4 期，1997 年 12 月），頁 4～12。

125. 楊玉銘：〈兩周金文數字合文初探〉，《古文字研究》第五輯，（北京：中華書局，1981 年 1 月），頁 142。

126. 楊素姿：《先秦楚方言韻系研究》，（高雄：國立中山大學中國文學研究所碩士論文，1996 年 6 月）。

127. 楊權喜：〈襄陽余崗楚墓陶器的分期研究〉，（武漢：《江漢考古》1993 年第 1 期），頁 164。

128. 楊澤生：〈楚帛書從「之」從「止」之字考釋〉，上海大學古代文明研究中心：臺灣楚文化研究會「新出土文獻與古代文明研究國際學術研討會」宣讀論文編號 19，（北京：中華書局，2002 年 7 月），頁 1～5。

129. 葉小燕：〈中原地區戰國墓初探〉，（《考古》，1985 年第 2 期），頁 164。

130. 董作賓：〈論長沙出土的繒書〉，（臺北：《大陸雜誌》第 10 卷第 6 期〈附摹本〉，1955 年 3 月），頁 173～177。

131. 董楚平：〈楚帛書「創世篇」釋文釋義〉，《古文字研究》第二十四輯，（北京：中華書局，2002 年 7 月），頁 347～351。

132. 裘錫圭：〈談談隨縣曾侯乙墓的文字資料〉，（北京：《文物》1979 年第 7 期），頁 31。

133. 解　縉：《春雨雜述》，《歷代書法論文選》（上），頁 461～468。

134. 管東貴：〈中國古代十日神話之研究〉，《中央研究院歷史語言研究所集刊》三十三本，（臺北：中央研究院歷史語言研究所，1962 年），頁 287～329。

135. 劉　釗：〈說「禼」、「𪊨」二字來源並談楚帛書「萬」「兒」二字的讀法〉，（武漢：《江漢考古》第 42 期，1992 年第 1 期），頁 78～79。

136. 劉信芳：〈《楚帛書》與《天問》類徵〉，《楚辭研究》，（北京：文津出版社，1992 年 9

月），頁 253～263。

137. 劉信芳：〈中國最早的物候曆月名 —— 楚帛書月名及神祇研究〉，《中華文史論叢》第五十三輯，（上海古籍出版社，1994 年 6 月），頁 75～107。【案】輯入《子彈庫楚墓出土文獻研究》，（臺北：藝文印書館，2002 年 1 月），頁 129～166。並附湯炳正「關於〈楚帛書月名及神祇研究〉修正意見的函」，見本書頁 1～6。

138. 劉信芳：〈楚帛書伏戲女媧考〉，（中國社會科學院歷史研究所主辦「長沙三國吳簡暨百年簡帛發現與研究國際學術研討會」宣讀論文，2001 年 8 月 17～19 日）。

139. 劉信芳：〈楚帛書考釋二則〉，考古與文物編輯部主編《古文字論集（二）》（叢刊第四號 / 2001 年 092 號），《考古與文物》出版社，2001 年，頁 163～167。

140. 劉信芳：〈楚帛書解詁〉，《中國文字》新廿一期，（臺北：藝文印書館，1996 年 12 月），頁 67～108。【案】輯入《子彈庫楚墓出土文獻研究》，（臺北：藝文印書館），2002 年 1 月，頁 7～125。並附有作者「修訂說明」，頁 9～10。

141. 劉信芳：〈楚帛書論綱〉，《華學》第二輯，（廣州：中山大學出版社，1996 年 12 月），頁 53～60。【案】輯入《子彈庫楚墓出土文獻研究》，（臺北：藝文印書館，2002 年 1 月），頁 167～184。

142. 劉信芳：《楚帛書「德匿」以及相關文字的釋讀》，《華學》第五輯，（廣州：中山大學出版社，2001 年 12 月），頁 130～139。

143. 劉彬徽：〈楚帛書出土五十周年紀論〉，《楚文化研究論集》第四集，（鄭州：河南人民出版社，1994 年 6 月），頁 577～584。【案】輯入《早期文明與楚文化研究》，（湖南：岳麓書社，2001 年 7 月），頁 219～223。

144. 蔡成鼎：〈帛書《四時篇》讀後〉，（武漢：《江漢考古》第 26 期，1988 年第 1 期），頁 69～73。

145. 蔡季襄：遺稿〈關於楚帛書流入美國經過的有關資料〉，《湖南省博物館文集》第四輯，（《船山學刊》雜誌社，1998 年 4 月），頁 21～25。

146. 鄭　剛：〈楚帛書的星歲紀年和歲星占〉，《簡帛研究》第二輯，（北京：法律出版社，1996 年 9 月），頁 59～ 68。

147. 鄭　剛：〈論楚帛書乙篇的性質〉，紀念容庚先生百年誕辰暨中國古文字學國際學術研討會論文，1994 年。刊載《容庚先生百年誕辰紀念文集（古文字研究專號）》，（廣州：廣東人民出版社，1998 年 4 月），頁 596～606。

148. 鄧國光：《禮經祝官及祝辭研究》，（香港：新亞學院新亞研究所碩士論文，1987 年 6 月）。

149. 蕭　放：〈明堂與月令關係新證〉，（北京：《民族藝術》2001 年第 1 期），頁 78～84。

150. 謝光輝：〈楚帛書「邑」「室」解〉，《古文字研究》第二十四輯，（北京：中華書局，2002 年 7 月），頁 352～354。

151. 謝映蘋：《曾侯乙墓鐘銘與竹簡文字研究》，（高雄：國立中山大學中國文學研究所碩士論文，1994 年 7 月）。

152. 魏啓鵬：〈帛書黃帝五正考釋〉，《華學》第三輯，（北京：紫禁城出版社，1998 年 12 月），頁 177～180。

153. 嚴一萍：〈楚繒書新考〉〔上〕，（臺北：《中國文字》第廿六冊，1967 年）。

154. 嚴一萍：〈楚繒書新考〉〔中〕，（臺北：《中國文字》第廿七冊，1968 年）。

155. 嚴一萍：〈楚繒書新考〉〔下〕，（臺北：《中國文字》第廿八冊〈附月名照片〉，1968 年）。

156. 蘇琇敏：《漢簡叢説》，（臺北：國立臺灣大學中文所碩士論文，1979 年）。

157. 饒宗頤：〈帛書丙篇與日書合證〉，《楚地出土文獻三種研究》，（北京：中華書局，1993 年 8 月），頁 332～340。

158. 饒宗頤：〈帛書解題〉，日比野丈夫譯，（日本：平凡社《書道全集》第一卷，圖版 127～128〈附摹本〉，1954 年）。

159. 饒宗頤：〈長沙子彈庫楚國殘帛書文字小記〉，（北京：《文物》1992 年第 11 期），頁 34～35。

160. 饒宗頤：〈長沙楚墓時占神物圖卷考釋〉〈附摹本〉，《東方文化》第 1 卷第 1 期，（香港：香港大學，1954 年 1 月），頁 69～84。

161. 饒宗頤：〈楚帛書十二月與爾雅〉，輯入《楚地出土文獻三種研究》，（北京：中華書局，1993 年 8 月），頁 290～302。【自注】1964 年 11 月 1 日文，1983 年冬月重訂。

162. 饒宗頤：〈楚帛書天象再議〉，（《中國文化》第 3 期，1990 年 12 月），頁 66～73。

163. 饒宗頤：〈楚繒書十二月名覈論〉，（臺北：《大陸雜誌》第 30 卷第期〈附月名照片〉，1965 年 11 月），頁 1～ 5。

164. 饒宗頤：〈楚繒書之摹本籍圖像——三首神、肥遺與印度古神話之比較〉，（臺北：《故宮月刊》第三卷第二期〈附紅外線照片及摹本〉，1968 年 10 月），頁 1～26。

165. 饒宗頤：〈楚繒書疏證〉，《中央研究院歷史語言研究所集刊》第四十本〔上〕，（臺北：中央研究院歷史語言研究所，1968 年 10 月），頁 1～32。

166. 饒宗頤：〈楚繪畫四論〉，《畫䪻—國畫史論集》，（臺北：時報文化出版公司，年代不詳），頁 27～50。【案】其二爲〈繒書四時樹法〉，其三爲〈繒書時二月神像中三首神與肥遺考〉。

〔日文部分〕

1. 池澤　優：〈子彈庫楚帛書八行文譯註〉（日文），《楚地出土資料與中國古代文化》，（東京：汲古書院，2002 年 3 月），頁 115～42。

2. 林巳奈夫：〈長沙出土戰國帛書十二神的由來〉（日文），（京都：《東方學報》第四十二冊，昭和四十二年（1967 年）），頁 24～51。

3. 林巳奈夫：〈長沙出土戰國帛書考〉，（京都：《東方學報》第三十六冊第一分，昭和三十九年十月（1964 年）），頁 53～97。

4. 林巳奈夫：〈長沙出土戰國帛書考補正〉，（京都：《東方學報》第三十七冊，昭和四十一年（1966 年）），頁 509～514。

5. 梅原末治：〈近時出現的文字資料〉（附摹本），《書道全集》第一卷，（東京：平凡社，1954 年（昭和 29 年）），頁 34～37。案：見第四節爲〈長沙的帛書與竹簡〉。

6. 澤谷昭次：〈長沙楚墓時占神物圖卷〉（附摹本），《定本書道全集》第一卷，（東京：

河出書房新社，昭和三十一年（1956 年）），頁 183。

7. 佐野光一編：《木簡字典》，（東京：雄山閣出版株式會社，1986 年）。

〔英文部分〕

1. Noel Barnard，〈A Preliminary Study of the Chu Silk Manuscript— A new reconstruction of the text〉，《Monumenta Serica》 Vol.17，PP1-11，1958。【案】原文爲英文稿，諾埃爾・巴 納：〈楚繒書初探──文字之新復原〉，《華裔學志》第十七卷，1958 年，頁 1～11。

2. Noel Barnard，〈Rhyme and Metre in the Chu Silk Manuscript Text〉，Papers on Far Eastern History 4，1971。【案】原文爲英文稿，諾埃爾・巴 納〈楚繒書文字之韻律〉，（坎培拉：澳洲國家大學，1971 年）。

3. Noel Barnard，〈A Definitive Text of the Chu Silk Manu、script，-a Morden Character Transcription，and a Tentative Translation〉，Monograph Serives，No.5，1972。【案】原文爲英文稿，諾埃爾・巴 納：〈楚繒書文字之總結──文字的摹本與試譯〉，（坎培拉：澳洲國家大學，1972 年）。

4. Noel Barnard，〈The Chu Silk Manuscript and other Archaeological Document of Ancient China〉，New York，1972，Metropolitan Museum of Art ，New York.5，1972。【案】原文爲英文稿，諾埃爾・巴 納〈楚繒書及其他考古學上的中國古文書〉，紐約，1972 年。

5. Noel Barnard，〈The Chu Silk Manuscript and Supplementary Volume〉，New York，1972 年。【案】原文爲英文稿，諾埃爾・巴納〈楚繒書及其補遺〉，紐約，1972 年。

6. Noel Barnard：《The Chu Silk Manuscript - Translation and Commentary》，（坎培拉：澳洲國家大學，1973 年）。【案】原文爲英文稿，諾埃爾・巴 納《楚繒書譯注》，（坎培拉：澳洲國家大學，1973 年）。

7. Noel Barnard〈The Twelve Peripheral Figures of the Chu Silk Manuscript〉， 《中國文字》新十二期，頁 453-513。【案】原文爲英文稿，諾埃爾・巴納〈楚繒書周邊十二肖圖研究〉，《中國文字》新十二期，（臺北：藝文印書館，1997.11.05 初稿/1998.03.08 二稿/1999.08.30 三稿/1999.10.28 四稿/1999.11.10 五稿/ 1999.11.20 六稿/ 2000.04.12 七稿/ 2000.09.06 八稿/ 2001.07.01 九稿/ 2001.12.10 十稿/ 2002.05.09 十一稿/ 2002.06.24 十二稿）。

8. 林巳奈夫：〈長沙出土戰國帛書十二神考〉（英文），載《古代中國藝術及其再太平洋低區之影響》第一冊，1972 年，頁 77～101。

9. 錢存訓（T・H・Tsien）：《書于竹帛──中國書籍與文字的起源》（Written on Bamboo and Silk-The Beginnings of Chinese Books and Inscriptions , University of Chicago Press 1962，又中文版，名《中國古代書史》，臺北：藍燈出版社，1987 年）。

楚帛書紅外線照片（一）

楚帛書紅外線照片（二）

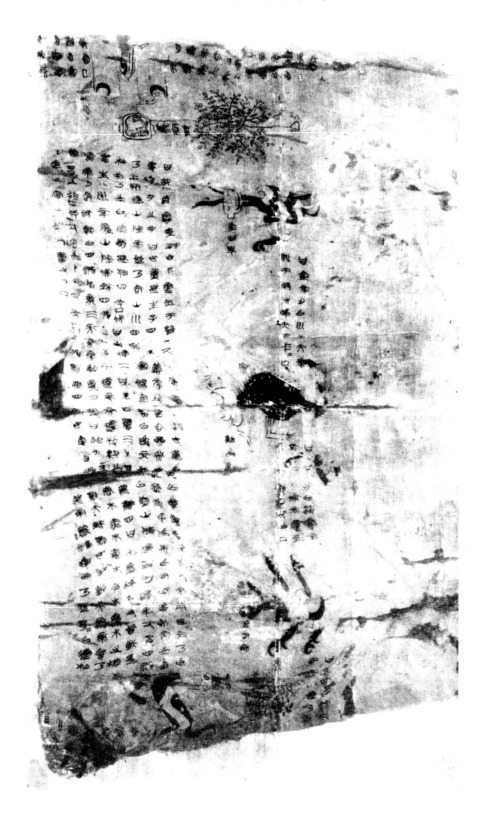

蔡修渙之楚帛書臨寫本（一）

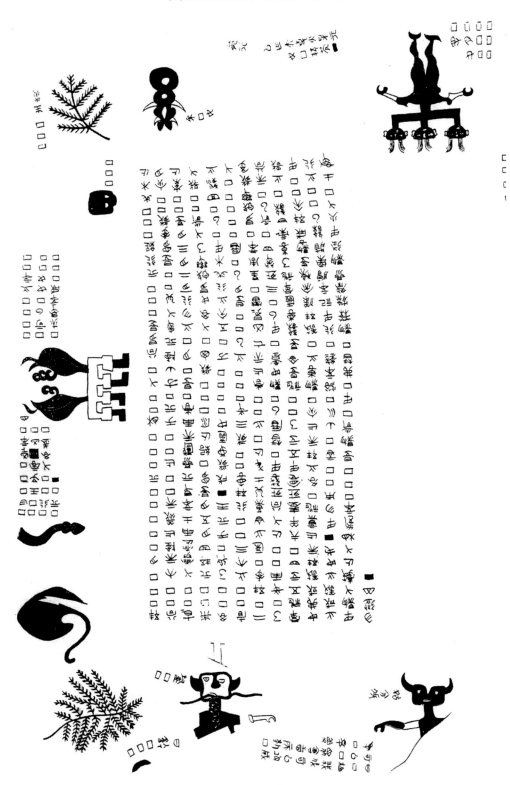

蔡修渙之楚帛書臨寫本（二）

饒宗頤之楚帛書摹本（一）

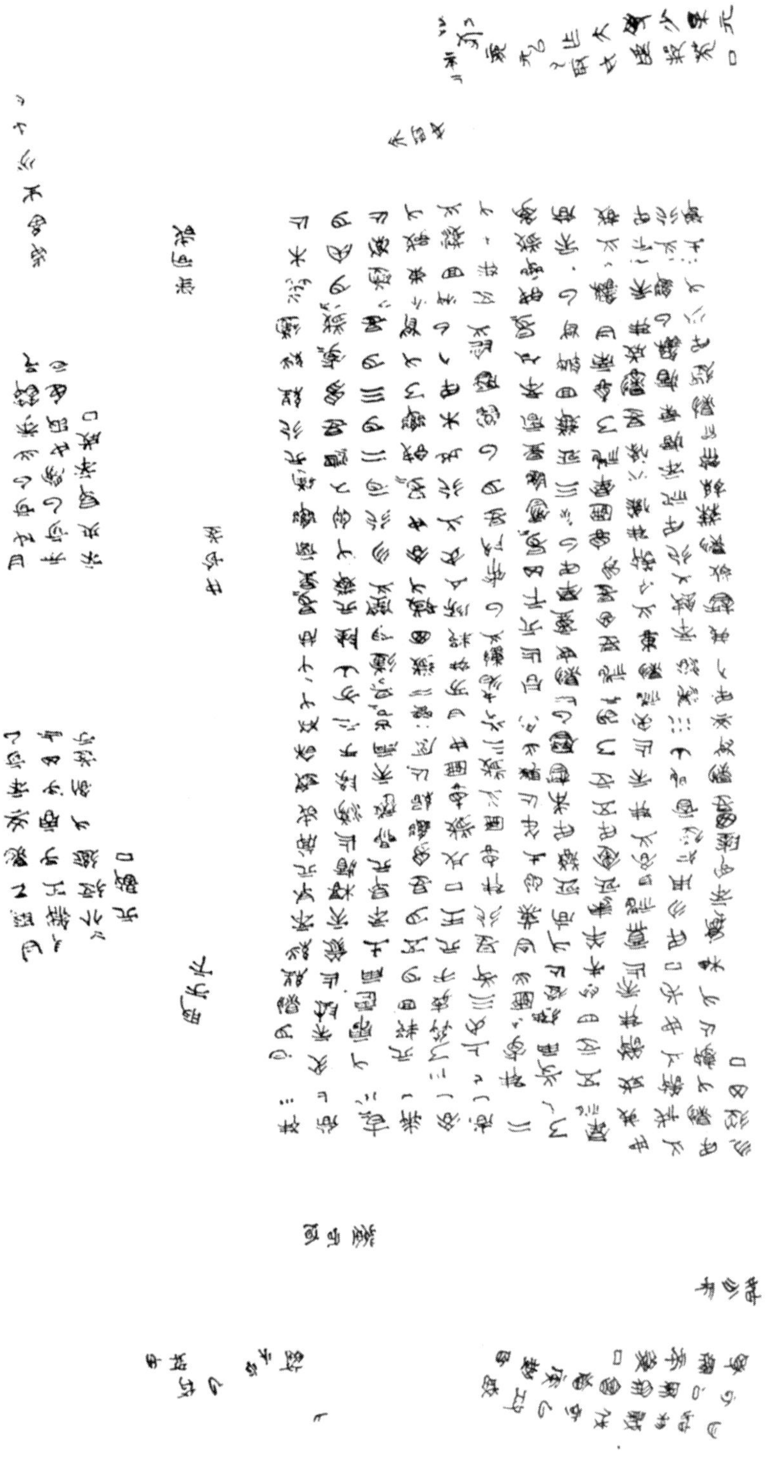

饒宗頤之楚帛書摹本（二）

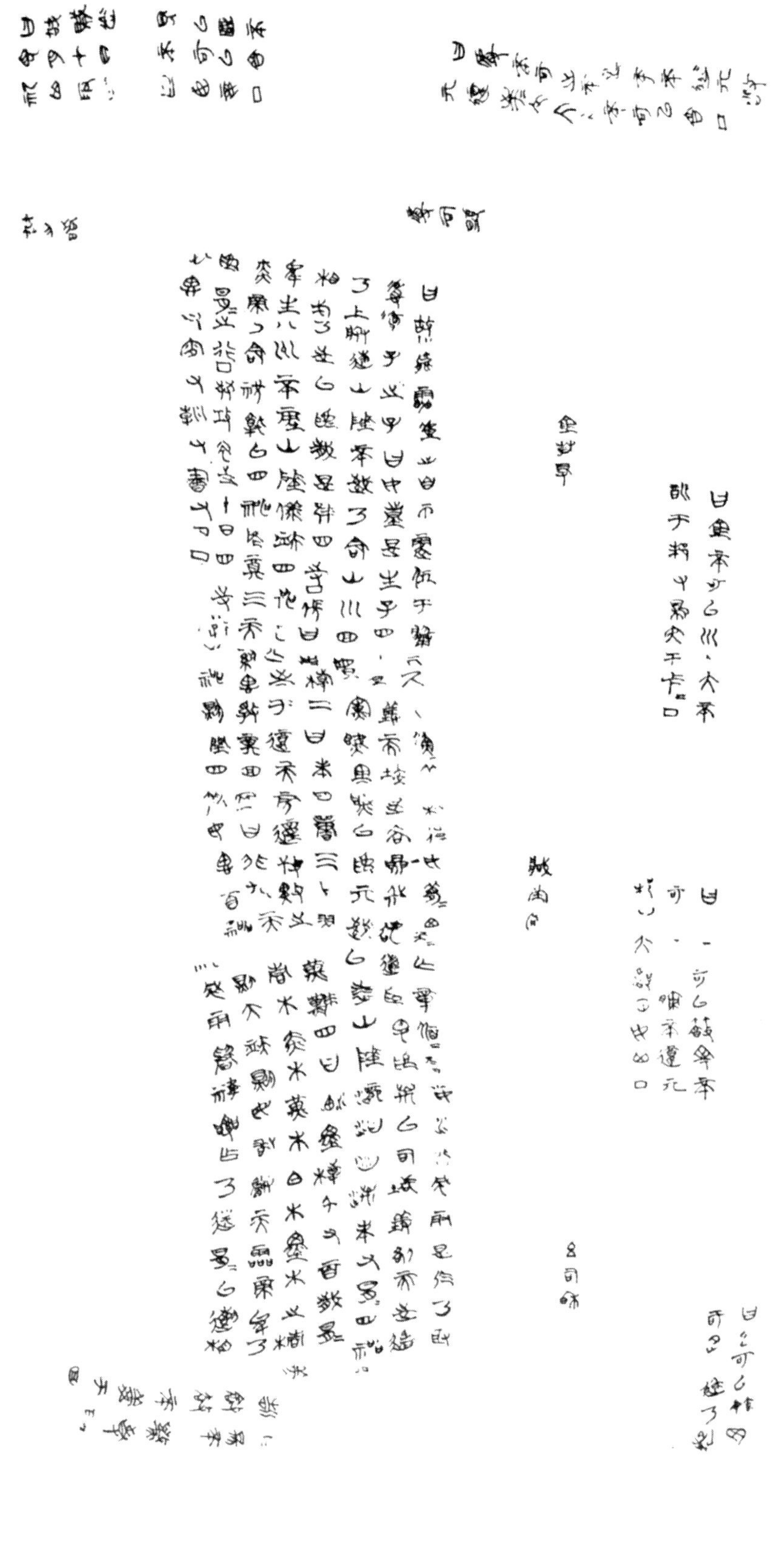

按：行款表中之文字，乃就《楚帛書》文字直接隸定。

〈四時篇〉行款表

	一	二	三	四	五	六	七	八
01	曰	歔	乃	相	癹	炎	爲	土
02	故	□	卡₂	戈	生	帝	昌₂	思
03	▨	子	朕	乃	九	乃	之	又
04	罷	之	逾	步	州	命	行	宵
05	霝	子	山	呂	不	祝	共	又
06	虐	曰	陵	爲	坪	蟲	攻	朝
07	出	女	不	戠	山	呂	夸	又
08	自	黿	斌	是	陵	四	步	晝
09	□	是	乃	隹	備	神	十	又
10	霝	生	命	四	峡	降	日	夕
11	尻	子	山	寺	四	奠	四	一
12	于	四	川	倀	神	三	寺	
13	爵	▨	四	曰	乃	累	▨	
14	▨	是	晉	青	乍	天	□	
15	坓	襄	▨	榦	至	思	神	
16	□	而	寴	二	于	敫	則	
17	魚₂	戋	熙	曰	復	奠	閏	
18	▨	是	害	未	天	四	四	
19	▨	各	熙	曧	旁	亟	▨	
20	▨	曑	呂	三	遉	曰	母	
21	女	柴	爲	曰	玫	非	思	
22	夢₂	啻	亓	翏	斁	九	百	
23	墨₂	逃	斌	黃	之	天	神	
24	亡	爲	呂	難	青	則	風	
25	章	禹	涉	四	木	大	雨	
26	弜₂	▨	山	曰	赤	峡	晨	
27	▨		陵		木	則	禕	

⿱吅召	母	黃	淋	瀧	萬	每	28
乍	敢	木	墨	泪	㠯	水	29
乃	曦	白	榑	凶	司	▨	30
逆	天	木	千	瀳	堵	風	31
𣌭二	霝	墨	又	未	襄	雨	32
㠯	帝	木	百	又	咎	是	33
逦	夋	之	散	𣌭二	而	於	34
相	乃	精	𣌭二	四	步	乃	35
				神	起	取	36

〈天象篇〉行款表

十三	十二	十一	十	九	八	七	六	五	四	三	二	一	
勿	民	之	母	群	乃	二	尚	昏	奉	昏	尚	隹	01
從	則	祀	弗	神	□	□	□	□	□	□	□	□	02
凶	又	敬	五	寺	寺	隹	□	□	□	□	□	□	03
□	毃	之	正	雨	孛	上	乃	爪	又	实	又	□	04
亡	母	佳	興	進	憙	实	实	邦	天	電	天	月	05
又	戈	天	失	退	匿	三	兵	四	電	霆	墜	則	06
相	□	乍	羊	亡	出	寺	于	月	雨	雨	乍	經	07
臺	勿	福	建	尚	自	上	元	五	土	土	羕	絀	08
不	民	神	坙	坙	黃	是	王	月	不	不	天	不	09
見	用	則	襄	恭	开	行	一	凡	梧	得	梧	得	10
陵	起	各	恭	土	土	佳	凡	散	亓	丌	亓	亓	11
西	起	之	民	民	身	惠	散	馽	乍	參	乍	赏	12
是	百	佳	五	未	馽	之	絽	職	濾	職	濾	春	13
則	神	天	正	智	出	亡	匿	天	降	天	降	夏	14
鼠	山	乍	乃	曆	呂	三	女	尿	于	尿	于	昧	15
至	川	实	明	呂	□	寺	□	□	亓	□	亓	冬	16
民	灙	神	亓	為	同	□	日	望	□	望	□	□	17
人	浴	則	神	則	則	同	是	昌	方	是	方	又	18
弗	不	惠	是	母	母	夒	佳	散	遊	遊	𡥀	𡥀	19
智	欽	之	宫	童	亓	之	邦	西	月	月	尚	尚	20
散	□	□	是	群	下	所	凶	嵗	閏	閏	亓	昌	21
則	行	敬	胃	民	民	□	月	又	之	之	雙	星	22
無	民	佳	惠	呂	呂	昏	是	之	昏	昏	又	唇	23
絑	祀	備	群	□	□	是	女	女	女	女	崩	鼄	24
祭	不	天	群	三	三	月	月	行	月	昏	坒	遊	25

祀	恄	像	神	歪	星	呂	卉	既	二	洰	兀	26
則	帝	是	乃	雙	唇	黿	木	躅	月	是	行	27
返	牺	惻	惠	四	不	曆	民	乃	三	胄	緅	28
民	讖	戚	帝	興	同	為	人	又	月	孛	紲	29
少	呂	隹	日	鼠	昌	之	呂	鼠	是	戠	遊	30
又	躅	天	讖	呂	既	正	風	囗	胄	囗	囗	31
囗	囗	囗	□	躅	躅	隹	四	東	遊	月	卉	32
土	之	下	之	天	戠	十	淺	鼷	終	內	木	33
事	行	民	哉	尚	季	又	之	又	亡	月	亡	34

〈宜忌篇〉行款表

※〔　〕中之字原為缺字，但依文例可補入。

一　取于下

曰取乙則至不可吕
⊠殺壬子酉子凶乍
⊠北征衒又咎武⊠
□⊠亓歔一

二　女此武

曰女可吕出帀篡邑
不可吕豪女取臣妾
不夾尋不咸一

三　秉司春

叀畜生分女□⊠一
〔曰〕〔秉〕⊠⊠□□一

四　余取女

〔曰〕〔余〕不可吕乍大事少杲亓
⊠⊠龍亓⊠取女為邦芺一

五　故出晦

曰故戲衒⊠⊠尋吕匿不
見月才昌⊠不可吕啻
祀凶取⊠⊠為臣妾一

六　戲司顕

曰戲不可出帀水帀不起亓攼
亓遝至于亓下⊠不可吕啻一

・179・

七

倉莫得

曰倉不可以川☒大不

訢于邦又梟內于土卜 一

八

臧杢

曰〔臧〕不可以鼜室不

可〔以〕乍不腜不復亓

邦又大亂取女凶 一

可☒

九

玄司睬

曰玄可以筮室☐☐☐

可☒☐遁乃晷☐☐一

十

昜☒義

曰昜不〔可〕以爇事可〔以〕

折敓哉不羛于四〔方〕

十一

姑分長

曰姑利戠伐可以攻成

可以聚眾會者侯型百

十二

荼司各

曰〔荼〕

事謬不羛一

斁不可以攻〔成〕☒☐☐☐☐

附錄三：楚帛書文字釋要

第一節　四時篇

一

曰故（古）▨酓（熊）靁（雹）盧（戲）①，出自□霊②，凥（居）于騅（雕）▨③。乎（厥）□僌（漁，漁）▨▨▨女④，夢‐（夢夢）墨‐（墨墨）⑤，亡章弼（弼弼）⑥，▨每水▨⑦，風雨是於⑧。

注釋：

　　①「曰故」，讀爲曰古。《牆盤》：「曰古文王。」蓋以「曰故」作爲句首語氣詞，其作用如同「嗚呼」。「□酓」，酓原文作字形，巴納德隸定爲「酓」，舊多釋讀爲「熊」。《說文》：「熊，熊獸似豕，山居，冬蟄，从能省聲。」「酓」上字僅存下半三劃，巴納德假爲「天」，饒宗頤釋爲「大」，嚴一萍、唐健垣連下字讀爲「黃」熊（黃熊是伏羲之號），今觀帛書「天」字作 字形，「黃」字作字形與殘劃不類，是以闕疑之。「靁盧」，嚴一萍、金祥恒、唐健垣並釋伏羲，其中嚴說最先出，但沒有提供說明。金祥恒做專文考釋〔註1〕，以爲「雹」，謂上半即《說文》雹字的古文字形，下从勹聲，勹即古包字；下字讀爲戲，雹戲也就是包戲、伏羲（古書異寫甚多，作伏戲、包犧、庖犧等），確爲卓識。

〔註 1〕金祥恆：〈楚繒書「靁盧」解〉，《中國文字》第廿八冊，（臺北：國立臺灣大學中文系，1968 年），頁 1。

②「□霾」，姜亮夫據其下字霾，隸定爲「耑霾」，謂即「顓頊」。上字形殘不可識，闕疑。

③「居」，原文作 𡰪，即「凥」字。《說文》居處之居作凥，蹲踞之踞作居，凥就是居的本字，不可誤爲位。「出自」、「居于」下皆爲地名，無可考。爵□，爵，从雔从孚，故饒宗頤釋作雎。其下字闕疑。

④ 乀，隸定爲乑（厥），作代詞，相當於「其」。《散盤》：「乑（厥）受矢王于豆新宮東廷。」〔註2〕「乑」下一字殘，似爲「田」字的殘劃，「魚」假借作「漁」，其下有重文號，《易‧繫辭下》：「古者庖犧氏之王天下也，……結繩而爲網罟，以佃以漁……。」〔註3〕疑指伏犧教人網罟以畋以漁之事。「魚」下三字皆殘，其中第二字似从木，其讀不詳。

⑤《說文》：「夢，不明也。〔註4〕」《詩‧小雅‧正月》：「視天夢夢。」〔註5〕；《管子‧四稱》：「政令不善，墨墨若夜。」〔註6〕，夢夢墨墨猶茫茫昧昧，昏暗渾沌之意。《淮南子‧俶眞》：「及世之衰也，至伏羲氏，其道昧昧芒芒然。」〔註7〕正與此同。

⑥亡章，饒宗頤釋「章」爲形，「蓋言宇宙初闢，尚未成形」。〔註8〕李零以爲「亡章，殆指無法度」。〔註9〕弼弼，李零謂「弼古通拂，是治的意思」〔註10〕；嚴一萍釋爲「宿」字，「讀爲肅，乃肅敬之義」，可從。故亡章弼弼，言宇宙初

〔註2〕 嚴一萍：《金文總集》（八），（臺北：藝文印書館，1983年），頁3712。

〔註3〕 （魏）王弼、韓康伯注、（唐）孔穎達等正義：《周易正義》，（臺北：藝文印書館，1993年9月，影印清嘉慶二十一年阮元重刊宋版十三經注疏本），頁166。

〔註4〕 （漢）許慎撰、（清）段玉裁注：《說文解字注》，（臺北：黎明文化事業股份有限公司，1991年），頁484。

〔註5〕 （漢）毛亨傳、鄭玄箋、（唐）孔穎達等正義：《毛詩正義》，（臺北：藝文印書館，1993年9月，影印清嘉慶二十一年阮元重刊宋版十三經注疏本），頁398。

〔註6〕 《管子》，《四部叢刊‧子部》上海涵芬樓借常熟瞿氏鐵琴銅劍樓藏宋刊本，（臺北：商務印書館，1979年），總頁170。

〔註7〕 《淮南子》，《四部叢刊‧子部》據上海涵芬樓印劉泖生影寫北宋本刊，（臺北：商務印書館，1979年），頁14～15。

〔註8〕 饒宗頤、曾憲通：《楚帛書》，（香港：中華書局，1985年9月），頁11。

〔註9〕 李零：《長沙子彈庫戰國楚帛研究》，（北京：中華書局，1985年7月），頁65。

〔註10〕 李零：《長沙子彈庫戰國楚帛研究》，頁65。

始時天地混沌晦暗而蕭寂之狀。

　　⑦每字上形稍殘，《說文》：「每，草盛上出也。」段注：「《左傳》輿人誦曰：
『原田每每。』杜注：『晉君美盛，若原田之艸每每然……。』按：每是草盛，
引申爲凡盛，如品庶每生，貪也；每懷，懷私也，皆盛意。」〔註11〕此句雖字
殘，然可推知言水災之盛。

　　⑧饒宗頤讀「於」爲「呼」〔註12〕；李零釋爲「以」〔註13〕；高明讀「於」
爲「越」，《書・盤庚》：「越其罔有黍稷。」孔〈傳〉：「越，於也。」《左傳・昭
公四年》：「風不越而殺。」杜〈注〉：「越，散也。」則「風雨是於」謂「風雨
激揚散發」，〔註14〕高說可從。

釋義：

　　遠古之□能伏羲，出自顓頊，居住在脽□。伏羲以漁獵爲生，當時宇宙初
始，天地混沌晦暗而蕭寂，且有洪水氾濫成災、風雨疾揚狂作。

乃取（娶）1〔註15〕敫遲□子之子，曰女壴（媧）①。是生子四，◨是襄，而嗛
（踐）是各（格）②，曑（參）桃（化）虗（唬）逃（兆）③，爲禹爲萬，已
（以）司堵襄（壤）④。

注釋：

　　①言女壴氏所出。敫，從虍得聲；虍，從且得聲，知敫、且可假借，〈宜
忌篇〉六月月名同此。遲，字形殘斷，考《包山楚簡 250》簡有「敫遲其尸而
桓之」〔註16〕句，與帛書此處相合。「遲」字楚簡習見，然難斷言爲何字。敫遲，
當爲女媧考妣之名，或爲女媧之族姓。女壴（壴），嚴一萍釋女皇，謂即女媧。
按：女媧，《藝文類聚》卷十一、《初學記》卷九引《帝王世紀》說是「一曰女

〔註11〕（漢）許慎撰、（清）段玉裁注：《說文解字注》，頁 22。

〔註12〕饒宗頤、曾憲通：《楚帛書》，頁 12。

〔註13〕李零：《長沙子彈庫戰國楚帛研究》，頁 65。

〔註14〕高明：〈楚繒書研究〉，《古文字研究》第十二輯，（北京：中華書局，1985 年 12 月），
　　　　頁 397～406。

〔註15〕此數字「1」位於文字右下方，表示以上文字爲〈四時篇〉第一行；有別於文字右
　　　　上方的表註腳的數字。

〔註16〕湖北省荊沙鐵路考古隊：《包山楚墓》（下），（北京：文物出版社，1991 年 10 月），
　　　　圖版 184。

希，是爲女皇」。嚴說女壴即女媧，從內容看是可信的，然壴（臺）字在文字學上應如何分析，仍待商榷。

②當指生子四人。此四子也就是下文的「四神」。襄，作動詞用，蓋下句之「各」字作動詞，相對。此有「襄理」之義。「而㥛是各」，而，嚴一萍謂：「諸家皆釋天，誤。此爲而字。」〔註17〕按：此字與天字字形相類，實而有別。帛書「而」（示）字下部向內收束，且末二筆與上不相接，「天」（天）字則不然。㥛，㥛字右半兩字的上一戈字殘，此從巴納德釋，這裡讀爲踐，作覆行解。格，格致。按：「各」讀爲「格」，《詩經·小雅·楚茨》：「神保是各。」

③「夢」與曾侯乙墓衣箱二十八宿，參即作「夢」。「柴」當爲化字，加「示」旁表與天地神祇祭祀有關。參化，參天地造化。虖（唬），商承祚、陳邦懷、饒宗頤釋瀘〔註18〕，然形與「弓」（包山楚簡163）近似，故作隸定作「唬」，通「乎」。作介詞用，相當於「于」。「逃」，與「逃」（包山楚簡167）形同，假借爲兆。

④禹，字殘，陳邦懷釋爲「禹」，即夏禹。萬，商承祚、陳邦懷讀爲「卨」，即商契（契字本作卨），其形不似。考《楚帛書》之（漢）（〈天象〉：11－17）之右半部與〈命瓜君壺〉之萬（）同，文中與「禹」對舉，亦爲人名，疑亦擅治水。「司堵襄」，堵，垣也。襄，通壤。司堵壤與平水土有關。

釋義：

伏羲娶□子的女兒女媧並生育四子。佐治□□，以盡力履行。於其職掌之界域內，參天地之造化。如同禹、萬一樣，使守其職責分界，以掌管平治水土之事。

> 咎（晷）而步起①2。乃卡（上下）朕（騰）迺（傳）②，山陵不斌（延、疏）③。

注釋：

①饒宗頤謂咎疑讀爲晷，並引《釋名·釋天》：「晷，規也，如規畫也。」《尚書大傳·洪範五行傳》：「帝令大禹步于上帝。」鄭注：「步，推也。」此指

〔註17〕嚴一萍：〈楚繒書新考〉〔中〕，《中國文字》第二十七冊，（臺北：藝文印書館，1968年），頁5。

〔註18〕饒宗頤、曾憲通：《楚帛書》，頁14。

推步。〔註19〕饒說可從。「步」下一字從辵，不清，可能是「適、造」一類意思。

②上下，「上」字下面的一橫，底下還有殘劃，巴納德補爲「上下」二字合文（可參〈宜忌〉7：2－8），甚確。這裡「上下」指天地。朕遄，陳邦懷讀爲「騰傳」。遄，稍殘，與〈四時〉：7・34 爲同一字，爲即「傳」字，可從。今據上文「上下」，此處「傳」釋「轉」爲是。

③斌，饒宗頤初釋「斌」，後釋「殷」。斌，從武與從疋同（古音皆魚部），饒宗頤（1968）讀爲斌即疏，甚確。《國語・周語下》：「疏爲川谷，以導其氣。」韋昭注：「疏，通也。」古人認爲「國必依山川」，川原塞，國必亡（見《周語上》），「川，氣之導也，澤，水之鍾也。」（《周語下》）「山陵不斌」，所以要開通川谷，以通其氣。

釋義：

規測日月星辰運行以推步，天上之神祇升騰，地表之山川就位運轉。山陵間之氣，固塞不能疏通宣洩。

> 乃命山川四晦（海）①，☐寅（熏、熱）炁（氣）倉（滄）炁（氣）②，已爲亓（其）斌（斌、疏），㠯涉山陵③，瀧汩凼（洦）漭（漫），未又（有）冃（日月）④。

注釋：

①晦，饒宗頤讀爲「海」〔註20〕，《書・考靈曜》：「海之言昏晦無所睹也。」《釋名・釋水》、《廣雅・釋水》並云：「海，晦也。」，此字從母從日，應即「晦」之別體，故嚴一萍以爲此假借晦爲海。〔註21〕商承祚以「四海」猶「四方」也，《說文》云：「凡地大物博者皆得謂之海。」〔註22〕

②炁，氣也，形與𣱾（《汗簡》）〔註23〕同，《說文》：「氣，米氣或從既。」氣後世別體作炁，即從旡省。饒宗頤（1958）最先釋出此字爲「氣」，此從之。「𤑆」，隸爲「寅」，饒宗頤謂下從屮從炅，「炅」即「熱」。又引《馬王堆漢

〔註19〕饒宗頤、曾憲通：《楚帛書》，頁16。

〔註20〕饒宗頤、曾憲通：《楚帛書》，頁17。

〔註21〕嚴一萍：〈楚繒書新考〉〔中〕，頁6。

〔註22〕見段玉裁「海」字下注，（漢）許慎撰、段玉裁注：《説文解字・注》，頁550。

〔註23〕《汗簡》卷四，頁32。

墓帛書》《老子》「熱」又作「炅」，乃是「炗」之省形，如〈德經〉「靜勝炅」即「靜勝熱」，〈道經〉「或炅或吹」，乙本「炅」作「熱」。熱之異文作「炅」，熾之古文作「㷉」，熱、熾二字古本互訓故也。小篆「熏」字从十从黑，此則从屮从炅會意。當爲「熏」之異構。饒氏引《白虎通・禮樂》釋「壎」云：「壎之爲言熏也，陽氣於黃泉之下，熏然而明。」故熏氣指陽氣〔註24〕，可從。倉（𩁿），李零原釋「害」，後釋「寒」，文意與熱氣相對，字形分析則牽強。周鳳五釋「倉」〔註25〕，《說文》：「倉，穀藏也。」〔註26〕，與帛書文意不合。但《說文》水部另有「滄」字，《說文》：「滄，寒也。」〔註27〕段注引《周書・周祝》：「天地之間有滄熱。」與《列子・湯問》：「一兒曰：日初出，滄滄涼涼。」爲證，可謂確鑿可信。另「冫」部有「凔」字，亦作「寒」字解。倉氣指陰氣。

③亓（其），楚帛書「其」字，皆作此形，蓋省其形符，僅存聲符，頂一橫畫，係繁飾。此作語氣詞用。斌（延），形殘，猶可識。涉，作「入」解，《漢書・高帝紀贊》：「涉魏而東遂，爲豐公。」晉灼曰：「涉，猶入也。」〔註28〕

④瀧，《說文》：「瀧，雨瀧瀧也。」《廣韻・江部》：「瀧，南人名湍。」汨，商承祚、陳邦懷釋「洦」，嚴一萍釋「㳡」，李零釋「泔」，饒宗頤（1968）、巴納德釋「汨」，饒說是也。凼，从凵从水。凵即坎陷，字象凵中積水之形，「淊」殆其後起字。澫，澫，讀與〈天象〉：11－17 澫字同，饒氏釋作「漫」〔註29〕，爲水廣大兒。

釋義：

於是派遣四方山川之神，藉陽氣陰氣，使山陵間之滯氣疏通。此時日月尚未產生，大雨急下，凵中積水，水勢甚爲廣大。

四神₃相戈（代）①，乃步吕爲散（歲）。是隹（惟）四寺（時）②。▭

〔註24〕饒宗頤、曾憲通：《楚帛書》，頁18。

〔註25〕周鳳五：〈子彈庫帛書「熱氣倉氣」說〉，《中國文字》新廿三期，（臺北：藝文印書館，1997年12月），頁237～240。

〔註26〕（漢）許慎撰、（清）段玉裁注：《說文解字注》，頁226。

〔註27〕（漢）許慎撰、（清）段玉裁注：《說文解字注》，頁568。

〔註28〕《漢書》，《四部備要・史部》卷一下，（臺北：中華書局，武英殿校刊本），頁20。

〔註29〕饒宗頤、曾憲通：《楚帛書》，頁19。

注釋：

　　①戈字橫筆右端有一彎，寫法與楚簡習見之戈字同。李家浩《戰國邙布考》[註30]認爲此字也是用爲「弋」字，讀爲「代」，其說可從。「乃步以爲歲」，歲字从步戊聲，或即出於此義。

　　②是惟爲同義複詞，均作繫詞用，訓作「是」。□，爲塡實之紅色長方框，作爲分段標號用，用以結束上文。採紅色蓋爲避色與正文混淆。

釋義：

　　四神交相代替，於是推步爲一歲，即春、夏、秋、冬四時。

二

> 偒（長）曰青檊（榦）①，二曰朱四（單）②，三曰翏黃難（難）③，四曰澉
> （汹、細）墨檊（榦）④。

　　按：帛書邊文四隅有四木圖形，亦即四神所立四方四時標誌，與顏色配方位有關。此四木即四神所立之四根擎天柱。在帛書布圖中，四木的作用與古代出土占盤上的四維相同（四獸鏡其中的四瓣花也是起同一作用）。《馬王堆帛書·十六經·果童》：「夫天有榦，地有恒常。」、[註31]〈行守〉：「天有恒榦，地有恒常。」[註32]，四木也就是四天榦。

注釋：

　　①偒同長，形與「𠂤」（包山楚簡 163）同。李零謂「長曰」猶言「一曰」。[註33] 青榦，「青」字僅存上半殘劃，李零疑上奪一字，李學勤謂「青」後當帛書斷裂處，裝裱時殘去一字，可備一說。榦，林巳奈夫（1965）隸定作「楇」，近是。按此字原文从木从𦙶，𦙶即《說文》隸定爲倝者，形與戰國文字𦙶（用爲韓字）、𦙶（包山楚簡 75）同，但帛書此字既从木从倝，則實際上就是榦字，榦字別體作幹，即由此字右旁演化。《說文》：「榦，築墻耑木也。从木倝聲。」

〔註30〕李家浩：《戰國邙布考》，《古文字研究》第三輯，（北京：中華書局，1980 年 11 月），頁 161。

〔註31〕馬王堆漢墓帛書整理小組：《馬王堆漢墓帛書》（壹），（北京：文物出版社，1983 年），頁 66。

〔註32〕馬王堆漢墓帛書整理小組：《馬王堆漢墓帛書》（壹），頁 78。

〔註33〕李零：《長沙子彈庫戰國楚帛研究》，頁 69。

朱駿聲《說文通訓定聲》:「按植于兩邊者曰榦,植于兩耑者曰楨。」《書·費誓》:「峙乃楨榦」,中山王圓壺銘「惟邦之榦」(參《詩·大雅·文王》「惟邦之楨」)。青榦,即帛書右上角之青木,代表東方和春天,下領一至三月。

②未四嘼,未,形與上文「未」(〈四時〉:3-32)字同,以顏色配方位言,相應爲朱色。考之楚簡之「朱」(米,包山楚簡 94 邾字偏旁)、「未」(米,包山楚簡 192)二字,仍有分別,唯甚近似,此應爲朱字之誤。朱四嘼,李零謂「」金文有兩種寫法,種作𤟥,一種作𤠿,這裡是用後一寫法。楚王酓歬鼎和酓忢鼎「戰」字所從嘼即用此,又《古文四聲韻》的嘼字和禪字所從的嘼,亦用爲嘼。〔註 34〕這裡亦當讀嘼,巴納德讀嘼,可從。朱四嘼,即朱櫟檀,乃帛書右下角之赤木,代表南方和夏天,下領四至六月。

③翏,字下半殘,李零謂:「經目驗帛書,確是『翏』字。」〔註 35〕應屬可信,茲據以隸定。難,左半从黃,黃與堇相淆發生甚早〔註 36〕,這裡仍釋爲難。「翏黃難」當是白木。帛書左下角白木代表西方和秋天,下領七至九月。

④沝墨榦,即帛書左上角黑木,代表北方和冬天,下領十至十二月。按:以上四樹爲〈宜忌篇〉四隅所繪四木之名,其中東北角之青木爲春之神樹,東南角之赤木爲夏之神樹,西南角之白木爲秋之神樹(樹葉用雙鉤繪成),西北角之墨木爲冬之神樹。沝,左側稍殘,細觀可識爲「水」部。「沝」,字書未見,从二水从囟,可省其重複爲沝,一如流字之籀文作𣹭,小篆作流〔註 37〕,即省其右側之水旁。《說文·段注》:「沝,細古今字。」〔註 38〕可知沝即細字。

釋義:

第一的稱爲青榦,第二的稱爲朱四嘼(朱櫟檀),第三的稱爲翏黃難,第四的稱爲沝墨榦。

> 千又(有)百歲(歲),日月二(日月)₄戔(允)生①,九州不坪(平)②,山陵備峟(血、洫)③。

〔註 34〕 李零:《長沙子彈庫戰國楚帛研究》,頁 70。

〔註 35〕 李零:〈楚帛書目驗記〉,(北京:《文物天地》,1991 年第 6 期),頁 29~30。

〔註 36〕 唐蘭:《殷虛文字記》,64 頁

〔註 37〕 (漢)許愼撰、(清)段玉裁注:《說文解字注》,頁 573。

〔註 38〕 (漢)許愼撰、(清)段玉裁注:《說文解字注》,頁 538。

注釋：

①日月二字合文。夋，嚴一萍以爲即下文「帝夋」，饒宗頤謂夋可讀爲允，此謂日月由夋而生。

②坪，嚴一萍釋爲平字〔註39〕，這個字釋爲平已爲許多出土材料所證實。〔註40〕舊釋墢（商承祚、陳邦懷、何琳儀）、重（饒宗頤）皆值得商榷。

③㥥（備），形與〈天象〉：10－24同，或釋爲「儀」、「漾」。㓒（峽），從血從矢，矢是聲旁，其形與金文㣇（矢王鼎蓋）、㣇（矢戈）類，何琳儀以仄之籀文作庆，證人、矢可通，謂「峽」爲「血」之異文。《莊子·齊物論》：「以言其老洫也。」可知血或作洫。〔註41〕可從。洫作敗壞解。

釋義：

過了一千一百年，帝夋生日月，時九州不平，山岳丘陵盡皆崩壞。

> 四神乃乍（作）①，至于遊（覆），天旁潼（動），攷（扞）斁之青木、赤木、黃木、白木、墨木之精（精）5。

注釋：

①「四神」其下二字微損，李零釋「四神乃乍（作）」〔註42〕，疑是，暫從。這裡的「四神」就是上述四子。按：我國古代神話，現存天崩地裂的材料只有《淮南子·天文訓》等書所記共工怒觸不周山的故事，說「天柱折，地維絕，天傾西北，故日月星辰移焉，地不滿東南，故水潦塵埃歸焉。」其所描述的情景與帛書是類似的，但帛書沒有將天傾地側歸之共工，下文所說立極安天的也不是女媧，而是伏羲、女媧所生之四子。〔註43〕

②「至于覆」，遊，從辵复聲，形與🔲（包山楚簡163）同，饒宗頤據《望山簡》謂讀爲復。此則宜讀爲覆。〔註44〕于覆，于猶以也，覆是天覆地載之覆，指立四極以承天覆。「天旁潼」，《周髀算經》卷下：「天之中央亦高四旁六萬里。」

〔註39〕嚴一萍引平安鼎、古璽「文平君」、平夜君鼎力證其爲「平」字。嚴一萍：〈楚繒書新考〉〔中〕，頁6。

〔註40〕參看裘錫圭：〈談談隨縣曾侯乙墓的文字資料〉，（北京：《文物》1979年9期），頁31。

〔註41〕何琳儀：〈長沙帛書通釋〉，（武漢：《江湖考古》第19期，1986年第2期），頁81。

〔註42〕李零：《長沙子彈庫戰國楚帛研究》，頁69。

〔註43〕李零：《長沙子彈庫戰國楚帛研究》，頁70～71。

〔註44〕饒宗頤、曾憲通：《楚帛書》，頁26。

注：「四旁猶四極也。」故天旁可釋爲天極，指天體言。潼，从辵童聲，假借爲「動」，《晉書・天文志》：「天旁轉如推磨而左行，日月右行，隨天左轉，故日月實東行，而天牽之以西沒。」〔註45〕此解作「運轉」。

③「攼數」，古文字从攴與从手相通。〔註46〕攼，从攴干聲，《毛公鼎》：「攼（扞）敔（御）王身」，可隸定爲「扞」。數，原字作「𢼲」，嚴一萍引吳大澂釋《毛公鼎》之「𤇒」爲「數」，是也。「青木、赤木、黃木、白木、墨木之精」，精，諸家均隸定爲「精」，是也。《莊子・在宥》：「吾欲取天地之精，以佐五穀，以養民人。」〔註47〕是以精作「靈氣」解。五木，即承天的五根柱子，其中黃木不見於帛書附圖。

釋義：

四神於是興起，以四極承天覆而運轉，並衛護已衰敗之青木、赤木、黃木、白木、墨木之靈氣，（使天體得以運行不輟）。

> 炎帝乃命祝蟲（融）①，呂（以）四神降，奠三天，𥣯思敦（拊），奠四亟（極）②。

注釋：

①蟲，嚴一萍隸作融〔註48〕，是也。《左傳》昭公十七年郯子說五紀之帝，以炎帝爲火師，昭公二十九年蔡墨說五工正，《禮記・月令》和《呂氏春秋》更以炎帝爲代表南方和夏季的帝，以祝融爲代表南方和夏季的神，將二者相配。《山海經・海內經》以祝融爲炎帝之後，並稱祝融生共工，而芈姓的楚人據《國語・鄭語》記史伯之言是所謂「祝融八姓」之一。這都說明帛書所記炎帝、祝融以及下文的共工等人也是反映楚人的傳說系統。〔註49〕此言祝融爲炎帝之臣屬。

②「奠三天」，奠，《尚書・禹貢》：「奠高山大川。」〈傳〉：「奠，定也。」

〔註45〕唐太宗：《晉書》，《四庫備要》據武英殿本校刊，（臺北：中華書局，1988年）。

〔註46〕古文字从攴與从手相通，如：「播」，金文作𢾸（師旂鼎）、𢺵（散盤）；「扶」作𢻑（扶鼎），均从「攴」。

〔註47〕郭象注：《南華眞經》卷四，《四部叢刊・子部》據上海涵芬樓藏明世德本刊，（臺北：商務印書館，1979年），頁83。

〔註48〕嚴一萍：〈楚繒書新考〉〔中〕，頁12。

〔註49〕李零：《長沙子彈庫戰國楚帛研究》，頁71。

〔註50〕三天，疑指日、月、星三辰。天傾則日、月、星辰移。故須安定之。「眾思敓」，與「四神降」互文，眾思思應爲名詞。敓，可作「捋」〔註51〕，應爲動詞，其義不詳。「奠四極」，四亟，亟字殘，嚴一萍引李棪齋之文隸定爲「亟」〔註52〕，可從。「四極」迄今無定說，此篇內容皆有關四時日月之生成，故四極亦當與天體有關。

釋義：

炎帝命祝融遣四神降於人間，安定日月星辰，建立四極以承天覆。

> 曰：非九天則大峡（血、洫）①，則母（毋）敢戠（蔑）天霝（靈）②。帝夋乃₆爲胄（日月）之行③。▭

注釋：

①違逆九天則有重大敗亡之事發生，即上文之「九州不平，山陵備洫」之事。九天，典籍多見，如《楚辭‧天問》：「九天之際，安放安屬？」注：「九天，東方皞天、東南方陽天、南方赤天、西南方朱天、西方成天、西北方幽天、北方亥天、東北方變天、中央鈞天。」〔註53〕蓋地有九州，天有九天。九天實爲楚人之慣語。

②母、毋可假借。《中山王鼎》：「母（毋）忘爾邦。」〔註54〕敢，形稍殘，原字作𢤁。蔑，原字字書未見。饒宗頤以爲省之繁形〔註55〕，俗作「膜」，即今之蔑字。天霝，讀爲天靈，指天神。

③帝夋，《山海經‧大荒南經》：「東南海之外，甘水之間，有羲和之國。有女子名曰羲和，方日浴于甘淵。羲和者，帝俊之妻，生十日。」〔註56〕又《山海經‧大荒西經》：「有女子方浴月。帝俊妻常羲，生月十有二，此始浴之。」

〔註50〕舊題（漢）孔安國傳、（唐）孔穎達等正義：《尚書正義》，（臺北：藝文印書館，1993 年 9 月，影印清嘉慶二十一年阮元重刊宋版十三經注疏本），頁 77

〔註51〕古文字从夂與从手相通，理由參見註 42。

〔註52〕嚴一萍：〈楚繒書新考〉〔中〕，頁 13。

〔註53〕《楚辭》，《四部叢刊‧集部》卷三，（上海：涵芬樓借江南圖書館藏明繙宋刊本），頁 48。

〔註54〕嚴一萍：《金文總集》（九），頁 723。

〔註55〕饒宗頤、曾憲通：《楚帛書》，頁 30。

〔註56〕袁珂：《山海經校注》，（上海：上海古籍出版社，1980 年），頁 381。

〔註57〕有帝俊之妻羲和生十日、十二月的傳說，《史記・五帝本紀》「帝嚳高辛者」條，〈索隱〉引皇甫謐云：「帝嚳名夋也。」〔註58〕此言：帝夋於是使日月依其常軌運行。

釋義：

違逆九天則有重大敗亡之事發生，因此不敢蔑視天神。帝夋於是使日月依其常軌運行。

三

> 共攻（工）夸步①，十日四寺（時）②，☒□神則閏，四☒母（毋）思③，百神風雨，晨（晨）禕𩕳（亂）乍（作）④。

注釋：

①「共工夸步」，嚴一萍謂：「共，古璽作 𢀜，《說文》古作 𢀠，蓋已譌變。」共攻，即共工，攻與工通假。《山海經・海內經》：「炎帝之妻，赤水之子聽訞生炎居，炎居生節並，節並生戲器，戲器生祝融，祝融降處于江水，生共工，共工生術器，術器首方顛，是復土穰，以處江水，共工生后土，后土生噎鳴，噎鳴生歲十有二。」〔註59〕夸，左形稍殘，《廣雅・釋詁》：「夸，大也。」〔註60〕「夸步」，為推步之意。

②饒宗頤云：「此處十日以指自甲至癸十干。」〔註61〕十日即十干所本。四時，疑指下文之「宵」、「朝」、「晝」、「夕」，較不可能是指「是隹四時」之春、夏、秋、冬四時。〔註62〕按：十日神話為我國古代重要神話之一。此一傳說有二：其一為「十日迭出」說，謂十日居暘谷扶桑木上，輪番出沒；其二為「十日並出」說，謂堯之時，十日並出，民不堪其熱，於是而有羿出，射其九日而

〔註57〕袁珂：《山海經校注》，頁404。

〔註58〕（日）瀧川龜太郎：《史記會注考證》，（臺北：洪氏出版社，1986年，影印日本原刊本），頁27。

〔註59〕袁珂：《山海經校注》，頁471。

〔註60〕王念孫：《廣雅疏證》卷一上，（北京：中華書局，1983年），頁6。

〔註61〕饒宗頤、曾憲通：《楚帛書》，頁33。

〔註62〕參荀悅《申鑒》：「天子有四時，朝以聽政，晝以訪問，夕以修令，夜以安身」，《淮南子・天文訓》：「禹以為朝、晝、昏、夜。」

餘其一日，後說即由前說演化。〔註63〕這裡大約是說共工推步十日四時。

③「☒☐神則閏」以下，上下有缺文，各家斷句不一，今暫從饒說爲釋。「☒☐神則閏」，《說文》：「餘分之月，五歲再閏也。」〔註64〕又《尙書‧堯典》：「帝曰：『咨汝羲曁和，期三百有六旬有六日，以閏月定四時成歲。』」〔註65〕故此句謂某神爲之置閏。「四☒毋思」，句意不彰，闕疑，饒宗頤謂時思叶韻，宜於思字斷句〔註66〕，可從。

④「百神風雨」，「神」字斷裂爲二，合而視之，爲神字無疑。「晨禕亂作」，晨，隸作晨，假借爲辰。禕，饒氏謂禕可讀爲違。〔註67〕亂作，指混亂發生。此句謂星辰天體逆亂，（自然之序失次之象履現）。

釋義：

共工推步，制定十干及四時，☒☐神爲之置閏，四☒毋思，然百神使風雨狂作，星辰天體逆亂，自然之序失次之象履現

> 乃逆（？）⺼-（日月），㠯（以）遄（傳）相 7 土思①，又（有）宵又（有）朝，又（有）晝又（有）夕 8②。☐

注釋：

①
（逆），字形略殘，從饒宗頤釋。逆者，迎也。《史記‧五帝本紀》：「曆日月而迎送之，明鬼神而敬事之。」又「迎日推筴」。「以傳相土思」，傳，訓解與「乃上下朕（騰）遄（傳）」同，這裡讀爲轉。「相」後一字，李零謂：「原不清，現可見是一『土』字。」〔註68〕相土，爲商代司曆數者，《詩‧商頌‧長發》：「相土烈烈，海外有截。」毛〈傳〉：「相土，契孫也。」〔註69〕《漢書‧五行志》：「相土，商祖契之曾孫，代閼伯後主火星。」《左傳‧襄公九年》：「陶唐氏之火正閼伯，居商丘，祀大火，而火紀時焉。相土因之，故商主大火。商

〔註63〕 參管東貴：《中國古代十日神話之研究》，（《歷史語言研究所集刊》三十三本）。

〔註64〕 （漢）許愼撰、（清）段玉裁注：《說文解字注》，頁9。

〔註65〕 （漢）孔安國傳、（唐）孔穎達正義、（清）阮元校勘《十三經註疏‧尚書正義》，頁21。

〔註66〕 饒宗頤、曾憲通：《楚帛書》，頁33。

〔註67〕 饒宗頤、曾憲通：《楚帛書》，頁33。

〔註68〕 李零：〈楚帛書目驗記〉，（北京：《文物天地》1991年第6期），頁29—30。

〔註69〕 （漢）毛亨傳、鄭玄箋、（唐）孔穎達等正義：《毛詩正義》，頁801。

人閱其禍敗之釁，必始於火，是以日知其有天道也。」杜預〈注〉：「相土，契孫，商之祖也。始代閼伯之後，居商丘，祀大火。」孔〈疏〉：「案《詩》述后稷云：『即有邰家室。』述契云：『天命玄鳥，降而生商。』即稷封邰而契封商也。若契之居商，即是商丘，則契已居之，不得云相土因閼伯也。若別有商地，則湯之爲商，不是因相土矣。」〔註70〕按：據帛書所云「共工傳曆數於相土」，《左傳》則云「相土承閼伯而火紀時」。此曆數之傳，非土地邦國之傳也。由帛書所紀，知《左傳》相土傳「火紀時」乃信史，且藉此可澄清杜〈注〉、孔〈疏〉之疑案。思，此作句末語氣詞。

②宵，夜也，謂夜半，《書·堯典》：「宵中星虛」；朝，早也；晝，從日不從旦，仍是晝字。「晝」與「宵」相對，指白天日中之時；夕，指傍晚。字殘，嚴一萍、饒宗頤（1968）、巴納德均釋夕，可從。其中「晝」是觀測日影的時間點，「宵」、「朝」、「夕」四者是觀測星相的時間點，均是觀測天體的關鍵時刻。

釋義：

於是因日月之運轉而迎送日月，相土據迎送日月的時間「宵」、「朝」、「晝」、「夕」，建立出時分（分出一天早晚的四個時段）。

字數：全篇凡 258 字，外加合文 4 字，重文 4 字。

第二節　天象篇

一

> 隹（惟）□□☑①月則緹（贏）絀②，不得亓（其）棠（當）③，春夏秋冬，
> □又（有）𡆥尚（常）④。

注釋：

①「惟」下二字缺，第三字殘，筆劃不晰，下爲「月」字，林巳奈夫（1966）、嚴一萍、饒宗頤（1968）釋「日」〔註71〕，巴納德釋「四」。按帛書「日月」皆合

〔註70〕（晉）杜預集解、（唐）孔穎達正義、（清）阮元校勘《十三經註疏·春秋左傳正義》，（臺北：藝文印書館，1993 年），頁 525。

〔註71〕饒宗頤於〈楚繒書疏證〉中釋「日」（見其書頁 11），後又於《楚帛書》中缺釋。見饒宗頤·曾憲通：《楚帛書》，（香港：中華書局，1985 年 9 月），頁 36。

書，釋「日」恐不妥；釋「四」，則《楚帛書》中「四」字有二形〔註72〕，一作 （如〈四時〉：3－13），一作 ，（如〈四時〉：2－13）均與殘形不類，今缺疑。

②「綎紲」，「綎」與「」（包山楚簡218）形同，右半从口土，當爲呈字。《說文》：「綎，緹或从呈。」知「綎」即「緹」，這裡假爲「贏」。「紲」與「詘」通，《說文》：「詘，詰詘也」。如《荀子‧非相》：「與世偃仰，緩急贏紲。」〔註73〕，《國語‧越語下》：「贏紲變化，後將悔之。」，《馬王堆帛書‧稱》：「贏紲變化，後將反㠯（施）。」〔註74〕，「紲」讀爲「縮」。「贏紲」一詞古書多見，是進退伸縮的意思。饒宗頤（1976）讀「綎紲」爲「贏縮」，「贏縮」見于《史記‧天官書》，《史記‧天官書》云：「歲星贏縮，以其舍命國。所在國不可伐，可以罰人。其趨舍而前曰贏，退舍曰縮。贏，其國有兵不復；縮，其國有憂，將亡，國傾敗。」〔註75〕又《漢書‧天文志》：「凡五星早出爲贏，贏爲客；晚出爲縮，縮爲主人。」〔註76〕，故「綎紲」即「盈縮」也，與「贏紲」同義，但紲、縮是同義字不是通假字。

③不得其常，帛書第一行適當一道縱裂痕（此裂痕筆直，當是裝裱後形成），「常」字當中稍殘。林巳奈夫（1966）、嚴一萍、饒宗頤（1967）、唐健垣均隸定作「常」，巴納德隸定作「常」，讀爲「常」（嚴一萍讀爲掌），李零作「裳」。原字當是「裳」字，裳，从示尙聲。帛書「常」，从尙从卄，蓋爲「裳」之譌變。裳，《禽肯鼎》：「以共（供）骰（歲）裳。」〔註77〕，用爲歲嘗之嘗，從饒氏之讀爲當。〔註78〕

④春夏秋冬，「秋」，形與「」（包山楚簡214）同，寫法特殊。古璽文「千

〔註72〕《楚帛書》中四作「」者，見〈四時篇〉：2－13、3－35、4－10、4－26、5－11、6－08、7－11、7－18、〈天象篇〉：9－05；四作「」者，見〈四時篇〉：3－13、6－18、〈天象篇〉：4－06、5－32、8－28。

〔註73〕《荀子》，《四部叢刊‧子部》，（上海：涵芬樓景印古逸叢書本），頁29。

〔註74〕馬王堆漢墓帛書整理小組：《馬王堆漢墓帛書》（壹），（北京：文物出版社，1983年），頁82。

〔註75〕瀧川龜太郎：《史記會注考證》，（臺北：洪氏出版社，1987年），頁465。

〔註76〕《漢書》，《四部備要‧史部》卷二十六，（臺北：中華書局，武英殿校刊本），頁11。

〔註77〕嚴一萍：《金文總集》（二），（藝文印書館，1983年），頁577。

〔註78〕饒宗頤、曾憲通：《楚帛書》，頁38。

秋」，秋作🔲，从禾从炅，楚簡常見之「緧」字，所从秋字有省形作🔲者，此秋字則完全省去「火」。冬，形殘，形與「🔲」（包山楚簡 205）同，寫法略同於《說文》冬字的古文🔲，从夂（古文終）从日。尚，假借為「常」。從文意上看，當於上句之「不得亓（其）當（當）」之「當（當）」同義而抽換詞面。🔲常，大概是「反常」一類意思。饒宗頤謂「尚」字下有重文符「＝」，經筆者觀之，與帛書中其他重文符之長度不類，且此符恰位於「尚」字最右側豎畫的末端，蓋因書者執筆書於帛上時跳筆所致，亦非帛書殘斷之故。

釋義：

月運行失序，進退不得其當，以致春夏秋冬四季又失其常。

昌＝（日月）星唇（辰），𢿱（亂）遊（失）亓（其）行①。緹（贏）絀遊（失）□，卉木亡ᴵ尚（常）②。☑□罙（妖）③。

注釋：

①「日月星唇（辰）」，唇，下形稍殘，然可辨其字从辰从日，與「🔲」（包山楚簡 020）形同。《淮南子‧天文》：「四時者，天之吏也；日月者，天之使也；星辰者，天之期也。」〔註79〕「亂失其行」，「亂」字寫法與《正始石經》古文同。「遊」舊釋「逆」，自郭店楚簡公佈後，據辭例已知其字用為「失」，然字形分析則仍有分歧。日月言亂，星辰言失，言失其常軌也。行，《尚書‧洪範》：「日月之行，則有多有夏。」注：「日月之行，冬夏各有常度。」〔註80〕故「行」猶「常度」。

②「遊」下一字殘，然與下句對舉，所殘之字應與「秩序」之義有關。卉木亡常，卉，右形殘，據文意及殘形知為「卉」字。《詩經‧小雅‧出車》：「春日遲遲，卉木萋萋。」〔註81〕又《說文》：「屮，艸之總名也。」〔註82〕所以卉

〔註79〕《淮南子》，《四部叢刊‧子部》上海涵芬樓印劉泖生影寫北宋刊本，（臺北：商務印書館，1979 年）

〔註80〕（漢）孔安國傳、（唐）孔穎達正義、（清）阮元校勘《十三經註疏‧尚書正義》，（臺北：藝文印書館，2001 年），頁 178。

〔註81〕（漢）毛亨傳、鄭玄箋、（唐）孔穎達正義、（清）阮元校勘《十三經註疏‧毛詩正義》，（臺北：藝文印書館，2001 年），頁 340。

〔註82〕（漢）許慎撰、段玉裁注《說文解字‧注》，（臺北：黎明文化事業股份有限公司，1991 年），頁 45。

也就是艸。《說文》雖別艸（草）、屮（卉）、茻（莽）爲三字，然據早期的文字材料，知此三字本是同源，只是繁簡不同，後來才漸漸分化。《方言》：「卉、莽，草也。東越、揚州之間曰卉，南楚曰莽。」左太沖〈吳都賦〉：「卉木颰蔓」，劉良注：「卉，百草總名，楚人語也。」〔註83〕皆楚用卉爲草之證（東越、揚州亦楚地）。亡尚（常），不依常軌、悖逆也。李學勤謂：「所謂『卉木無常』，指草木非時而生，即後世說的草木之妖。」卉木之生長、發芽、開花、結果本依時令而有常，不依時而長則「無常」矣。

③首字殘泐，下字缺。「宎」，此字經紅外線照相始能辨識，董作賓、嚴一萍〔註84〕釋「灾」，龍宇純〔註85〕、李棪釋「宎」。龍說可採，將此字隸定爲「宎」，讀爲「妖」或「祅」。按「宎」字兩見於《莊子》：一爲〈齊物論〉：「宎者」；一爲〈徐無鬼〉：「未嘗好田而鶉生于宎」，《釋文》：「于宎，字又作窔。」又《楚辭·招魂》：「多有突廈」，王逸注：「突，複室也。」可見「突」與「宎」是同一字，皆假借爲「窔」，此假借「宎」字爲「妖」。妖字除釋爲「災異」之外，古人還另有特定解釋，如《左傳·宣公十五年》：「天反時爲災，地反物爲妖。」〔註86〕《說文》引以釋祅（即妖）字，又《說文》蠥字下引「〈衣服歌謠〉艸木之怪謂之祅，禽獸蟲蝗之怪謂之蠥。」〔註87〕這裡帛書說「卉木亡常，□□宎（妖）」，與〈衣服歌謠〉的說法正相吻合。

釋義：

日月星辰因之贏絀（盈縮）而運行失其常軌，草木生長亦因之失其時序。上述種種天變怪異也就叫作妖。

天隓（地）乍（作）羕（殃）①，天楅（棓）牁（將）乍（作）澞（湯、蕩）②，降于丌（其）方，山陵丌（其）雙（峚）③，又（有）冊（淵）氒（汩），是胃（謂）㣛二（悖悖）④。

〔註83〕 《文選》卷五

〔註84〕 嚴一萍：〈楚繒書新考〉〔上〕，《中國文字》第二十六冊，（臺北：藝文印書館，1968年），頁11。

〔註85〕 龍宇純1967年4月17日致嚴一萍函，轉引自嚴一萍：〈楚繒書新考〉文後語引用。

〔註86〕 （晉）杜預集解、（唐）孔穎達正義、（清）阮元校勘《十三經註疏·春秋左傳正義》，（臺北：藝文印書館，2001年），頁408。

〔註87〕 （漢）許慎撰、段玉裁注《說文解字·注》，頁680。

注釋：

①「地」字寫法與《說文》古文地（墬）字有別，从阤（或言从陀）〔註88〕从土，應即後世「地」字所本。「地」字，未曾於西周金文或殷代文字材料中發現，春秋戰國時亦屬罕見（如〈行氣銘〉）。近年新出土材料增加，如〈侯馬盟書〉及平山三器中地字屢現。然皆作《說文》古文「地」字之形，與後世「地」字寫法相異。故此「地」字出現頗爲關鍵。考近年出土秦漢簡帛書，「地」字多作上也下土，即保留「墬」省形爲「地」之迹。另外，《說文》古文地（墬）从隊，以彖爲聲符，「讀若弛」，〈訣段〉銘文有「墬于四方」一語，張政烺謂《書‧洛誥》「勤施于四方」之「施于四方」。弛、地等字屬歌部，也字得聲，然先秦兩漢韻文卻每每與支部字叶韻，段玉裁因謂「地」字乃介于今所謂「支」「歌」二部之間。然帛書「地」字从土从阤聲，可知地字楚系文字中仍保留了歌部字之讀音，與《楚辭‧天問》以歌、地二字叶韻一致。另春秋戰國之从阜从土之字，有省土存阜之例，如「陳」字作 ![字] （包山楚簡138）、![字] （陳侯午錞）、![字] （陳貯簋），「阿」字作 ![字] （平阿戈）、![字] （平阿戈），降字作![字]。可知「墬」省形爲「地」之由。「作羕」，饒宗頤釋「羕」爲「祥」，「作羕」即「作祥」，其說可商。羕，與下句「天棓（棓）牆（將）乍滰（湯）」之「滰」對舉，有災禍義。《尚書‧伊訓》：「作不善，降之百殃。」〔註89〕故「羕」爲「殃」之假借。羕、殃二者音近可假借。

②天棓（棓），嚴一萍「天根」〔註90〕、饒宗頤釋「天棓」〔註91〕，李零釋「天鼓」。〔註92〕帛書之「丙」作「![字]」（〈宜忌〉1：3－5）、「紀」作「![字]」（〈天象〉：4－13）、「棓」作「![字]」（〈天象〉：2－10）等字，其下皆增益一無義之「口」字，楚文字常見其例。今按此字右邊上半乃楚文字中常見的豆字，應隸定爲「棓」，饒說可從。「天棓」，星名。《呂氏春秋‧明理篇》：「其星有熒惑、有彗星、有天

〔註88〕陳茂仁：《楚帛書研究》，（嘉義：國立中正大學中國文學研究所碩士論文，1996年1月），頁196。

〔註89〕（漢）孔安國傳、（唐）孔穎達正義、（清）阮元校勘《十三經註疏‧尚書正義》，頁21。

〔註90〕嚴一萍：〈楚繒書新考〉〔上〕，頁12。

〔註91〕饒宗頤‧曾憲通：《楚帛書》，頁43。

〔註92〕李零：《長沙子彈庫戰國楚帛研究》，頁53。

棓、有天欃。」〔註93〕《史記・天官書》：「三月生天棓，長四尺、末兌。」〈正義〉：「天棓者，一名覺星，本類星而末銳，長四丈，出東方、西方，其出則天下兵爭也。」〔註94〕又〈天官書〉云：「紫宮左三星曰天槍，右五星曰天棓。」〔註95〕「乍濄」，濄，从水从攸从易，隸作「濄」。饒宗頤引《漢書・天文志》：「四星若合，是謂大湯。其國兵喪並起，君子憂，小人流。」晉灼曰：「湯，猶盪滌也。」〔註96〕濄，即大湯之意。李零釋「濄」爲「湯」，就是大雨。

③李零以爲「其」下斷裂缺一字，應爲「四」字，今觀其左右他行，斷裂之字皆可接續，應無缺字，可備一說。「山陵其斐」，斐，从四止，从十从又（「寸」即攴字）。李零釋「墮」〔註97〕；饒宗頤釋「斐」，讀爲「發」，作「不收」解。〔註98〕按帛書之「斐」，實爲「癹」之繁形。四止省爲二止。段氏於《說文》「癹」字下注云：「隱六年《左傳》，今癹，音衫，又班固〈荅賓戲〉：『夷險發荒。』晉灼曰：『發，開也。』今諸本多作「芟」，按發亦癹之誤。」〔註99〕據此則饒氏以「癹」讀爲「發」，其說可商。宜作「夷平」之意。

④開，商承釋「泉」，嚴一萍泉釋「開」，今採嚴說。《郭店楚簡・性自命出》62 有「開」字，與此字形相近。「泉」之字形可參《郭店楚簡・成之聞之》14 之「源」字。《說文》：「淵，回水也。从水，象形。左右，岸也；中象水貌。開，淵或省水。」〔註100〕此「開」作深潭解。洰，李學勤先釋「溶」，後釋「濕」，讀「漬」；商承祚釋「洄」；饒宗頤釋「汩」；嚴一萍釋「涅」。洰，从水从昌，昌疑即《說文》昜字。蓋从水从巛其義重，巛可省爲巜。何琳儀以古文字从日、

〔註93〕《呂氏春秋》，《四部叢刊・子部》上海涵芬樓藏明宋邦義等刊本，（臺北：商務印書館，1979 年），頁 39。

〔註94〕瀧川龜太郎：《史記會注考證》，（臺北：宏業書局，1987 年），頁 758。

〔註95〕瀧川龜太郎：《史記會注考證》，頁 122。

〔註96〕《漢書》，《四部備要・史部》卷二十六，頁 9。

〔註97〕李零以《易鼎》有銘作「弗敢斐」，及金文有相似文例作「弗敢沮」、「不敢家」，再據古人講山陵崩壞，皆以崩或墮稱之，釋此字爲墮。詳見李零：《長沙子彈庫戰國楚帛研究》，頁 54。

〔註98〕饒宗頤・曾憲通：《楚帛書》，頁 45。

〔註99〕（漢）許愼撰、段玉裁注《說文解字・注》，頁 68～69

〔註100〕（漢）許愼撰、段玉裁注《說文解字・注》，頁 555～556。

從日者偶有互淆者，從《與從《《者亦可互用，而將帛書此字隸作「淏」，同「濕」或「汩」。並引《說文》：「淏，水流也。」〔註101〕謂「淏」本從「川」，複增「水」而作「」（淏），實乃繁化，與「汩」爲古今字。〔註102〕蓋「淏」、「淏」、「汩」分別從「《」、「川」、「水」與「淏」並無本質區別，其說可從。《莊子·達生》：「與齊俱入，與汩偕出」，郭象〈注〉：「回伏而涌出者，汩也。」〔註103〕與此正合。這裡山嶽崩淵泉湧都是凶咎之象。「謂」，原字從目從肉，古文字從目、從田之字每相混，包山楚簡之「謂」字，即有「」（包山楚簡89）、「」（包山楚簡 96）、、「」（包山楚簡 122）、三形。孛，舊釋爲「季」，商承祚釋爲「孛」，其字從米從子，所從米，即金文「逑」字（即，舊多釋「速」）所從，與來只是繁簡二體，《說文》：「米，艸木盛米米然，象形。」〔註104〕其實就是「孛」或「勃」的本字，這裡假借爲「悖」。「悖悖」即謂違逆常理招致禍事。上悖字作動詞，下悖字作名詞。

釋義：

天地降下災禍，天梧星亦引發大雨，使洪水漫溢四方大地。山嶽丘陵遭雨淹沒而不顯，深淵之水亦不斷湧出，助長水患，這都是違逆四時常理所招致的禍事。

> 戠（歲）☐月內（內）月 2旨（七日），☐（八日？）①，□又（有）電雪、雨土，不得亓（其）參職②。天雨☐旨二，是遊（失）月閏之勿行③。

注釋：

①歲作「戠」，楚書之例也。內，形與「夬」（包山楚簡 228）同，作「入」字解。內，從門從入，入亦聲。「入」字上一橫畫乃繁飾。「七日」，爲合文，其右下方有合文符「＝」。因帛書「十」作「◆」，知帛書「七」作「十」。嚴一萍〔註105〕、李零〔註106〕均隸作「吉」，與帛書文意相左，且於形亦不類，知釋「吉」可商。「七日」下，有一殘字，其殘形類「八」字，據推爲「八日」之合文。

〔註101〕（漢）許慎撰、段玉裁注《說文解字·注》，頁 574。

〔註102〕何琳儀：〈長沙帛書通釋〉，（武漢：《江漢考古》1986 年第 1 期），頁 53。

〔註103〕《南華真經》，《四部叢刊·子部》上海涵芬樓明世德堂刊本，（臺北：商務印書館，1979 年），頁 138。

〔註104〕（漢）許慎撰、段玉裁注《說文解字·注》，頁 276。

〔註105〕嚴一萍：〈楚繒書新考〉〔上〕，頁 14。

〔註106〕李零：《長沙子彈庫戰國楚帛研究》，頁 55。

②「電霝雨土」，修辭上「當句對」之句。「雨土」二字，上字爲動詞，下字爲名詞，爲一動賓詞組。故「電霝」二字亦當爲，上字爲動詞，下字爲名詞。霝，從雨從亡，此字不見字書，帛書此章上下文多以陽部字叶韻，故這裡仍從原形隸定作「霝」。李學勤讀爲「霜」，引《白虎通義‧灾變》：「霜之言亡也。」；〔註107〕饒宗頤謂「霝」，可讀作「芒」。〔註108〕饒說可從。《說文》：「䨓，黔昜激燿也。」其下段〈注〉云：「自其振物言之謂之震；自其餘聲言之謂之霆；自其光燿言之謂之電。」〔註109〕《漢書‧五行志》：「隱公九年三月癸酉，大雨震電。」震、電聯言，此作「電霝」。饒氏又引甘氏《歲星法》：「其狀作作有芒。」指閃電光芒。故「霝」字用作閃電光芒之意。雨土，指天降土如雨，示灾異也。即《詩‧邶風‧終風》「終風且霾」〔註110〕的「霾」，現代氣象學謂「沙暴」，出現時天空昏暗，《說文》：「霾，風而雨土爲霾。」〔註111〕《爾雅‧釋天》：「風而雨土曰霾。」〔註112〕《御覽》八七七咎徵部引京房《易傳》曰：「內淫亂，百姓勞苦，則天雨土。」又引《尚書‧中候》曰：「夏桀無道，山上土崩；殷紂時，十日雨土於亳，紂竟國滅。」〔註113〕「雨土」是一種凶咎之象。

「不得丌（其）參職」，參職，參，參驗、參稽；職，天職，即天運所主，謂參驗天道。《荀子‧天論》：「不爲而成，不求而得，夫是之謂天職。如是者，雖深其人不加慮焉，雖大不加能焉，雖精不加察焉，夫是之謂不與天爭職。天有其時，地有其財，人有其治，夫是之謂能參。舍其所以參而願其所參，則惑矣。」〔註114〕

〔註107〕李學勤：〈論楚帛書中的天象〉，輯入《簡帛佚籍與學術史》，（臺北：時報出版社，1994 年 12 月），頁 39。

〔註108〕饒宗頤‧曾憲通：《楚帛書》，頁 47。

〔註109〕（漢）許慎撰、段玉裁注《說文解字‧注》，頁 577。

〔註110〕（漢）毛亨傳、鄭玄箋、（唐）孔穎達正義、（清）阮元校勘《十三經註疏‧毛詩正義》，（臺北：藝文印書館，2001 年），頁 79。

〔註111〕（漢）許慎撰、段玉裁注《說文解字‧注》，頁 579。

〔註112〕（晉）郭璞注、（宋）邢昺疏、（清）阮元校勘《十三經註疏‧爾雅注疏》，（臺北：藝文印書館，2001 年），頁 96。

〔註113〕李昉：《太平御覽》卷八七七，（臺北：國泰文化事業有限公司，1980 年），頁 3896。

〔註114〕《荀子》，《四部叢刊‧子部》上海涵芬樓景印古逸叢書本，（臺北：商務印書館，1979 年），頁 119。

③「天雨」下二字形殘，不可識，右下有重文符「=」。饒宗頤以此處裂開，隸作「喜」字，讀作「譆譆」。「譆譆」爲災異出現驚歎之詞。「是遊（失）月閏之勿行」，指以上種種凶咎，皆起失於閏月不舉事之忌所致。古有閏月不舉百事之俗，《荆楚歲時記》：「閏月不舉百事。」〔註115〕與帛書意合。

釋義：

歲時□月入月的七日八日，天上有閃電光芒，有濃密的沙塵等凶咎，次序常則已失，是以不得參贊天地化育之職，天降大雨等凶咎，皆起失於閏月不舉事之忌所致。

𠀁（一月）二月三月，是胃（謂）遊（失）終，亡3奉，▨□丌（其）邦①。四月、五月，是胃（謂）𦣞（亂）紀（紀），亡尿（砅、濿），▨𡍩（？）丌（？其）戢（歲）②。

注釋：

①以下是說若失其月閏之忌而行，則一、二、三月就會有凶咎。由於「一月」、「二月」、「三月」正當夏曆冬季之十月、十一月、十二月。置閏于楚曆之一月、二月、三月，屬冬季置閏，已至歲末，故帛書稱「遊終」，亦即「失終」，失其置閏於歲終之意。終是「年終」，用法同《左傳．文公元年》：「先王之正時也，履端于始，舉正于中，歸餘（「歸餘」也就是置閏）于終。」的「終」。胃，形殘，據殘形及帛書文例，可知爲「𦙶」字，當無疑，今據補。奉，假借作「封」。封，謂封界也。「▨□丌（其）邦」，「其邦」上二字，首字殘，僅存上半一筆，下字缺，內容不詳。據文意推，概爲禍其國之意。

②「四」字，帛書有兩種寫法，一種與今四字同，一種如「囬」，後一種寫法見《鄲孝子鼎銘》。此句言若失其月閏之忌而行，四、五月也會有凶咎，叫「亂紀」。「四月」、「五月」正當夏曆春季之正月、二月。置閏於楚曆「四月」、「五月」，正值開春歲首，帛書稱爲「亂紀」，「亂紀」即亂經紀。古以一歲爲十二紀。《禮記．月令》：「月窮于紀。」鄭〈注〉：「紀，會也。」〔註116〕蓋指日月交會，一歲十二次，是以爲十二紀，《呂氏春秋》十二紀即此十二紀。《禮記．月記》

〔註115〕王毓榮：《荊楚歲時記校注》，（臺北：文津出版社，1988年），頁251。按此語引自李昉《太平御覽》卷十七，頁87。

〔註116〕（漢）鄭玄注、（唐）孔穎達正義、（清）阮元校勘《十三經註疏．禮記正義》，（臺北：藝文印書館，2001年），頁348。

又云：「司天日月星辰之行，宿離不貸，毋失經紀。」鄭〈注〉：「經紀，謂天文進退度數。」〔註117〕逆終、亂記是說違反閏法而造成年與月的混亂失序。厇，饒宗頤（1954）釋砅，字同瀰、厲，其說可從。然下字殘，其讀不詳。再下一字亦已殘泐，形似「塱」字。「歲」上一字存兩道略呈波狀的橫劃，林巳奈夫（1966）疑爲水，嚴一萍疑爲之，均不確，今按此字似「二」，但兩劃中間甚窄，與帛書所見「二」字不同，疑是「亓」字上半，字劃呈波狀蓋因帛書裝裱變形所致。

釋義：

若失其月閏之忌而行，則一、二、三月就會有凶咎，這就失其歲終置閏之意。勿起土封疆界，以免禍及其國。若失其月閏之忌而行，四、五月也會有凶咎，此謂之違逆天文進退之度數。勿覆石渡水，以免犯觸歲禁。

> 西鹹（國）又（有）咎，女（如）胃既睯（亂），乃又（有）鼠（鼠）▢②；東鹹（國）又（有）４咎，▢▢乃兵，禹（害）于亓（其）王③。▢

注釋：

①鹹，从邑从或。「邑」、「或」皆有邦國義。故「西鹹」可直接隸爲「西國」。凡星占家所謂東國、西國、南國、北國，多泛指方位也。《左傳·昭公四年》：「蓮啓疆城巢，然丹城州來，東國來，不可以城。」〔註118〕此「東國」是說「國」的方位，謂楚東部地域，故帛書之「西國」亦此用法。咎，悔咎之咎，占驗之辭。《易·繫辭上》：「悔咎者，憂虞之象也。」〔註119〕此解爲「憂患、災禍」。

②女，通作「如」。「日月既亂」，《墨子·非攻下》：「遝至乎夏王桀，天有車告命，日月不時，寒暑雜至，五穀焦死。」〔註120〕指日月運行失序。鼠，嚴一萍釋豸；饒宗頤、唐健垣釋兄，讀作荒；今從商承祚之說釋鼠。此字諸或隸定而未釋，或析爲二部，分析併合。後者恐失之牽強。帛書此字作「鼠」，其爪形少去其一，蓋省其重複所致。

〔註117〕（漢）鄭玄注、（唐）孔穎達正義、（清）阮元校勘《十三經註疏·禮記正義》，頁287。

〔註118〕（晉）杜預集解、（唐）孔穎達正義、（清）阮元校勘《十三經註疏·春秋左傳正義》，頁733。

〔註119〕（魏）王弼、（晉）韓康伯注、（唐）孔穎達正義、（清）阮元校勘《十三經註疏·周易正義》，（臺北：藝文印書館，2001年），頁145。

〔註120〕孫詒讓：《墨子閒詁》，（臺北：華正書局，1995年），頁136～137。

③兵，作動詞，戰爭。蠆，從李家浩釋，讀爲「害」，《郭店楚簡‧尊德義》26：「不以旨（嗜）谷（欲）蠆其義」，「蠆」亦讀爲「害」。甘氏《歲星法》：「不利治兵，其國有誅，必害其王。」〔註121〕可從。《史記‧天官書》：「太白出其南，南國敗；出其北，北國敗。」是說上天之星與下野之國相應，與此文例相似。文末有朱色方框，與下文相隔，乃分章之號。

釋義：

在國之西方，有憂患事，如同日月運行失序，於是鼠災頻傳；在國之西方，亦有憂患事，將有戎事害於王身。

二

> 凡戠（歲）悳匿（慝）①，囗女（如）曰丂（亥）隹（惟）邦所，五宊（妖）之行②。卉木民人，吕（以）風（？）四淺（踐）之5尚（常），囗囗上宊（妖），三寺（時）是行③。隹（惟）悳匿（慝）之戠（歲），三寺（時）囗昌，嬖（繫）之吕（以）希（需）降④。是月吕（以）鼆（婁、數）屖（擬）爲之正⑤。

注釋：

①凡，從凡多一撇，與風之古文同。舊釋爲戌，「戌歲」無法理解，巴納德據下文「風」字所從「凡」將此字釋爲「凡」，至確。「悳匿」，商承祚釋「側匿」（「仄慝」、「縮朒」）〔註122〕，嚴一萍、李學勤、高明等學者多從其說。李零謂：「德指天之慶賞，匿指天之刑罰」，以「德匿」就是「刑德」。〔註123〕商說可採。《漢書‧五行志下》：「晦而月見西方謂之朓，朔而月見東方謂之仄慝。……顏師古注引孟康曰：『朓者，月行疾在日前，故早見。仄慝者，行遲在日后，當沒而更見。』」〔註124〕又《說文》：「朒，朔而月見東方謂之縮朒。」〔註125〕按：「德匿」一詞，帛書凡四見，即本例「凡戠（歲）悳匿（慝）」（第五行），「隹（惟）

〔註121〕饒宗頤‧曾憲通：《楚帛書》，頁50。

〔註122〕商承祚：〈戰國楚帛書述略〉〈附弗利亞美術館照片及摹本〉，（北京：《文物》1964年第9期），頁13。

〔註123〕李零謂：「德慝、德虐也就是古書常見的德刑或刑德，《韓非子‧二柄》：『二柄者，刑德也。何謂刑德，曰殺戮之謂刑，慶賞之謂德。』這是刑德的本義。」見李零：《長沙子彈庫戰國楚帛研究》，頁57～58。

〔註124〕《漢書》，《四部備要‧史部》卷二十七，頁15。

〔註125〕（漢）許慎撰、段玉裁注《說文解字‧注》，頁136。

悳匿（慝）之献（歲）」（第六行），「隹（惟）李（悖）悳（？）匿（慝）」（第七行），「是胃（謂）悳匿（慝），群神乃悳」（第九行）。依帛書體系，五星各有「德匿」之時，當歲星德之所及，稱歲德匿，當火星德之所及，稱李德匿。歲德匿，即歲德籠罩之所及，歲星行之於天，其「德」之覆蓋範圍。

②丂，字不清，其形與 丂（封篆）同，饒宗頤釋「亥」，從之，星次在亥之意。《爾雅·釋天》：「太歲…在亥曰大淵獻。」〔註126〕。「亥」下二字形殘，據殘形可知，即「隹邦」。「亥惟邦所」，指我邦處於太歲在亥的位置。五，形殘，據形補。「五実」不知何指，推測與天象四時有關的天變怪異。

③「卉木」，饒宗頤謂「卉木」即草木。《周書·時訓解》：「草木萌動」。〔註127〕《開元占經卷二十三引《甘氏》：「（歲星）有囚色，草木傷。」「民人」，《尚書大傳·洪範五行傳》：「我民人無敢不敬事上下王祀。」《漢書·禮樂志》：「民人歸本。」《王孫遺者鐘》：「和溺民人。」亦即人民，《九店楚簡·日書》16：「和人民。」又45：「宜人民。」郭店楚簡《六德》4：「聚人民。」「風」字殘，何琳儀疑爲「風」字。何說可從。按該字殘畫 ⺅ 與帛書〈四時篇〉第一行 ⻊（風）字下半部同，極可能爲「風」字。「風」者，化也。《戰國策·秦策一》：「山東諸國，從風而服。」《淮南子·本經》：「天下莫不從風。」高誘〈注〉：「風，化也。」淺，從水從戔，隸作淺，《詩經·鄭風·東門之墠》：「東門之栗，有踐家室。」毛〈傳〉：「踐，淺也。」〔註128〕假借作「踐」。四踐，即四時依次興替之意。「▢▢上実（妖）」，缺字，其義不明。三時，《國語·周語上》：「三時務農而一時講武。」韋昭注：「三時，春夏秋。」〔註129〕饒宗頤引《左傳·桓公六年》：「三時不害，民和年豐也。」謂：「帛書所言三時，可能指當攝提乖方，孟陬殄滅，正曆之舉，不得已或減去一季，只得三時而已。」可備一說。「三時是行」，言春、夏、秋三季依次興代。

〔註126〕（晉）郭璞注、（宋）邢昺疏、（清）阮元校勘《十三經註疏·爾雅注疏》，頁 95
～96。

〔註127〕饒宗頤·曾憲通：《楚帛書》，頁 54。

〔註128〕（漢）毛亨傳、鄭玄箋、（唐）孔穎達正義、（清）阮元校勘《十三經註疏·毛詩正義》，（臺北：藝文印書館，2001 年），頁 7。

〔註129〕《國語》，《四部叢刊·史部》上海涵芬樓借杭州葉氏臧明金李刊本，（臺北：商務印書館，1979 年），頁 32～33。

④「三寺（時）▨昏」，「三時」下其二字，首字缺，次字形殘。饒氏謂「字從彡從日，或即彭之異構，未敢定。」〔註130〕安志敏、陳公柔將此殘字視為一字，隸作「皆」，似可商。劉信芳謂「字殘損，但殘存筆劃清晰」，隸作「屑」。〔註131〕眾說紛紜，不敢遽定，今闕疑。繋，嚴一萍隸定為緐，謂繋字省文，經與帛書照片對照，其字下半猶存女字殘劃，應正為繋。繋，字書未見，此字從糸與繋同，疑即「繋」之別體。解作「連接」。帝，嚴一萍釋「策」，饒宗頤（1968）釋「素」，字形文義均有未安。李零謂此字上從 帝 下從巾，應即紳字，這裡借為霈，《玉篇》：「霈，大雨。」其說可從。這裡是說繋而降之以大雨。

⑤「婁」，形殘，原字作 婁 字形與 婁（包山楚簡66）同而省口。或釋為「亂」，或釋為「遷」，或釋為「遣」，皆可商。李學勤、李零隸作「婁」，可從。帛書「婁」字從角從臼從如，古文女、如通。李學勤、李零讀「婁」為「數」。饒宗頤釋為「婁宿」〔註132〕，二十八宿之一，其說可採。《禮記・月令篇》：「季冬之月，日在婺女，昏，婁中；旦，氐中。」〔註133〕「屑」，字書未見，應即《說文》香字，《說文》：「香，盛貌，從弄從日，讀若薿薿，一曰若存。舅，籀文香，從二子，一曰眘即奇字聲。子」李零此從薿音，讀為「擬」。擬者，比度也。《說文》：「擬，度也。」《易經・繫辭上》：「聖人有以見天下之賾，而擬諸其形，象其物宜。」〈疏〉：「以此深賾之理，擬度諸物形容也。」〔註134〕「二」下一字殘，似為「月」字。這兩句大約是說，月之恒數只有十二個月。

釋義：

凡歲星當值其德籠罩覆蓋時，如我邦正處於太歲在亥之位，將有五实（五種天變怪異）盛行。草木的依時而生、人民的生活安樂，正以此化育四時興替之常軌。故□□上实時，僅春夏秋三季依次興代。歲星當值其德覆蓋籠罩那年，春夏秋三季，出現接連降下大雨的妖異。此月因白虎七宿中之婁宿失序，故比

〔註130〕饒宗頤・曾憲通：《楚帛書》，頁54。

〔註131〕劉信芳：《子彈庫楚墓出土文獻研究》，（臺北：藝文印書館，2002年1月），頁77。

〔註132〕饒宗頤、曾憲通：《楚地出地文獻三種》，（北京：中華書局，1993年8月），頁260。

〔註133〕（漢）鄭玄注、（唐）孔穎達正義、（清）阮元校勘《十三經註疏・禮記正義》，頁346。

〔註134〕（魏）王弼、（晉）韓康伯注、（唐）孔穎達正義、（清）阮元校勘《十三經註疏・周易正義》，頁150。

度以釐定之，使之符合常時。

> 隹（惟）十又（有）₆二☐（月？），隹（惟）孛（悖）悳匿（慝），出自黃𣶒（淵）①，土身亡（芒）𪅀（翼），出內（入）☐同，乍（作）元（其）下凶②。𣅰（日月）膚（皆）𤫷（亂），星辳（辰）不同（？）③。日月二（日月）既𤫷（亂），歲（歲）季₇乃☐④，寺（時）雨進退，亡（無）又（有）尚（常）𤶠（恆）⑤。

注釋：

①「隹」，形殘，與 𡊨（〈天象篇〉1・01）形同。「十」，形殘，與（〈四時篇〉7・09）形同。「二」下一字殘，嚴一萍謂殘失之字是「月」字，可從。悳，形殘，不可識。因與「匿」連言，疑即「悳匿」二字，今觀其殘形，知爲「悳」無疑。「𣶒」，與黃字連言作「黃𣶒」，解作「黃泉」。黃泉，地底深處的泉水，此謂地氣。《荀子・勸學》：「（蟺）上埃土，下飲黃泉」，《左傳》隱公元年：「不及黃泉，無相見也。」

②「土身亡𪅀」，「土」，土星，古稱「塡星」。《史記・天官書》：「歷斗之會以定塡星之位。……歲塡一宿。」。亦稱「鎮星」，《淮南子・天文》：「鎮星以甲寅元始建斗，歲鎮行一宿。當居而弗居，其國亡土。」「身」，作「物的主體」解，《戰國策・趙策》：「君之身老矣，封，不可不早定也。」〔註135〕「亡」，劉信芳讀爲「芒」。「𪅀」，曾憲通謂此字從鳥從異，隸爲「𪅀」〔註136〕，謂『『土身亡翼』殆是一種有光無芒的彗星」。劉信芳在此基礎下，謂「芒翼」指芒角，謂星之光芒如翼、如角。《史記・天官書》：「角大，兵起。」〈集解〉引李奇〈注〉：「角，芒角。」〈天官書〉又謂：「塡星，其色黃，九芒。」「（金星）色白，五芒。」「芒」、「角」皆是土星、金星之光芒給人的視覺印象。〔註137〕「內」，據殘形與帛書 𡨄（〈天象篇〉2・33）同，經仔辨認是「內」字，這裡讀爲「入」，「出內」，可解爲出入，與上文「自」相對。

劉信芳謂行星的出與伏〔註138〕，並引《史記・天官書》：「塡星出百二十日

〔註135〕《戰國策校注》，《四部叢刊・史部》上海涵芬樓借江南圖書館藏元至正十五年刊本，（臺北：商務印書館，1979年），頁149。

〔註136〕曾憲通：《楚文字雜識》，（中國古文字研究會），（南京學術研討會論文，1992年）。

〔註137〕劉信芳：《子彈庫楚墓出土文獻研究》，頁80～81。

〔註138〕劉信芳：《子彈庫楚墓出土文獻研究》，頁80～81。

而逆西行，西行百二十日反東行。見三百三十日而入，入三十日復出東方。」，可從。內字下缺一字，疑爲否定之詞，李零疑是「空」字，可備一說。乍，通作。「下凶」，降下災禍。這句約是說，如悖「德匿」，則將有凶祟出自地底，登于空同而降臨人世。

③虘（），此字過去各家釋法不同，李零謂此字之隸定以巴納德爲是，但巴納德未釋何字，今按此字上從虎，有頭與兩足，下從日，去掉虎頭（虍）剩下兩足（比），與日合在一起，便與楚簡常的皆字（）沒有分別，實際上就是「皆」字。〔註139〕「同」字因絹裂而變形，林巴奈夫、李零、高明釋「回」。李學勤釋「公」。嚴一萍、饒宗頤釋「同」。饒氏謂回筆有殘泐，回字中一筆相連，疑「同」字。《呂覽・大樂》：「日月星辰，或疾或徐，日月不同，以盡其行。」高〈注〉：「不同，度有長短也。」又《洪範五行傳》：「星辰莫同。」鄭〈注〉：「莫，夜也。星辰之變，夜見亦與晝同。初昏爲朝，夜半爲中，將晨爲夕。或曰：將晨爲朝，初爲夕也。」饒說可採。劉信芳謂帛書「日月皆亂，星辰不同」應是指曆法失序，曆譜上所記日月之會不同於二十八宿的實際天象。《說文》：「同，合會也。」故「星辰不同」謂星辰之居位與昔日不同。「乃」下一字形殘，不可辨。陳邦懷謂：「《易經・象傳》：『古日月不過，而四時不忒。』據此推知帛書『歲季乃□』之闕文蓋爲『忒』字。」〔註140〕可備一說。按：此句當與上句對文，上句言星辰居位與昔日不同，此句蓋言歲末時所出現的凶象。闕字疑有負面義。

⑤進，右下形殘，據殘形，可推知爲「進」字。釋作「增益」。《易經・乾・文言》：「君子進德修業。」〔註141〕退，上形殘，據殘形及文義，疑爲「退」字。「進退」亦爲星象家言。《甘氏歲星法》：「視其進退左右，以占其妖祥。」〔註142〕《周禮・秋官・小司寇》：「王拜受之，以圖國用而進退之。」〈注〉：「進退，猶損益也。」〔註143〕尙，左上缺去一筆，其殘形與 （〈天象篇〉2・01）同，

〔註139〕李零：《長沙子彈庫戰國楚帛研究》，頁59。

〔註140〕陳邦懷：《戰國楚帛書文字考證》，發表於《古文字研究》第五輯，（北京：中華書局，1981年），頁233～242。

〔註141〕（魏）王弼、（晉）韓康伯注、（唐）孔穎達正義、（清）阮元校勘《十三經註疏・周易正義》，（臺北：藝文印書館，2001年），頁150。

〔註142〕饒宗頤・曾憲通：《楚帛書》，頁59。

〔註143〕（漢）鄭玄注、（唐）賈公彥疏、（清）阮元校勘《十三經註疏・周禮注疏》，（臺

訓亦同。恆，《說文》古文「恆」（亙）字與此形同。《說文》：「恆，常也。」《詩經‧小雅‧小明》：「嗟爾君子，無恆安處。」〈箋〉：「恆，常也。」〔註144〕

釋義：

十二月有天體逆德籠罩，所以地下黃泉冒出惡氣，土星光芒如翼，出入與昔時不同，上下合作，降下凶咎。日月同時運行失序，使星辰之居位與昔日不同。日月之運行既已混亂，歲末即出現凶災。即便是季節性之雨水，亦雨量不定，時大時小，已失應有之規律。

> 恭（恐）民未智（知），曆（擬）㠯（以）爲則①，母童（動）群民，㠯（以）☐三死（恆）②，䢼（發）四興鼠（鼠），㠯（以）鬸（亂？）天尚（常）③8。群神五正，四興失羊（詳）④，建死（恆）褭（懷）民，五正乃明，亓（其）神是亯⑤，是胃（謂）悳匿（慝），群神乃悳⑥。

注釋：

①恭，从共从心，隸作恭。李零爲「恐」〔註145〕，是也。恐，表疑慮之詞，作「耽憂」解。《左傳‧成公七年》：「余恐死，故不敢占也。」〔註146〕《論語‧季氏》：「季孫之憂不在顓臾，而在蕭牆之內也。」〔註147〕智，形與𣉩（包山楚簡一三七）同。《說文‧段注》「智」字下云：「此與矢部知音義皆同，故二字多通用。」〔註148〕智，假借作「知」，作「知道」解。《墨子‧經說下》：「夫名以所明正所不智，不以所不智疑所明。」〔註149〕（註六十）曆，其下略殘，據殘形知與 𣉩（〈天象篇〉6‧26）形同。曆，讀爲擬，擬者，比度也。劉信芳以爲「曆」讀爲「存」，可備一說。爲，形殘，據文及殘形，知爲「爲」字，形與 𤓰（〈四時篇〉2‧27）同。「則」，此作「法則」解。《詩經‧大雅‧烝民》：「天

北：藝文印書館，2001年），頁525。

〔註144〕（漢）毛亨傳、鄭玄箋、（唐）孔穎達正義、（清）阮元校勘《十三經註疏‧毛詩正義》，（臺北：藝文印書館，2001年），頁447。

〔註145〕李零：《長沙子彈庫戰國楚帛研究》，頁60。

〔註146〕（晉）杜預集解、（唐）孔穎達正義、（清）阮元校勘《十三經註疏‧春秋左傳正義》，（臺北：藝文印書館，2001年），頁483。

〔註147〕（魏）何晏集解、（宋）邢昺疏、（清）阮元校勘《十三經註疏‧論語注疏》，（臺北：藝文印書館，2001年），頁146。

〔註148〕（漢）許慎撰、段玉裁注《説文解字‧注》，頁138。

〔註149〕孫詒讓：《墨子閒詁》，頁353。

生烝民，有物有則。」〈傳〉：「則，法也。」〔註150〕

②「母童」，毋動也，童通作「動」，驚也。《毛公鼎》：「虢許上下若否，雩四方死母（毋）童（動）。」〔註151〕《左傳・宣公十一年》：「冬，楚子爲陳夏氏亂故，伐陳。謂陳人，無動！將討於少西氏。」〔註152〕「以」下一字形殘，不可識，闕疑。三恆，李零疑指日、月、星「三辰」〔註153〕，可從。

③雙（戔），用法同「降于其方，山陵其雙（戔）」，作「夷平」解。「四興」，即「興四」之倒裝、「興歲之四（駟）」之省稱。四，通「駟」。駟，爲天駟也，星宿名，即房宿。《國語・周語中》：「駟見而隕霜。」韋昭〈注〉：「駟，天駟，房星也。」《史記・天官書》：「房爲府，曰天。」《爾雅・釋天》：「天駟，房也。」帛書中之「四」（駟），爲前人用以候農時之星。《說文》：「辰，房星，天時也。」〔註154〕又「辱」字下云：「辰者，農之時也，故房星爲辰田候也。」〔註155〕又「晨」字下云：「晨，房星，爲民田時者。」段〈注〉：「《周語》曰：『農祥晨正』。韋云：『農祥，房星也；晨正，謂立春之日，晨中於午也，農事之候，故曰農祥。』」〔註156〕由上述可知前人視房星爲農祥，以候農時。故張衡〈東京賦〉：「農祥晨正。」李善〈注〉：「農祥，天駟，即房星也。」〔註157〕又《國語・周語下》：「辰馬，農祥也。」韋昭〈注〉：「辰馬，謂房、心星也。心星所在大辰之次爲天駟，駟，馬也，故曰辰馬。言月在房合於農祥也，祥猶象也。房星晨正而農事起，故謂之農祥。」〔註158〕隨縣曾侯乙墓之匫器漆書文字云：「民祀隹（惟）坊（房），日辰於（？）維。興歲之四（駟），所尙若敶（陳）。絰（經）天嘗（常）和。」

〔註150〕（漢）毛亨傳、鄭玄箋、（唐）孔穎達正義、（清）阮元校勘《十三經註疏・毛詩正義》，頁674。

〔註151〕嚴一萍：《金文總集》（二），頁732。

〔註152〕（晉）杜預集解、（唐）孔穎達正義、（清）阮元校勘《十三經註疏・春秋左傳正義》，頁383。

〔註153〕李零：《長沙子彈庫戰國楚帛研究》，頁60。

〔註154〕（漢）許慎撰、段玉裁注《說文解字・注》，頁752。

〔註155〕（漢）許慎撰、段玉裁注《說文解字・注》，頁752。

〔註156〕（漢）許慎撰、段玉裁注《說文解字・注》，頁316。

〔註157〕蕭統編《文選》，（台北：藝文印書館，1979年），頁61。

〔註158〕《國語》，《四部叢刊・史部》上海涵芬樓借杭州葉氏藏明金李刊本，（臺北：商務印書館，1979年），頁33。

〔註 159〕興，作「昌盛」解。以亂天尙，天尙，讀爲天常，《管子‧形勢解》：「天覆萬物，制寒暑，行日月，次星辰，天之常也」，《呂氏春秋‧大樂》：「陰陽變化，一上一下，合成兩章，渾渾沌沌，離則復合，合則復離，是謂天常」，高誘注：「天之常道。」

④群神，眾神，指天地山川之眾鬼神。五正，這裡指五行之政，古代典政之官叫正，官所司政事也叫正。《左傳‧隱公六年》：「翼九宗五正。」〈注〉：「五正，五官之長。」〔註 160〕陳邦懷據《左傳》昭公二十九年記蔡墨之言「故有五行之官，……木正曰句芒，火正曰祝融，金正曰蓐收，水正曰玄冥，土正曰后土。」四，即房星駟。失，或釋「元」（安志敏，1963），或釋「堯」（李學勤，1982），嚴一萍（1968）據〈詛楚文〉泆作「𢌗」而定此字爲「失」，可從。

⑤建恒，建字舊多釋晝，今從饒宗頤（1968）釋「建」。建，《說文》從廴旁，然吾人所見銅器銘文如〈蔡侯鑄〉、〈中山王鉞〉之建字都是從乚旁，此字下似從止（右下角當裂痕，裝裱時掩去），則尙有可疑。建恒是指立上所謂「三恒」。懷民，懷柔其民。襄，爲「懷」之初文。作「安撫、懷柔」解。「五正乃明」饒宗頤引《淮南子‧時則訓》：「其政不失，天墜（地）乃明。」謂「乃明」習語，同此。《史記‧曆書》：「民以物享，災禍不生。」亯即享。「是胃（謂）熹匿（慝），群神乃熹」饒氏謂「言能享祀群神，則當側匿之時，群神猶皆德之」，茲從之。

釋義：

唯恐民智未開不知日月脫序、星辰不顯、四時興代失序事，以天象比度農事以啓發之，然不可使百姓驚恐。明日月之運行及星辰之居所，並改正四時代興失序之現象，解決天駟運行失序所造成的災禍（鼠禍），使民不失時，合天之常。群神、五正、駟星亦失其徵驗。於是建立三恒，懷柔其民，使五正之神明其所居，恭祀其神。如此享祀群神，則當側匿之時，群神猶皆德之。

〔註 159〕饒宗頤〈曾侯乙墓匫器漆書文字初釋〉《古文字研究》第十輯（北京：中華書局，1983 年），頁 190。

〔註 160〕（晉）杜預集解、（唐）孔穎達正義、（清）阮元校勘《十三經註疏‧春秋左傳正義》，頁 70。

帝曰：繇（繇、繇）□（敬？）之哉 9！母（毋）弗或敬①。隹（惟）天乍（作）福，神則各（格）之；隹（惟）天乍（作）実（妖），神則惠之②。□（欽？）敬隹（惟）備，天像是惻（則），咸（感）隹（惟）天□，下民 10 之祇敬之母（毋）戈（忒）③！□

注釋：

①繇，字形與金文所見繇字基本相同，金文繇字作 𦈢（懋史纔鼎）、𦈢（散氏盤），𦈢（師袁毀）等形，李零謂此字「基本結構是从言从一被縛之豸，下有與字所從相同的 𠙹。此字值得注意的地方是，它同時包含了今繇、繇二體，二體都是從同一個字省體而成：繇是省豸為爪，與言相合作左旁，以縛豸的『系』作右旁；繇是省豸為爪，與訛變為缶的 𠙹 相合作左旁，以縛豸的『系』作右旁。」〔註161〕作語氣詞用。《尚書·大誥》：「王若曰：『猷』。」馬融本作「繇」。。「繇」下一字殘，陳邦懷據《尚書·呂刑》「王曰：『嗚呼！敬之哉！』」文例補「敬」字〔註162〕，可從。作「敬重」解。弗，作「不」解。《尚書·堯典》：「九載績用弗成。」〔註163〕

②福，受鬼神之佑助也。《曾伯臣》：「天賜之福。」〔註164〕「神□各之」，神下一字殘，然據下句「神則惠之」相駢，故推知此字為「則」。神則各之，「各之」，即格之，致福也。各為「格」之本字。董作賓（1955）云：「金文中凡『王格於太室』，皆作各，各亦格之本字。」実，即「妖」字，釋為「灾異、凶咎」。惠，或釋「擊」（董作賓，1955），於字形不合。「惠之」，施仁於民也。《說文》：「惠，仁也。」福、妖對文，格、惠對文，意思是說，無論是福是禍，都是上天所加惠。這裡的福、妖也就是上文的德惡。

③欽，形殘，李零謂此字僅存左半殘劃，依稀可辨是一從金旁之字，應為「欽」字。〔註165〕欽，作「恭敬」解。備，或釋「儀」。其字屢見於包山簡、望山簡、郭店簡，知是「備」字。備字說同「山陵備㴜」，作「敬慎」解。「天

〔註161〕李零：《長沙子彈庫戰國楚帛研究》，頁60～61。

〔註162〕陳邦懷：〈戰國楚帛書文字考證〉，《古文字研究》第五輯，（北京：中華書局，1981年1月第一版），頁234。

〔註163〕（漢）孔安國傳、（唐）孔穎達正義、（清）阮元校勘《十三經註疏·尚書正義》，頁26。

〔註164〕嚴一萍：《金文總集》（四），（藝文印書館，1983年），頁1842。

〔註165〕李零：《長沙子彈庫戰國楚帛研究》，頁61。

像」，謂日月星辰等昭示的祥瑞。「惻」，《易·井》：「爲我心惻。」《漢書·文帝紀》：「憂苦萬民，爲之惻怛不安。」顏師古〈注〉：「惻，痛也。」此言「天像是惻」，天像惻隱於此。即下民之虔誠祭祀，上天將顯現惻隱之像。

釋義：

天帝說：「唉！心存誠敬地祭吧！人民之祭祀，不可有絲毫之不敬。若得上天佑助，群神亦當感通天命而敬隨之賜福；上天降下凶咎，群神亦當依順天命，降下災禍。要恭謹地敬祀上天，上天即會痛惜人民，降福除災，感應上天之□，在下地人民之祭祀當更敬順而不可有差忒。」

三

> 民勿用起起百神，山川漷浴（谷）①，不欽□行，民祀不𦈕（莊）②，帝牁（將）繇（䌛、繇）㠯（以）𩖕（亂）□之行③11。民則又（有）𣪏④，亡又（有）相臺（擾），不見陵西（棲、夷），是則䑕（鼠）至。民人弗智（知）散（歲），則無緒（改）祭⑤。祀則返，民少又（有）□（憂？），土事12勿從，凶⑥13。
> □

注釋：

①漷浴，下字應讀爲「谷」，馬王堆帛書《老子》乙本「上德若浴」，「江海所以能爲百浴〔王者〕」，假浴爲谷；上字，字書所無，唯見于《石鼓·汧沔》，作「漷又（有）小魚」。李零以「漷」字與「谷」字連讀推測其爲表示淵內或溪流一類的字；何儀琳謂通「瀨」字。何說可採。山、川、漷、谷指高山、大河、急湍淺水、山谷等，已涵蓋地表所有地形。

②「𦈕」，商承祚讀「莊」。《禮記·表記》：「不矜而莊」，莊，敬也。「不莊」與上句「不欽」義同。《爾雅·釋詁》：「欽，敬也。」

③「繇」字帛書原作「𧮫」，形同本篇「𧮫」而增口，爲一字之繁簡。

④「𣪏」，商承祚讀爲「穀」。《爾雅·釋詁》：「穀，善也。」〔註166〕

⑤「𢻸」字，饒宗頤隸定爲「緒」，讀爲「改」或「懈」。從饒氏讀「改」。，作「改變」解。

⑥「土事」，《禮記·月令》：「（仲冬之月）土事毋作」〔註167〕是說冬十一

〔註166〕（晉）郭璞注、（宋）邢昺疏、（清）阮元校勘《十三經註疏·爾雅注疏》，（臺北：藝文印書館，1993年），頁8

〔註167〕（漢）鄭玄注、（唐）孔穎達正義、（清）阮元校勘《十三經註疏·禮記正義》，（臺

月不宜動土。

釋義：

　　人民勿因百神中的山、川、澫、谷等神，不敬謹而失職，人民就因此不心存誠敬祭祀。否則天帝將謀使天體日月星辰德匿贏縮，運行無常，予以懲戒。人民若能懷著善心，無相擾之事，如此則不至逐漸衰頹，以致凶咎發生。人民若無知於歲，則於祀事須勿改勿懈。祭祀反覆，人民就少有憂患之事。不要興土動工，會有凶事發生。

　　字數：全篇凡 409 字，外加合文 5 字，重文 3 字

第三節　宜忌篇

一

取于下①₁
曰：取，乙（鳦）則至②，不可㠯（以）₂☒殺。壬子、丙（丙）子，凶。乍（作）③₃☒北征，銜（率）又（有）咎④，武☒₄□亓（其）歔（歇）⑤。▭₅

注釋：

　　①「取」當讀作陬，月名，《爾雅·釋天》：「正月爲陬」〔註168〕；《離騷》：「攝提貞於孟陬」。

　　②「乙」爲「鳦」字之省，燕也。《說文·燕部》：「燕，玄鳥也。」郝懿行《爾雅義疏》云：「乙，玄鳥也，齊魯謂之乙，取其鳴自呼，象形，乙或作鳦。」又云：「乙春分來秋分去」，《左傳·昭公十七年》：「玄鳥氏司分者也。」

　　③「壬子、丙子凶作」，嚴一萍引《淮南子·天文訓》：「壬子干丙子電」、「丙子干壬子星墜」以證「凶作」，甚確。

　　④「銜」即「率」，「率有咎」，饒氏認爲是指北征則太歲當衝。李零以爲古代兵陰陽家有順斗逆斗之說。歲星在北，北征必受咎。《漢書·藝文志》「兵陰陽」類小序：「陰陽者，順時而發，推刑德，隨斗擊，因五勝，假鬼神而爲助者也。」正月，由北向南擊爲隨斗，北征則是逆斗而擊，犯其忌諱，所以說「率

　　　北：藝文印書館，1993 年），頁 344～345。

〔註168〕（晉）郭璞注、（宋）邢昺疏、（清）阮元校勘《十三經註疏·爾雅注疏》，（臺北：藝文印書館，1993 年），頁 96。

有咎」。「率」指軍率。

⑤武呂4□亓（其）敽（歇），猶言用武于其輔。〔註169〕《史記・天官書》：「起師旅，其率（帥）必武。」

釋義：

春正月「取」，正處於歲下。

曰：取月，開生之候鳥乙至，不可殺生。（歲星適居於北，北征則抵太歲，不利；又禍衝在南，故）壬子、丙子，凶。是以率兵北征，均有凶咎。且將用武（駕陵）於其輔軍。

二

女（如）此武①1

曰：女（如），可吕（以）出帀（師）箙（築）邑②2，不可吕（以）豝（嫁）女取臣妾③3，不夾（兼）尋（得）不戚（感、憾）④。□4

注釋：

①「如」，即「如月」。見《爾雅・釋天》：「二月爲如」。〔註170〕此句讀爲「如此武」，指下文的「可吕（以）出帀（師）」。

②「箙」，原篆作「\[篆\]」。《說文》築字古文作\[篆\]，嚴一萍據《汗簡》「築」字作「\[篆\]」〔註171〕，《古文四聲韻》「築」字作「\[篆\]、\[篆\]、\[篆\]」〔註172〕，釋「築」至確。

③豝，曾憲通釋「家」，楚系「家」字多作此形，如〈楚公豝鐘〉、〈戈〉，還有楚簡上所見到的「豝」字，上增一爪，乃是「家」字，這裡讀爲「嫁」。臣妾，男女奴隸，見於卜辭與《周易》均是經常卜問的對象，《史記・龜策列傳》所錄龜卜之辭亦有「求財物買臣妾馬牛」以及「可以娶婦嫁女」等語。

④夾，或釋爲「亦」（以夾所從兩人字爲起筆帶頓挫的兩點）。李零認爲此字字形與中山王墓《兆域圖》銅版「闊閦（狹）」的門閦字所從夾相同，應釋爲「夾」。夾，古音爲談部字，這裡應讀爲「兼」。「不夾得」謂不可兼得，即可

〔註169〕饒宗頤・曾憲通：《楚帛書》，（香港：中華書局，1985年9月），頁74。

〔註170〕（晉）郭璞注、（宋）邢昺疏、（清）阮元校勘《十三經註疏・爾雅注疏》，頁760。

〔註171〕見《汗簡》卷五，頁23。

〔註172〕《古文四聲韻》卷五，頁4。

以出師、築邑則不可嫁女、取臣妾，二事不可兼而得之。不戚，應讀爲「不憾」，「戚」即古「感」字，說詳上文。

釋義：

春二月「女」適於戎旅征伐事。

曰：女月，可以出師征戰、封都邑，但不可嫁女娶妾，不兼得亦不遺憾。

三

秉司春①₁
〔曰：秉〕▨▨□□□②₂婁（妻）畜生（牲）分女□▨③。▭₃

注釋：

①「秉」即「病月」，《爾雅·釋天》：「三月爲病」〔註173〕又《廣韻》上聲梗韻下引《爾雅》作「窝」。

②李零判斷第二行與章號齊，有七字；第三行目測有六字。

③「妻」字原作「𡙇」，與《古文四聲韻》引《古孝經》「妻」字同。「畜生」即畜牲。行末存一章號。

釋義：

春三月「秉」，主掌管春季。

曰：秉月，……妻、畜養之禽獸，……。

四

余取（娶）女①₁
曰：余，不可吕（以）乍（作）大事②，少昊③亓（其）₂▨，▨（蒼？）龍亓（其）▨（見？）④，取（娶）女爲邦芙⑤。▭₃

注釋：

①「余」即「余月」，見《爾雅·釋天》「四月爲余」。〔註174〕「取女」即「娶女」。

②《左傳·成公十三年》：「國之大事在祀與戎。」《禮記·月令》：「季夏之月，毋舉大事。」故「大事」可泛指行大祭、興土功、舉兵眾、合諸侯等事。

〔註173〕（晉）郭璞注、（宋）邢昺疏、（清）阮元校勘《十三經註疏·爾雅注疏》，頁96。

〔註174〕（晉）郭璞注、（宋）邢昺疏、（清）阮元校勘《十三經註疏·爾雅注疏》，頁96。

③「少杲」，或以爲「少暤」。饒宗頤疑讀爲「少昊」，引《釋名・釋天》：「夏曰昊天，其氣布散皓皓也。」「皓皓」即「杲杲」。《楚辭・遠遊》：「陽杲杲其未光兮。」少昊意義當如此。〔註175〕言四月其氣如初陽之杲杲未光。

④《左傳・桓公五年》：「龍見而雩」注云：「龍見建巳之月（即夏正四月），蒼龍宿之體，昏見東方，萬物始盛。」〔註176〕因此疑「☒龍其☒」即「蒼龍其現」。《左傳・莊公二十九年》：「凡土功，龍見而畢務，戒事也。」〔註177〕爲補「蒼」、「見」二字之證也。饒氏以蒼龍兼以代表太歲。

⑤「𣄼」字饒宗頤據曾憲通隸定爲「芺」，並以聲求之讀爲洈。引《廣韻》上聲二十八獮：「洈，爾雅云墜也。」故「邦芺」即「墜邦」也。

釋義：

夏四月「余」，最忌娶婦。

曰：余月，不可以從事大事，日將明□，太歲東方蒼龍出現，此月娶婦將導致亡國。

<h2 style="text-align:center">五</h2>

> 故（皋）出睹（曙）①1
> 曰：故（皋），戥（梟）衡（率、帥）☒（不？）䩱（得）㠯（以）匿②。不
> 2見月才（在）昌☒，不可㠯（以）亯3祀。凶，取☒☒爲臣妾。▱4

注釋：

①「故」，即《爾雅・釋天》：「五月爲皋」。〔註178〕从欠咎聲。饒宗頤以爲即「咎」字。《說文》：「咎，高氣也。从口九聲，巨鳩切。」「故」字當爲「咎」之繁文。「睹」字，从日从者。《說文》：「睹，且明也。」饒宗頤以爲睹字即「曙」字，睹亦取昭明之義。

②「戥」字饒宗頤隸定爲「戥」，七月有「梟」字，「戥」則爲增戈旁之

〔註175〕 饒宗頤・曾憲通：《楚帛書》，頁76。

〔註176〕 （晉）杜預集解、（唐）孔穎達正義、（清）阮元校勘《十三經註疏・春秋左傳正義》，（臺北：藝文印書館，1993年），頁108。

〔註177〕 （晉）杜預集解、（唐）孔穎達正義、（清）阮元校勘《十三經註疏・春秋左傳正義》，頁178。

〔註178〕 （晉）郭璞注、（宋）邢昺疏、（清）阮元校勘《十三經註疏・爾雅注疏》，頁96。

繁形。《淮南子・原道訓》:「爲天下梟。」高誘注:「雄也,最勇健爲梟。」「銜」即帥字。《說文》:「𢂷,將衛也。」段注:「將帥字,古祇作衛,帥行而衛又廢矣。」〔註179〕「戲帥」,指勇猛之將帥。李陵〈答蘇武書〉:「追奔逐北,滅跡掃塵,斬其梟帥。」〔註180〕「」下一字殘,疑爲「不」字,與「出睹」相應。

釋義:

夏五月「㪯」,隱而復現。

曰:㪯月,勇猛之將帥不得隱藏躲避。若是不見月在□□,則不可以獻物祭祀。選取□□爲臣妾,否則將有凶災毀禍事。

六

> 戲司頟(夏)①₁
> 曰:戲,不可出币(師)。水币(師)不起,亓(其)改(敗?)₂亓(其)遰(覆)②,至于二(至于)亓(其)下□,不可㠯(以)亯(享)。□₃

注釋:

①「戲」即「且」,六月月名。即《爾雅》謂「六月爲且」。〔註181〕

②「敗」嚴據殘文「攴」補。

釋義:

夏六月「戲」,主掌管夏季

曰:戲月,不可出師行戎旅征戰事,水師爲尤不宜。若不依循,則將敗滅覆亡,至於□大□,不可以獻物祭祀。

七

> 倉莫(?)尋(得)①₁
> 曰:倉,不可㠯(以)川□②,大不₂斳于邦③,又(有)県(梟),內(入)于卡(上下)④。□₃

注釋:

①「倉」,即「相月」。《爾雅・釋天》:「七月爲相。」「莫得」,應是指下文

〔註179〕 (漢)許愼撰、(清)段玉裁注《說文解字・注》,(臺北:黎明出版社,1991年),頁79。

〔註180〕 李陵:〈答蘇武書〉,見《文選》,(臺北:藝文印書館,1989年),頁585。

〔註181〕 (晉)郭璞注、(宋)邢昺疏、(清)阮元校勘《十三經註疏・爾雅注疏》,頁96。

「大不訢于邦」一事。

②「川」作動詞用。《說文》：「川，毌穿通流水也。」《釋名·釋水》：「川，穿也。穿地而流也。」

③「訢」，古欣字也。《說文》：「訢，喜也。」

④「臬」，即「梟」，惡鳥也。應同於「戲」字。爲一字之繁簡二形。

釋義：

秋七月「倉」，邦內有不欣和之事。

曰：倉月，應謹壅塞、勤濬川、愼防水潦，邦內將有凶事，大不欣和。以梟爲犧牲，祭祀於上下神祇。

八

> 臧（臧）夲囗①₁
> 曰：〔臧〕②，不可弖（以）篏（築）室，不₂可弖（以）乍（作），不腍（瘠）不遈（復）③，亓（其）₃邦又（有）大齱（亂）。取（娶）女，凶。▢₄

注釋：

①「臧」，從口戕聲，即「臧」字。「臧」爲八月名，《爾雅》：「八月爲壯」〔註182〕，而作「壯」字。「夲囗」，缺字而不明其義。

②「臧」字不清，據文例補入。

③此句各家原作「不可以築室，不可以作師，腍（瘠）不復」，經李零目驗帛書原物，「師」字應爲「不」字。故斷句爲「不可以築室，不可以作，不腍（瘠）不復」。作，作事。同《睡虎地秦簡·日書》之「作事」。〔註183〕「（圖）」隸作「腍」，從肉從束。其右旁與三體石經《君奭》「束」作「（圖）」同。何儀琳以爲是「腈」之異文。《說文》：「腈，瘦也，從肉脊聲。瘠，古文腈，從广從束，束亦聲。」〔註184〕段注：「腈亦作瘠。」是以「腍」、「腈」、「瘠」爲異體字，訓作「節約」。《禮記·樂記》：「使其曲直、繁瘠、廉肉節奏，足以感動人心善而已矣。」〔註185〕

〔註182〕（晉）郭璞注、（宋）邢昺疏、（清）阮元校勘《十三經註疏·爾雅注疏》，頁96。

〔註183〕李零：〈《長沙子彈庫戰國楚帛書研究》補正〉，《古文字研究》第二十輯，（北京：中華書局，2000年3月），頁175。

〔註184〕（漢）許愼撰、（清）段玉裁注：《說文解字·注》，頁173。

〔註185〕（漢）鄭玄注、（唐）孔穎達正義、（清）阮元校勘：《十三經註疏·禮記正義》，（臺北：藝文印書館，1993年），頁700。

釋義：

秋八月臧……。

曰：臧月，不可以建造房舍，不可以行戎旅之事，若不節約無法恢復國力，邦內將有大亂。此月娶婦，將有凶咎。

九

```
玄司睐（秋）①₁
曰：玄，可㠯（以）笘（箈＝築）室（？）□□□₂可☑□遑（徙）②，乃㝵□
□③。▭₃
```

注釋：

①「玄」即「玄月」。《爾雅・釋天》：「九月爲玄」。〔註186〕

②「遑」字，饒宗頤隸定爲「徙」，當是徙字古文。

③「咎」字倒，疑爲裝裱不慎所致。李零謂帛書下緣殘去，估計兩行缺字不會超過三字，第二行應爲九字，第三行應爲八字，加章號一。

釋義：

秋九月「玄」，主掌管秋季

曰：玄月，可以建造都邑或宮室……於□□，遷移則有凶咎事。……

十

```
易（陽）☑羛（義？）①₁
曰：易（陽），不〔可〕燬（毀）事，可〔㠯（以）〕₂折②，攷（除）故（去）
不羛（義）于四〔方〕③。▭₃
```

注釋：

①「易」即「陽月」，《爾雅・釋天》：「十月爲陽」。〔註187〕「羛」字下殘，嚴一萍疑「義」字。今目驗帛書照片，形略似，暫從嚴說。

②「燬事」即「毀事」。《周禮・地官・牧人》：「凡外祭毀事，用尨可也。」，何儀琳以爲毀折牲體之祭事。然對舉於「不可燬事，可以折」，「折」應與「燬事」無關，何說似不確。饒宗頤謂「折」讀爲誓，訓告。可從。《逸周書・世俘

〔註186〕（晉）郭璞注、（宋）邢昺疏、（清）阮元校勘：《十三經註疏・爾雅注疏》，頁96。

〔註187〕（晉）郭璞注、（宋）邢昺疏、（清）阮元校勘：《十三經註疏・爾雅注疏》，頁96。

解》：「用小牲羊犬豕于百神，水土于誓社。」〔註188〕

③饒宗頤謂「敓㱦」為連詞，猶言「除去」。「敓」為「敘」之繁形。〔註189〕「不義」，不宜也，當指種種不宜之事，非唯指人而已。

釋義：

冬十月「昜」要除去種種不宜之事

曰：昜月，不可為求驅除凶咎而舉行外祭，但可以誓告祈福。除去四方種種不宜之事。

十一

> 姑分長①1
> 曰：姑，利戩（侵）伐②，可㠯（以）攻成（城）2，可㠯（以）聚眾，會者（諸）侯，型（刑）百3事，㝋（戮）不羕（義）③。☐4

注釋：

①「姑」，即「辜月」，見《爾雅·釋天》：「十一月為辜」。〔註190〕「分長」，李零疑為下文張軍舉兵之事。筆者以為當指各類要事，不限軍戎。

②「戩」字從戈從帚，乃「侵」字異體。《說文》：「侵，漸進也，從人又持帚，若埽之進；又，手也。」此字從戈，「侵伐」之意甚明。

③「會者（諸）侯，型（刑）百事」，或以為「百」字不明，然諸侯與百事對舉，應為「百」字無疑。「型」與「刑」通，何儀琳引王念孫《疏證》謂「刑、成聲相近」言刑百事猶逐成百事。「㝋」為戮字俗字，戰國已見之。戮，釋為「使……就戮」，引申為「討伐」。〈中山王鼎〉：「以征不義」，《淮南子·時則訓》：「以征不義」與帛書「戮不義」意近。

釋義：

冬十一月「姑」，適合施行各該類之要者。

曰：姑月，利於興兵討罪，可以攻擊敵人之城池，可以聚集大眾，會合各諸侯國國君，並可以決斷眾多之事務，並可以討伐殘暴不義之人。

〔註188〕（晉）孔晁注：《逸周書》，（臺北：中華書局，1981年，《四部備要》抱經堂刊本），卷四，頁12。

〔註189〕饒宗頤·曾憲通：《楚帛書》，頁83。

〔註190〕（晉）郭璞注、（宋）邢昺疏、（清）阮元校勘《十三經註疏·爾雅注疏》，頁96。

十二

> 荃（荼）司各（冬）①1
> 曰：敆（擒、捦）2，不可㠯（以）攻〔城〕②□3▨□□□□殳▨③。▭4

注釋：

①「荃」，即「涂月」，《爾雅‧釋天》：「十二月為涂」。〔註191〕饒宗頤云：「古本《爾雅》作荼，《周禮‧哲蔟氏》注云：『从娵至荃』。阮氏校勘記引，一作除。」〔註192〕認為「敆」是「荃」的異寫。「司冬」二字殘，據殘形及文例補入

②「攻城」二字參考李零依帛書殘畫酌定。

③李零謂第二行八字，第三行七字，外加章號一。

釋義：

冬十二月「荃」，主掌管冬季

曰：荃月，（不）可以……擒……，不可以攻……。

字數：全篇凡 233 字，外加合文 2 字，章題 36 字。

〔註191〕（晉）郭璞注、（宋）邢昺疏、（清）阮元校勘《十三經註疏‧爾雅注疏》，頁 96。

〔註192〕饒宗頤‧曾憲通：《楚帛書》，頁 85。

附錄四：楚帛書文字編

凡　例

　　一、本文字編據紅外線照片所編，即紐約大都會博物館於 1966 年，委託阿克托科學實驗公司，並延請澳洲學者諾埃爾・巴納德為指導人，以航空攝影用之紅外線膠片所攝製帛書原物之紅外線照片為底本。經筆者以修圖軟體加工，並放大 1.3 倍而得。

　　二、本文字編分為單字、合文、殘字、待考字等四類，依序編排。

　　三、凡字形有殘缺而可辨識者，仍列入字表；殘缺而不可識者，方列入「殘字」一類。

　　四、單字之排列，以許慎《說文》部首為次分為十四卷，按卷排列，並以《說文》小篆為首，以便於與其他字書、文字編互參對照；《說文》未錄之字，則以新附字的方式，依部首列於其後；一字之重出者，則依〈四時〉、〈天象〉、〈宜忌〉之序先後排列。

　　五、字形編號以各篇首字代表，如「四」表〈四時〉、「天」表〈天象〉、「宜」表〈宜忌〉。代表字下第一組數字，代表該卷行數；以「・」連接第二組數字，表該行第幾字。唯〈宜忌〉之次第，以各章章題為一行，章文之首行為第二行。代表字下第一組數字，代表該卷月份；以「・」連接第二組數字，表該行第幾行。如：

天 禾 四 5・18	「天」字見於〈四時〉第 5 行第 18 字
上 ㄓ 天 6・04	「上」字見於〈天象〉第 6 行第 4 字
鑑 宜 12・01	「鑑」字見於〈宜忌〉十二月第 1 行

　　六、為便於查檢，索引列於文字編後，以筆畫為次。

楚帛書文字編　卷一

1上·01	天	天	四5·18	四6·13	四6·23	四6·31	天2·05	天2·09	天3·14	天8·33
			天10·06	天10·14	天10·25	天10·31				
1上·02		上	天6·04							
1上·03		下	天7·21	天10·33	宜1·01					
1上·03	帝	帝	四6·02	四6·33	天9·29	天11·27				
1上·03	旁	旁	四5·19							
1上·05	神	神	四3·36	四5·12	四6·09	四7·15	四7·33	天9·02	天9·18	天9·26
			天10·9	天10·17	天11·14					
1上·05	福	福	天10·08							
1上·06	祀	祀	天11·24	天12·26	宜5·04					
1上·06	祭	祭	天12·25							
1上·12	祝	祝	四6·05							
1上·17	三	三	四4·21	四6·12	天3·28	天6·06	天6·15	天8·25		
1上·17新		祂	天11·02							
1上·17新		祡（化）	四2·22							

1上・17新		禕	示車 四7・27		
1上・18	王	王	王 天5・09		
1上・18	閏	閏	閏 四7・17	閏 天3・21	
1下・01	每	每	每 四1・28		
1下・47	折	折	折 宜10・03		
1下・47	卉	卉	卉 天1・32	卉 天5・26	
1下・51	荼	荼 （荼）			
1下・53	春	春	春 天1・13	春 宜3・01	
1下・54	莫	莫	莫 宜7・01		
1下・54新		芙	芙 宜4・03		

楚帛書文字編　卷二

2上・01	少	少	少 天12・30	少 宜4・02	
2上・01	分	分	分 宜3・03	分 宜11・01	
2上・02	尚	尚	尚 天1・20	尚 天2・01	尚 天8・34
2上・18	命	命	命 四3・10	命 四6・04	

2上·19 哉	哉	敤 天9·34						
2上·23	占 (飲)	飲 宜5·02						
2上·26	吝	吝 天4·23	吝 天5·01					
2上·26	各	各 四2·20	各 天10·11					
2上·28	唬 (虛)	虎 四2·23						
2上·40	登 (雙)	登 天2·22	登 天8·27					
2上·41	此	此 宜2·01						
2上·41	步	步 四2·35	步 四4·04	步 四7·08				
2上·41	歲 (散)	歲 四4·07	歲 四4·34	歲 天2·30	歲 天4·19	歲 天5·12	歲 天6·14	歲 天7·33	歲 天12·21
2下·01	正	正 天6·31	正 天9·04	正 天9·14				
2下·01	是	是 四1·33	是 四2·10	是 四2·15	是 四2·19	是 四4·08	是 天2·27	是 天3·18	是 天3·30
		是 天4·10	是 天6·08	是 天6·24	是 天9·19	是 天9·21	是 天10·27	是 天12·13	
2下·03	征	征 宜1·04						

2下·04	進	進 天8·05						
2下·05	逆	逆 四7·31						
2下·06	徙（遅）	徙 宜9·03						
2下·06	返	返 天12·28						
2下·10	逃	逃 四2·24						
2下·13新	遊（失）	遊 天1·25	遊 天1·30	遊 天3·19	遊 天3·32			
2下·13新	遟	遟 四2·02						
2下·14	復（返）	復 四5·17	復 宜6·03	復 宜8·03				
2下·16	退	退 天8·06						
2下·17	建	建 天9·09						
2下·18	行	行 四7·4	行 天1·27	行 天3·24	行 天5·25	行 天6·9	行 天11·22	行 天11·34
2下·19	衛（率）	衛 宜1·04	衛 宜5·02					
2下·32	延（斌）	延 四3·08	延 天3·23					

楚帛書文字編　卷三

3 上・05 十	十	四 7・09　天 6・33
3 上・06 杂	千	四 4・31
3 上・15 訟	訢	宜 7・03
3 上・32 新	脂	天 11・26
3 上・33 章	章	四 1・25
3 上・33 妾	妾	宜 2・03　宜 5・04
3 上・35 奉	奉	天 4・01
3 上・37 兵	兵	天 5・05
3 上・37 新	掌	天 1・12
3 上・38 共	共	四 7・05
3 上・39 晨	曟 （晨）	四 7・26
3 上・39 興	興	天 8・29　天 9・06
3 下・10 融	融 （蟲）	四 6・06

字頭	楷定	字形及出處
3下·12 為	為	四2·25 四2·27 四3·21 四4·06 四7·01 天6·29 天8·17 宜4·03 / 宜5·04
3下·16 又	又	四3·33 四4·32 四8·03 四8·05 四8·07 四8·09 天1·18 天2·23 / 天3·04 天4·22 天4·29 天4·34 天6·34 天8·08 天12·03 天12·06 / 天12·31 宜1·04 宜7·03 宜8·04
3·18 戲	戲	四2·01 宜6·01 宜6·02
3下·18 秉	秉	宜3·01
3下·19 取	取	四1·36 宜1·01 宜1·02 宜2·03 宜4·01 宜4·03 宜5·04 宜8·04
3下·20 事	事	天12·34 宜4·02 宜10·02 宜11·04
3下·22 畫	畫	四8·08
3下·24 臣	臣	宜2·03 宜5·04
3下·24 臧	臧（藏）	宜8·01
3下·28 殺	殺	宜1·03
3下·29 寺	寺	四4·11 四7·12 天6·07 天6·16 天8·03

· 230 ·

3 下·33 故	故	故 四1·02
3 下·36 斅	斅	斅 四5·22
3 下·38 攻	攻	攻 攻 玢 四7·06　宜11·02　宜12·03
3 下·40 鈙	鈙 （斂、除）	鈙 宜10·03
3 下·40 新	攱 （去）	攱 宜10·03
3 下·40 新	敉 （抒）	敉 四6·16
3 下·40 新	歔	歔 宜1·05
3 下·43 用	用	用 天11·10

楚帛書文字編　卷四

4 上·08 相	相	相 相 相 四4·01　四7·35　天12·07
4 上·10 矏	矏 （蔑）	矏 四6·30
4 上·15 自	自	自 自 四1·08　天7·08
4 上·15 皆	皆 （麿）	皆 天7·24
4 上·16 者	者	者 宜11·03

4 上·16	智	智	天 8·14　天 12·20						
4 上·16	百	百	四 4·33　四 7·22　天 11·13						
4 上·24	隹	隹	隹　隹　隹　隹　隹　隹　隹						
			四 4·09　天 1·01　天 5·19　天 6·10　天 6·32　天 7·03　天 10·05　天 10·13						
			隹　隹						
			天 10·23　天 10·30						
4 上·32	羊	羊	天 9·08						
4 上·35	群	群	群　群　群						
			天 8·21　天 9·01　天 9·25						
4 上·44	難 （難）	難	四 4·25						
4 上·56	於	於	四 1·34						
4 下·03	惠	惠	天 10·19						
4 下·04	玄	玄　玄	宜 9·01　宜 9·02						
4 下·06	亂 （躅）	亂　亂　亂　亂　亂　亂　亂　亂	四 7·28　天 1·24　天 4·12　天 4·27　天 7·25　天 7·32　天 11·31　宜 8·04						
4 下·07	敢	敢	四 6·29						
4 下·22	胃 （胃）	胃　胃　胃　胃	天 2·28　天 3·31　天 4·11　天 9·22						
4 下·25	脽 （爵）	脽	四 1·13						

4下·40新	胂	胂							
		宜8·03							
4下·42	利	利							
		宜11·02							
4下·43	則	則	則	則	則	則	則	則	則
		四6·24	四6·27	四7·16	天1·06	天8·18	天10·10	天10·18	天12·02
		則	則	則	則				
		天12·14	天12·22	天12·27	宜1·02				

楚帛書文字編 卷五

5上·21	丌（其）	丌	丌	丌	丌	丌	丌	丌	丌
		四3·22	天1·11	天1·26	天2·16	天2·21	天3·11	天4·04	天4·18
		丌	丌	丌	丌	丌	丌	丌	丌
		天5·08	天7·20	天9·17	宜1·05	宜4·02	宜4·03	宜6·02	宜6·03
		丌							
		宜8·03							
5上·24	奠	奠	奠						
		四6·11	四6·17						
5上·28	曰	曰	曰	曰	曰	曰	曰	曰	曰
		四1·01	四2·07	四4·13	四4·17	四4·22	四4·27	四6·20	天5·17
		曰	曰	曰	曰	曰	曰	曰	曰
		天9·30	宜1·02	宜2·02	宜5·02	宜6·02	宜7·02	宜8·02	宜9·02
		曰	曰	曰					
		宜10·02	宜11·02	宜12·02					
5上·29	乃	乃	乃	乃	乃	乃	乃	乃	乃
		四1·35	四3·01	四3·09	四4·03	四5·13	四6·03	四6·35	四7·30
		乃	乃	乃	乃	乃	乃		
		天4·28	天5·04	天8·01	天9·15	天9·27	宜9·03		

字號	隸定	字例與出處
5上·31	可	宜1·02　宜2·2　宜2·03　宜4·02　宜5·03　宜6·02　宜6·03　宜7·02 宜8·02　宜8·03　宜9·02　宜9·03　宜10·02　宜11·02　宜11·03　宜12·03
5上·32	于	四1·12　四5·16　天2·15　天5·07　宜1·01　宜1·04　宜7·03　宜7·03 宜10·03
5上·38	桓（梧）	天2·10
5上·40	盧	四1·06
5上·52新	峽	四5·10　四6·26
5下·03	既	天4·26　天7·31
5下·01	青	四4·14　四5·24
5下·16	會	宜11·03
5下·17	倉	四3·18　宜7·01　宜7·02
5下·18	內	天2·33　天7·16　宜7·03
5下·23	侯（医）	宜11·03　厚
5下·26	同	天7·29

5下·28	宣	宣	含 宫 宫
			天9·20　宜5·03　宜6·03
5下·35	炗	夋（允）	夋 夋
			四5·01　四6·34
5下·36	夒	夏（顕）	夏 夏
			天1·14　宜6·01
5下·38	羍	羍（羍）	羍
			天5·06

楚帛書文字編　卷六

6上·01	木	木	木 木 木 木 木 木 木
			四5·25　四5·27　四5·29　四5·31　四5·33　天1·33　天5·27
6上·21	朱	朱	朱
			四4·18
6上·29	杲	杲	杲
			宜4·02
6上·30	築	築（築）	築 築 築
			宜2·02　宜8·02　宜9·02
6上·30	榦	榦（橌）	榦 榦
			四4·15　四4·30
6上·66	東	東	東
			天4·32
6上·66新	精	精（精）	精
			四5·35
6上·68	才	才	才
			宜1·01
6下·01	之	之	之 之 之 之 之 之 之 之
			四2·05　四5·23　四5·34　四7·03　天3·22　天5·22　天5·34　天6·13

		天6·20	天6·30	天9·33	天10·12	天10·20	天11·01	天11·04	天11·33
6下·02	帀（師）	宜2·02	宜6·02	宜6·02	宜8·03				
6下·02	出	四1·07	天7·07	天7·15	宜2·02	宜5·01	宜6·02		
6下·03	孛	天2·29	天7·04						
6下·04	生	四2·11	四5·02	宜3·03					
6下·22	邑	宜2·02							
6下·22	邦	天4·05	天4·03	天5·20	天7·03	宜8·04			

楚帛書文字編　卷七

7上·01	日	四7·10		
7上·02	曙（暏）	宜5·01		
7上·08	晦（曶）	四3·14		
7上·14	朝	四8·06		
7上·22	星	天1·22	天7·26	
7上·23	參（曑）	四2·21	天3·12	

7上· 23	月	天1·05　天2·32　天2·34　天3·20　天3·27　天3·29　天4·07　天4·09
		天6·25　宜5·03
7上· 25	明	天9·16
7上· 27	夢	四1·22
7上· 27	夕	四8·10
7上· 51	秋 (𥝠)	天1·15　宜9·01
7上· 63	氣 (熙)	四3·17　四3·19
7上· 66	凶	天7·22　天13·03　宜1·03　宜5·04　宜8·04
7下· 05	家 (豕)	宜2·03
7下· 06	室	宜8·02
7下· 11	宵	四8·04
7下· 15新	宊	天2·04　天5·23　天6·05　天10·16
7下· 37	同	天7·18
7下· 57	白	四5·30

楚帛書文字編　卷八

8 上·01	人	天5·29　天12·18
8 上·14	備	四5·09　天10·24
8 上·20	侵 （戩）	宜11·02
8 上·21	像	天10·26
8 上·25	傳 （遄）	四3·04　四7·34
8 上·27	倀	四4·12
8 上·34	伐	宜11·02
8 上·36	咎	四2·33　宜1·04　宜9·03
8 上·43	從	天13·02
8 上·44	北	宜1·04
8 上·45	眾	宜11·03
8 上·45	聚	宜11·03
8 上·47	身	天7·12

8 上·56	襄（懷）	天9·11
8 上·60	襄	四2·16　四2·32
8 下·05	朕	四3·03
8 下·06	方	天2·18
8 下·12	見	天12·10　宜5·03
8 下·14	尋（得）	天1·10　天3·10　宜2·04　宜5·02　宜7·01
8 下·19	欽	天10·21　天11·20

楚帛書文字編　卷九

9 上·14	首	宜11·03
9 上·17	県（戲、梟）	宜5·02　宜7·03
9 上·29	司	四2·30　宜3·01　宜6·01　宜9·01　宜9·02
9 上·39	敬	天9·32　天10·04　天10·22　天11·03
9 下·01	山	四3·05　四3·11　四3·26　四5·07　天2·19　天11·15
9 下·22 新	厎	天4·15

9 下·22 新		厤	天 6·28
9 下·32		長	四 4·12　宜 11·01
9 下·32		勿	天 3·23　天 11·09　天 13·01
9 下·34		而	四 2·17　四 2·34
9 下·34		易 (陽)	宜 10·01　宜 10·02

楚帛書文字編　卷十

10 上·37		鼠 (鼠)	天 4·30　天 8·30　天 12·15
10 上·39		熊 (能)	四 1·04
10 上·40		熾	宜 10·02
10 上 54		炎	四 6·01
10 上 54 新		熙 (氣)	四 3·17　四 3·19
10 上 54 新		寋 (熏)	四 3·16
10 下·04		大	宜 8·04
10 下·05		夸	四 7·07

10 下·07		亦	 宜 2 · 04
10 下·23		思	 四 6 · 15　四 7 · 21　四 8 · 02
10 下·25		悳 （德）	 天 5 · 13　天 6 · 11　天 7 · 05　天 9 · 23　天 9 · 28
10 下·27		恭	 天 8 · 11
10 下·45		惻	 天 10 · 28
10 下·46		感 （戚）	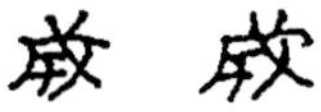 天 10 · 29　宜 2 · 04

楚帛書文字編　卷十一

11 上 一·01		水	 四 1 · 29　宜 6 · 02
11 上 一·36		湫 （湭）	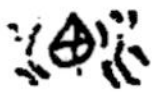 四 4 · 28
11 上 二·10		開 （淵）	 天 2 · 24　天 7 · 10
11 上 二·11		淺	 天 5 · 33
11 上 二·25		瀧	 四 3 · 28
11 上 二·31		湯 （湯）	 天 2 · 13
11 上 二·37		浴	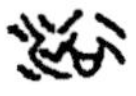 天 11 · 18

11上 二·43	汩 （涅）	四3·39　天2·26	
11上 二·43 新	凼 （溜）	四3·30	
11上 二·43 新	㵘 （漫）	四3·31　天11·17	
11 下·01	涉	四3·25	
11 下·03	川	四3·12　天11·16　宜7·02	
11 下·04	州	四5·04	
11 下·06	羕	天2·08	
11 下·08	冬 （各）	天1·16　宜12·01	
11 下·09	雨	四1·32　四7·25　天3·07　天3·15　天8·04	
11 下·10	電	天3·05	
11 下·11	雹 （霜）	四1·05	
11 下·11	霝 （靈）	四6·32	
11 下·16 新	雷	天3·06	
11 下·16 新	霆	四1·10	

11 下·30 新		魚 （漁）	魚 四 1·17					
11 下·31	龍	龍	龍 宜 4·03					
11 下·31	翼	翼 （𩾌）	翼 天 7·14					
11 下·32	非	非	非 四 6·21					

楚帛書文字編　卷十二

12 上·01		乙 （𠃉）	乙 宜 1·02					
12 上·02		不	不 四 3·07	不 四 5·05	不 天 1·09	不 天 3·09	不 天 7·28	不 天 11·19	不 天 11·25	不 天 12·09
			不 宜 1·02	不 宜 2·03	不 宜 2·04	不 宜 2·04	不 宜 4·02	不 宜 5·02	不 宜 5·03	不 宜 6·02
			不 宜 6·02	不 宜 6·03	不 宜 7·02	不 宜 7·02	不 宜 8·02	一 宜 8·02	不 宜 8·03	不 宜 10·02
			不 宜 10·03	不 宜 11·04	不 宜 12·03				
12 上·02		至	至 四 5·15	至 天 12·16	至 宜 1·02				
12 上·04		西	西 天 4·20	西 天 12·12					
12 上·17		職	職 天 3·13						
12 上·42		失	失 天 9·07						

12 上·52	扞 (扠)	四5·21
12 下·01	女	四2·08　天4·24　天5·15　宜2·01　宜2·02　宜2·03　宜3·03　宜4·01 宜4·03　宜8·04
12 下·05	妻	宜3·03
12 下·06	母	四1·21　四6·28　四7·20　天8·19　天10·01　天11·05
12 下·07	姑	宜11·01　宜11·02
12 下·26	婁 (孂)	天6·27
12 下·31	民	天5·28　天8·12　天8·22　天9·12　天10·34　天11·08　天11·23　天12·01 天12·17　天12·29
12 下·32	弋	四4·02　天11·06
12 下·32	弗	天10·02　天12·19
12 下·34	乀 (厥)	四1·15　天2·25
12 下·39	或	天10·03
12 下·39	戮 (戮)	宜11·04

12 下・39	國	國 （馘）	馘 天4・21	馘 天4・33					
12 下・41	武	武	武 宜1・04	武 宜2・01					
12 下・43	義	義 （羛）	義 宜10・01	羛 宜10・03	羛 宜11・04				
12 下・45	亡	亡	亡 四1・24	亡 天1・34	亡 天3・34	亡 天4・14	亡 天7・13	亡 天8・07	亡 天12・05
12 下・45	乍	乍	乍 四5・14	乍 四7・29	乍 天2・07	乍 天2・12	乍 天7・19	乍 天10・07	乍 天10・15 宜4・02
			乍 宜1・03						
12 下・46	無	無	無 天12・23						
12 下・47	匿	匿	匿 天5・14	匿 天6・12	匿 天7・06	匿 天9・24	匿 宜5・02		
12 下・61	弼	弼	弼 四1・26						
12 下・63	繇	讒 （繇）	繇 天9・31	繇 天11・29					

楚帛書文字編　卷十三

13 上・04	紀	紀 （綛）	綛 天4・13	
13 上・09	終	終	終 天3・33	
13 上・14	紃	紃	紃 天1・08	紃 天1・29

13 上·32	絹	絹	𦃃 天 12·24		
13 上·33	繫	繫 (孌)	繫 天 6·19		
13 上·39	素	素	素 天 6·22		
13 上·39 新	緅 (經)	經 天 1·07	經 天 1·28		
13 上·62 新	臺 (擾)	臺 天 12·08			
13 下·07	風	風 四 1·31	風 天 5·31	風 四 7·24	
13 下·14	二	二 四 4·16	二 天 3·26	二 天 7·01	
13 下·14	恆 (亙)	亙 天 8·10	亙 天 8·26	亙 天 9·10	
13 下·14	亟	亟 四 6·19			
13 下·15	凡	凡 天 5·11			
13 下·16	土	土 天 3·08	土 天 7·11	土 天 12·33	
13 下·16	地 (墬)	墬 天 2·06			
13 下·18	坪 (平)	坪 四 5·06			
13 下·22	堵	堵 四 2·31			

13 下·28	墨	墨	(四1·23殘) (四4·29) (四5·32)
13 下·29	城	城	宜11·02
13 下·29	型 (刑)	型	宜11·03
13 下·40 新	堎	堎	四2·18
13 下·40 新	敍	敍	宜12·03
13 下·47	畜	畜	宜3·03
13 下·48	黃	黃	(四4·24) (四5·28) (天7·09)
13 下·52	童 (動)	童	天8·20
13 下·52	動 (運)	動	四5·20

楚帛書文字編　卷十四

14 上·28	凥	凥	四1·11
14 上·31	所	所	天5·21
14 下·01	陵	陵	(四3·06) (四3·27) (四5·08) (天2·20) (天12·11)
14 下·04	降	降	(四6·10) (天2·14) (天6·23)

14 下·14	四	四	四2·13 四3·13 四3·35 四4·10 四4·19 四4·26 四5·11 四6·08
			四6·01 四7·11 四7·18 天4·06 天5·32 天8·28 天9·05 宜10·03
14 下·15	五	五	天4·08 天5·22 天9·03 天9·13
14 下·16	九	九	四5·03 四6·22
14 下·18	禹	禹	四2·26
14 下·18	萬	萬	四2·28
14 下·18	嘼（單）	嘼（單）	四4·20
14 下·20	丙	丙（丙）	宜1·03
14 下·23	壬	壬	宜1·03
14 下·24	子	子	四2·04 四2·06 四2·12 宜1·03 宜1·03
14 下·25	季	季	天7·34
14 下·25	毃	毃	天12·04
14 下·30	辰	唇（辰）	天1·23
14 下·31	㠯	㠯（以）	四2·29 四3·20 四3·24 四4·05 四6·07 四7·33 天5·30 天6·21

			己	己	己	己	己	己	己
			天6·26	天8·16	天8·23	天8·31	天11·30	宜1·02	宜2·02 宜2·03
			己	己	己	己	己	己	己 己
			宜4·02	宜5·02	宜5·03	宜6·03	宜7·02	宜8·02	宜9·02 宜11·02
			己	己					
			宜11·03	宜12·03					

14 下·33	朱	未	耒 耒
			四3·32 天8·13

14 下·44	𣎵	𣎵 (亥)	𣎵
			天5·18

14下 41	𣸲	酒 (將)	酒 酒
			天2·11 天11·28

楚帛書文字編　合文

一月	𩇕
	天3·25
七日=	古=
	天3·01
八日=	八
	天3·02
卡=	卡 卡=
	四3·02 宜7·03
日月=	𣊭 𣊭 𣊭 𣊭 𣊭 𣊭 𣊭 𣊭
	四3·34　四4·35　四7·02　四7·32　天1·21　天4·25　天7·23　天7·30
至于=	𢓜
	宜6·03

楚帛書文字編　殘字

	字
	四1·03
	四1·09
	四1·14
	四1·16
	四1·18
	四1·19
	四1·20
	四1·27
	四1·30
	四2·14
	四2·36
	四4·23
	四6·14
	四7·13
	四7·19

	四 8 · 1
	天 1 · 04
	天 1 · 19
	天 2 · 02
	天 3 · 16
	天 3 · 17 殘
	天 4 · 02
	天 4 · 16
	天 4 · 17
	天 4 · 31
	天 5 · 02
	天 5 · 03
	天 5 · 16
	天 6 · 02
	天 6 · 03

	天 6 · 17
	天 6 · 18
	天 8 · 2
	天 8 · 24
	天 8 · 32
	天 10 · 32
	天 11 · 11
	天 11 · 12
	天 11 · 21
	天 11 · 32
	天 12 · 32
	宜 1 · 03
	宜 3 · 03
	宜 4 · 03
	宜 5 · 03

	宜6‧02	
	宜6‧02	
	宜6‧03	
	宜6‧03	
	宜7‧02	
	宜8‧01	
	宜8‧01	
	宜8‧03	
	宜9‧02	
	宜9‧03	
	宜9‧03	
	宜12‧04	

楚帛書文字編　待考字

䤈	四2‧09

筆 畫 索 引